カフカの動物物語

山尾涼

カフカの動物物語

〈檻〉に囚われた生

水声社

目次

凡例

一、カフカのあらゆるテクストからの引用は、すべて拙訳による。
一、その他の引用文献については、註で原書を記したものはすべて拙訳による。既訳を改めたものもある。
一、使用するテクストは、カフカの草稿にもとづいて編集された『校訂版カフカ全集（*Kritische Ausgabe*）』版を用いる。カフカの手紙については例外である。一九一七年以降のものについては、ブロート版から引用する。作品タイトルや人名は、初出の際に原文を表記する。
一、雑誌名・作品名は『　』に、論文名は「　」に入れた。
一、断りのない限り引用文中の強調傍点は原著者による。

略記一覧

＊カフカのテクストからの本書中の引用・出典は、（　）内のアルファベットと、頁数で示す。[ ]内には「別冊校注」の情報を記した。

B　Kafka, Franz: *Briefe 1902-1924*. Hrsg. von Max Brod. Frankfurt am Main (Fischer) 1958.
B1　Kafka, Franz: *Briefe. 1900-1912*, *Bd. 1*. Hrsg. von Hans-Gerd Koch. Frankfurt am Main (Fischer) 1999.

B2 Kafka, Franz: *Briefe. 1913-1914, Bd. 2*. Hrsg. von Hans-Gerd Koch. Frankfurt am Main (Fischer) 2001.

B3 Kafka, Franz: *Briefe. April 1914-1917, Bd. 3*. Hrsg. von Hans-Gerd Koch. Frankfurt am Main (Fischer) 2005.

BM Kafka, Franz: *Briefe an Milena*. Hrsg. von Max Brod. Frankfurt am Main (Fischer) 1952.

DL Kafka, Franz: *Drucke zu Lebzeiten*. Hrsg. von Hans-Gerd Koch, Wolf Kittler und Gerhard Neumann. Frankfurt am Main (Fischer) 2002. [Hans-Gerd Koch, Wolf Kittler und Gerhard Neumann (Hrsg.): Franz Kafka: *Drucke zu Lebzeiten*. Apparatband. Frankfurt am Main (Fischer) 2002.]

NSFI Kafka, Franz: *Nachgelassene Schriften und Fragmente I*. Hrsg. von Malcolm Pasley. Frankfurt am Main (Fischer) 2002. [Malcolm Pasley (Hrsg.): Franz Kafka: *Nachgelassene Schriften und Fragmente I*. Apparatband. Frankfurt am Main (Fischer) 2002.]

NSFII Kafka, Franz: *Nachgelassene Schriften und Fragmente II*. Hrsg. von Jost Schillemeit. Frankfurt am Main (Fischer) 2002. [Jost Schillemeit (Hrsg.): Franz Kafka: *Nachgelassene Schriften und Fragmente II*. Apparatband. Frankfurt am Main (Fischer) 2002.]

P Kafka, Franz: *Der Proceß*. Hrsg. von Malcolm Pasley. Frankfurt am Main (Fischer) 2002. [Malcolm Pasley (Hrsg.): Franz Kafka: *Der Proceß*. Apparatband. Frankfurt am Main (Fischer) 2002.]

S Kafka, Franz: *Das Schloß*. Hrsg. von Malcolm Pasley. Frankfurt am Main (Fischer) 2002. [Malcolm Pasley (Hrsg.): Franz Kafka: *Das Schloß*. Apparatband. Frankfurt am Main (Fischer) 2002.]

T Kafka, Franz: *Tagebücher*. Hrsg. von Hans-Gerd Koch, Michael Müller und Malcolm Pasley. Frankfurt am Main (Fischer) 2002. [Hans-Gerd Koch, Michael Müller und Malcolm Pasley (Hrsg.): Franz Kafka: *Tagebücher*. Apparatband. Frankfurt am Main (Fischer) 2002.]

V Kafka, Franz: *Der Verschollene*. Hrsg. von Jost Schillemeit. Frankfurt am Main (Fischer) 2002. [Jost Schillemeit (Hrsg.): Franz Kafka: *Der Verschollene*. Apparatband. Frankfurt am Main (Fischer) 2002.]

はじめに

アガンベンの著作に代表されるように人間学的研究が進められる近年、われわれは近代以降の現代に生きる人間像の見直しを迫られている。その時代の中で、カフカが彼の時代、そしてその時代以降に生まれくる〈人間〉をどのように捉えていたか、またその〈人間〉をどのようにテクストに描いたのか、カフカの描いた動物たちを元に、明らかにしようとするのが本書の目的だ。

作家の描く動物たちとは、近代以降の社会に弱者として生きる人間のメタモルフォーゼした姿だと捉える視点から、様々な動物像の分析を行っていく。

本書が問題とするのは、動物像から読み取られうる、何が人間の生を限定しているのかについてのカフカ自身の洞察である。

そのような視座から動物物語を眺めた際に浮かび上がる、あらゆる生き物の生の周囲に不可視かつ抑圧的な〈檻〉が構築されていく過程から、作家の捉えた社会の諸相と、近代以降の文明的な社会に生きる、人間の生の置かれた状況を明らかにするカフカの動物物語は「人間が動物になる」、または「動物が人間になる」、といったテクストの表層で起こる非日常的な事象を読者に伝えているのではない。その背後から浮上する問題、つまり人間という存在そのものが動物化されうるというカフカの時代以降、深刻化している問題のひとつの可能性を示唆しているのである。

現代に生きるにあたってわれわれの身体とは、「人的資源」や「人工器官」という言葉に象徴されるように、身体自体、または人間の存在そのものがパーツ化されている。また同時にわれわれは、いかに〈人間〉を社会へ有益に還元しうるかという合理的な追求と無関係のままで居続けることも不可能だ。社会に活用されうる資源としての〈わたし〉の姿は、時にカフカの描く動物化する／される人間と重ねられうる。

本書が〈檻〉というキーワードに基づいて抽出する人間の生にまつわる問題点は、二〇世紀の人間の生き方の本質的な部分に関わるものであり、またこの問題とは、二一世紀の現在においては一層悪質化しているといえるだろう。以上のことから、カフカの動物物語を本書の視点から読むこととは、現代的な問題へと敷衍されて検討されなければならない、強度にアクチュアルな問題性を孕んでいる。このような問題意識に本書は基づく。

カフカの動物たちは、様々な社会的諸要因によって苦しめられている。本書はその制約的な諸要因を、ヒーベルが記号論的解釈に基づいて発見した「社会的に外部のもの」と「心理的に内部のもの」に因る〈檻〉という記号を基盤に、四つの社会的な抑圧機能へとカテゴリー化した。「社会的な〈檻〉」、「他者という〈檻〉」、「身体という〈檻〉」、そして「認識という〈檻〉」である。これは本書の各章を構成するテーマであり、それぞれの問題意識に沿ったカフカの動物物語を取りあげて論じていく。

〈動物物語〉の動物たちにとって抑圧的な作用を及ぼす原因は、たとえば他者の存在や自らの身体など可視的に存在している場合もある。内在しているか外在しているかにかかわらず、主体へのあらゆる抑圧の原因、および抑圧を構成する諸要素を本書では〈檻〉とよぶ。

章立ては以下のようになっている。「序章」、「第Ⅰ章　〈動物物語〉とは」、「第Ⅱ章　社会的な〈檻〉」、「第Ⅲ章他者との関係・身体という〈檻〉」、「第Ⅳ章　認識という〈檻〉」、「最終章　動物という表象とこれからの〈動物物語〉」である。「序章」では、これまでの先行研究を振りかえり、本書の研究史における位置づけの確認を行った。「第Ⅰ章」では、カフカの〈動物物語〉の特性について明らかにするべく考察を行った。「第Ⅱ章」ではカフカの描く、社会的制約に囚われた動物像を確認し、カフカが動物的な生と人間の生をどのように区別したか、またそれをどのように描き出したかを論じた。「第Ⅲ章」では、身体が主体を疎外する可能性と、その身体を取り囲む他者との関係が主体にとって抑圧的に作用する可能性について論じた。「第Ⅳ章」では、カフカ晩年の三つの動物物語に焦点を当てて、主体が世界を認識する際に陥る欺瞞と、それによって生じる現実世界との齟齬という作家の晩年の問題意識が先鋭化されているとの視点の下に論じた。「最終章」では、これまでの解釈を振りかえり、カフカの〈動物物語〉が孕む現代的な問題意識について論じた。

タイトルに含まれる〈檻〉という言葉から連想されるように、本書は〈動物物語〉から浮かび上がる、カフカの描く世界の様々なネガティヴな事象について、否定的な側面から読み進んでいこうとする試みである。あけすけにいえば、生きることとはまぎれもなく一種の重荷である。当然「生」には苦痛がつきまとい、日々は不潔や欺瞞に溢れ返っている。寄る辺となりうる「不壊なるもの」など探しても見つからず、他者とは非情で、世界のあらゆる物事が極めて不条理で、残酷なのは自明だ。このような見方からすれば、カフカの描く〈やりきれない〉世界は、絵空事などでは決してない。

その世界の中に「出口」はあるのか、もしあるとすれば、それはどのような手段によって切り拓かれるのか。それについては、「おわりに」で論じている。〈生きること〉や〈生きている世界〉における、あらゆるネガティヴな事象を凝視し続けることで「出口」を模索する。その手段としてカフカは、〈生きること〉における不幸や悲哀のあらゆるバリエーションを描いたのではないだろうか。そのバリエーションについて、これから〈動物物語〉とともに読んでいきたい。

本書は二〇一〇年に名古屋大学大学院文学研究科に提出した博士論文を基に、加筆と修正を加えたものである。そのため「序章」と「第Ⅰ章」は、先行研究の確認と〈動物物語〉の定義づけという、一般読者にとっては若干専門的な内容となっている。カフカの〈動物物語〉を研究されたい方々に向けては、先行研究のまとめという点でわずかなりにもお役に立てたらと願い、省かずに載せることとした。しかし、カフカの作品の詳しい作品解釈から実際に読んでいきたいと望まれる読者の方々は、「第Ⅱ章」から、もしくは関心のある作品のタイトルが掲げられた章や節から読まれても問題ない。結論は、「最終章」と「おわりに」にまとめているので、そこから読まれても差し支えはない。どうかご随意に本書を読んでいただけたら幸いである。

最後に、本書が上梓に至るまで、様々な教示を賜った方々に謝意を献じさせていただきたい。小栗友一名誉教授、黒田晴之教授、清水純一教授、ハンス＝ミヒャエル・シュラルプ准教授、土屋勝彦教授、藤井たぎる教授（あいうえお順、役職名は二〇一四年時点のもの）。そして本務校である松山大学の諸先生方。また、亡くなられた二名の先生、故生野芳徳教授と故金子章名誉教授。

以上の先生方に、心よりお礼を述べさせていただきたい。

なお、本書はこの刊行に際して、公益財団法人ドイツ語学文学振興会の二〇一四年度刊行助成を受けた。ドイツ語学文学振興会のご厚意に重ねてお礼を申し上げると同時に、また甚大なるご厚情をいただいた水声社の鈴木宏氏と廣瀬覚氏にも心より感謝の意を申し上げる。

序章

1　使用テクスト〈動物物語〉

はじめに、本書が研究の対象とするテクストを執筆した作家フランツ・カフカについて、また使用するテクストについて、および〈動物物語（Tiergeschichten）〉という言葉の本書での定義について述べておく。本書では、ドイツ語作家であるカフカが執筆した、動物が登場する作品群、一般には〈動物物語〉と呼ばれているテクストを作品解釈の主な対象として論じる。

フランツ・カフカ

カフカは一八八三年七月三日、小間物商を営むユダヤ人の両親、父ヘルマン・カフカと母ユーリエ・カフカの長男として、オーストリア＝ハンガリー二重帝国に属する街プラハに生まれた。両親の間には子供が六人生まれたが、そのうち弟二人は早くに他界したため、息子はフランツひとりだった。

父ヘルマンは、当時オーストリア帝政下だった南ボヘミアの寒村で育ち、公用語であるドイツ語を流暢に話すことができた。ユダヤ人社会の名門として生まれた母ユーリエの母語もドイツ語であり、彼らはプラハに住む中流階級市民の慣わしに従って、息子をドイツ語の学校に入学させた。カフカはチェコ語で会話をすることも、読み書きすることもできたが、日常的に使用していたのはドイツ語である。そのためカフカのテクストはすべて、明瞭で正確なドイツ語で書かれている。

一九一二年に『観察（*Betrachtung*）』という短編集を発表したのを皮切りに、生前にいくつかの単行本の出版と雑誌類への散文の掲載を行ったが、カフカの本業は作家ではない。大学で法学を学んだ後、保険会社でしばらく働き、その後は公的機関である労働者災害保険局で公務員として働いた。その合間に時間を見つけては執筆を行った。そのような二重の生活のせいか、一九一七年にカフカは肺結核を発病する。その病気は快癒することなく、持病となったまま悪化していき、やがては一九二四年六月三日、ウィーン近郊のキーアリングのサナトリウムで亡くなる。生涯で三度婚約したが、一度も結婚をすることはなかった。

〈動物物語〉

〈動物物語〉とは、一九一七年にカフカが、宗教学者マルティン・ブーバーへ宛てた手紙の中で、自らが執筆した二つの短編小説を呼ぶ際に用いた名称である。その二作品とは、『あるアカデミーへの報告（*Ein Bericht für eine Akademie*）』（一九一七）と『ジャッカルとアラビア人（*Schakale und Araber*）』（一九一七）であり、前者の場合は、動物そのものが物語の報告を行い、後者では一人称の語り手である「わたし」と動物との会話が描かれる。両作品とも動物が物語構成の重要な役割を担っていて、筋を運ぶ上で不可欠な存在となっている。

〈動物物語〉という言葉は現在のカフカ研究では、右に挙げた二つの作品だけでなく、類似した特徴をそなえた、動物の登場するカフカの作品全般に敷衍されて用いられている。

〈動物物語〉という言葉が使用されている研究の代表的な例を挙げるなら、一九六〇年にエムリッヒが、動物の登場する物語全般を〈動物物語〉と呼んでいる。その九年後フィンガーフートが、カフカの作品における動物像の機能に着目し、〈動物物語〉全般についての解釈を行った。一九七〇年代にはゾーケルが、エムリッヒと同じ用法でこの語を使用し、カフカの〈動物物語〉を含めた作品研究を行った。

近年では二〇〇八年にヤールアウスらが「動物物語」という章の中で、『ある犬の研究（*Forschungen eines Hundes*）』（一九二二）、『巣穴（*Der Bau*）』（一九二三―二四）、『歌姫ヨゼフィーネ、あるいは二十日鼠族（*Josefine die Sängerin oder Das Volk der Mäuse*）』（一九二四）、『あるアカデミーへの報告』を取り上げた解釈を行った。さかのぼるが二〇〇三年にはレッティンガーが、カフカの作品における語りに関する研究で、『あるアカデミーへの研究』と『ある犬の研究』、『巣穴』の三つを取り上げて、これらはいわゆる〈動物物語〉のカテゴリーに属すると述べている。

また、二〇〇六年のホーノルトの研究でも、動物の登場するカフカの物語を〈動物物語〉と呼んでいる。以上のような従来のカフカ研究における〈動物物語〉という語の用法に則って、動物が重要な役割を担うカフカの作品全般を本書でも〈動物物語〉と呼ぶこととする。エムリッヒは、カフカの〈動物物語〉の中でも人間が登場しない後期のものを「純粋な動物物語（reine Tiergeschichten）」[1]だと位置づけている。その理由は以下にある。

> これらの物語は、もはや動物と人間が対決させられるのではなく、ただ動物の次元のみが厳守されているという意味において純粋な動物物語である。一切が動物の視点の下に語られている。人間世界の空間に生息している犬やネズミの場合にすら、人間は現れない[2]。

本書が研究の主な対象として取り上げるものとは、エムリッヒが右で用いた意味で純粋な〈動物物語〉のみではない。カフカが描き出す動物像とは、犬やネズミなど、分類学上の種を特定できる生物だけではなく、人間と動物という二極へと完全に分類することすら不可能な場合がある。後に詳しく論じるが、たとえば『家長の気がかり（*Die Sorge des Hausvaters*）』（一九一七）に登場する、自在に動いて会話をする無機物オドラデクや、『ブルームフェルト、ある中年の独り者（*Blumfeld, ein älterer Junggeselle*）』（一九一五）に登場する、主人公の後をつけてくるボールなどは、人間と動物のどちらのカテゴリーにも属さない。

カフカの描出する動物像がそなえているこの不確定性については、二〇〇七年にオルトリープも以下のように指摘している。

あちら側、つまり別の側には、人間から眺めると、普通では想像もつかない動物も存在しているのであり、そして、まさしくカフカは自らの動物物語において、それらを疎隔してしまうことを止めている。その動物物語とはむしろ、人間学的、また同時に動物学的な陳列であって、人間と動物についての知を、文学という手段を通じて、何が「われわれの」存在の骨折りであるのかについて——あらゆる生き物の種を包括しうる不確定な複数形でもって描き出すのである。(3)

オルトリープがいうように、まさしくオドラデクやボールなどは、人間が通常の営みを行っている、いわゆる「こちら側」のものなのではなく、カフカの想像力が引き寄せた「あちら側」、つまり日常を踰越した彼岸のものたちだといえる。また、たとえば別の作品の主人公である、人間の言葉を話して学会発表を行う猿ロートペーターや、弁護士の馬ブツェファルスも、どちらも身体的に矛盾した構造のために、視覚的にイメージすることができない。それらはただ馬や猿といった、オルトリープの言葉を借りれば「不確定な複数形」によってしか把握できないのだ。

したがって、カフカの〈動物物語〉をテーマとして扱う場合には、動物分類学的な視点に基づいて、動物かそうでないかを判断するべきではない。カフカの〈動物物語〉には、そもそも現実に分類されうるような動物は登場していないし、仮に分類できたとしても、カフカの動物像に秘められた意味を完全に把握してしまうこととはむろん、直接的には結びつかない。

作家としてのカフカは自身の想像力をもって作品中へと生み出した、多種多様な生き物、および無生物たちに、ある使命を託したのではないか。すなわち、存在の特殊な状況をひとりの人間を主人公として描くよりも、より強い衝撃を与えるような形で読者の前へと暴露してみせようと意図したのではないだろうか。

本書のもっとも大きな主題となるテーマとは、〈動物物語〉に登場するカフカの創造物たちが、その特殊な存在をもって何を暴露しようとするのか、もしくは存在の背後に「隠す」ことによって、何を訴えようとしているのかを明らかにすることである。カフカのそのような意図を背負った人間以外の生を描く作品を、本書では〈動物物語〉の範疇に含めることとする。

以上の定義にしたがって、カフカの主な〈動物物語〉を年代順に挙げると、以下のようになる。

一九一二年一一月『変身』(オリジナルタイトル)
一九一五年一月から二月と推測『ブルームフェルト、ある中年の独り者』(オリジナルタイトルなし)
一九一七年一月から二月『ジャッカルとアラビア人』(オリジナルタイトル)
一九一七年三月か四月以降『雑種』(オリジナルタイトル)
一九一七年四月『あるアカデミーへの報告』(オリジナルタイトル)
一九一七年四月最終週と推測『家長の気がかり』(オリジナルタイトル)
一九一七年一〇月二三日と推測『ジレーネの沈黙』(オリジナルタイトルなし)
一九二二年六月『ある犬の研究』(オリジナルタイトルなし)
一九二三年冬『巣穴』(オリジナルタイトルなし)

一九二四年三月一七日以降『歌姫ヨゼフィーネ、あるいは二十日鼠族』（オリジナルタイトル）

前記のとおり、これらのテクストにはカフカによるオリジナルタイトルが付けられていないものもある。カフカの遺稿を編集したマックス・ブロートによって題名が付けられている場合には、便宜の点でも、またよく知られている点からも、本書ではそのタイトルを用いることとする。その際にはオリジナルのタイトルではないことを本文中で補足する。これらは未完や断片であっても、ある程度の内容的なまとまりはいずれも保持している作品である。これらの作品以外にも、カフカのテクスト、断片や日記および手紙中の表現、アフォリズム等へ、必要に応じて考察の範囲を広げていく。

使用するテクストは、カフカの草稿に基づいて編集された『校訂版カフカ全集（*Kritische Ausgabe*）』を用いる。カフカの手紙については例外である。本書を記した時点『校訂版カフカ全集』では、カフカの手紙は一九一四年四月から一九一七年にわたって書かれたものしか出版されていなかった。その時期に書かれた手紙を引用する際には『校訂版カフカ全集』を参照するが、その期間以外のものについては、ブロートが編集した全集から引用する。作品タイトルや人名は、初出の際に原文を表記する。

2　先行研究および本書の位置づけ

これまでカフカの作品は、様々なアプローチ方法によって解釈を試みられてきた。現在に至るカフカのテクスト全般に関する先行研究の流れを概観すると、宗教的解釈、社会学的解釈、精神分析的解釈、実証的・伝記的解釈、作品の構造分析、作品中の女性像からみた解釈、実存論的解釈等に分けることができる。

まずは、カフカとプラハ大学時代からの親友だったブロートによる、一九五〇年代頃の研究を挙げなければならない。ブロートは宗教的見地からの研究を行った。彼は死期を悟ったカフカから、自分の死後燃やすようにと原稿類を受け取ったが、その言には従わないまま編集と改訂を施して出版した。

ブロート自身のカフカへの思い入れが強かったせいか、後年、この編集と改訂が行き過ぎたものだったのではないかという疑惑が起こった。ブロートの傾倒していたシオニズム的な見地が、当初はばらばらだった作品原稿の章立てや、また断片やメモ書きの採否等に影響を及ぼしているのではないかという批判である。また、ブロートが息を引き取るまで、カフカの遺稿を外へと出さずに独占し続けていたことも批判の理由のひとつだった。だが様々な事情はあるにせよ、すべて処分するようにとの遺言に反して、遺稿や作家の描いたスケッチに至るまで保管していたという点において、カフカ研究の分野におけるブロートの果たした功績は筆舌に尽くしがたい。

熱心なシオニストであったブロートは、カフカのテクストにはユダヤ教的な救済や恩寵のシンボルが隠されていると読む。しかしカフカの手紙や後年の伝記的な研究によると、カフカのシオニズムへの関心は時期に応じて強弱はあるものの、一貫して一歩距離を置いていたことが明らかとなっている。そのことから現在では、ブロートのような立場からの宗教的解釈は、ひとまず主流から離れたところにある。

同じくユダヤ人だったベンヤミンは、神学的解釈に反対する立場から一九三四年、フランツ・カフカについてのエッセイを発表した。彼は太古の世界からの「父」と「息子」の関係が、カフカの作品世界の中に持ち込まれているとする視点から解釈を行った。カフカの作品世界の法／掟とは、作家の生きていた時代の実際の法律と関係があるというよりも、むしろ太古世界の原罪に結びつくと主張している。

ベンヤミンとも親交のあったアドルノは、一九五〇年にベンヤミンのカフカについての解釈を引き継ぎつつも、社会学的な独自の観点から切り込んだ論文を発表した。アドルノの研究については後に詳しく述べるが、カフカの作品は労働や規範等の強制によって陥る個性の喪失を描いたものだとしている。

カミュのカフカ論は、一九四三年に発表された。作家だったカミュは、カフカの文学を不条理の文学だとして、作品内で扱われる様々なモティーフが悲劇と日常、不条理と論理、個体と普遍的なるものなどの間を揺れ動くと指摘した。その両義性における均衡関係がカフカの全作品を貫いているとカミュはいい、その作品のもつ独特の調子を浮き彫りにする。ドイツ文学の作家であるヴァルザーも、博士号の学位請求論文でカフカについての研究を行い、後にバイスナーのカフカ論の流れを汲みつつ、現象学的な解釈を行った。

精神分析的な解釈は、今もなお多く行われている。一九七〇年代にゾーケルは、フロイトの自我や超自我に関する研究をベースに、カフカの物語のメタファーに関して論じた。(4) ゾーケルは自らの研究についてアドルノ、アンダース、エムリッヒの支流に位置づけられると自ら言及している。ここではゾーケルは、分裂した自我の相克という内面的な事柄が、テクストで夢のように表出される過程を辿るという精神分析的な手法で作品解釈を行っている。

ドゥルーズとガタリの、カフカの作品をマイナー文学として読む研究もフロイトの精神分析に基づいている。カフカ自身も後年の日記に、マイナー文学についての展望を記しているだけに、その分野の研究としても重要な論文に挙げられる。彼らはカフカの文学を、父―母―子のエディプス的な三角関係から逃走して、文学という場において作家自身の生そのものに脱エディプス的な領域を切り拓くための試みであるとした。

彼ら二人の研究がポスト構造主義的なカフカの解釈であるという点では、デリダの研究も同様の並びに列せられる。デリダは長編小説『審判（*Der Proceß*）』（一九一四―一五）と、短編『掟の前（*Vor dem Gesetz*）』（一九一四）が換喩の関係にあるとして、カフカの描く法／掟の特徴である、その接近不可能性、非現前性について論じた。

その他の精神分析に基づく研究で比較的近年のものでは二〇〇〇年のカウスの論文がある。(5) カウスはフロイトの罪意識の研究を手掛かりに、カフカの作品における罪意識を、人間存在の本質的な次元としての原罪に結びつけた形而上学的な解釈を行っている。

カフカとフロイト的な解釈

ここで改めて、フロイトの精神分析をカフカの作品解釈の糸口とすることの意義を考えてみた場合、両者を結びつけることの理由のひとつに、『判決（*Das Urteil*）』（一九一二）や『変身（*Die Verwandlung*）』を執筆した頃のカフカがフロイトの精神分析に興味を持っていたことが挙げられる。一九一二年九月二三日、『判決』を仕上げたばかりのカフカは興奮冷めやらぬ様子で、執筆の最中にフロイトのことを考えていたと記している。[6] 日記によると『判決』は前日の深夜から翌日の早朝にかけて、緊張感を保ちつつ一気呵成に仕上げられた。この経験を通じてカフカは、後の作風と、書くことへの姿勢を方向づけることとなるひとつの確信を持つに至る。「ただそのようにしか執筆されえない。つまり、こういう関連においてのみ。肉体と魂の、このような完全な解剖によって。」(T, 461)

カフカの作風にとって転換点となったこの時期に、フロイトのことを念頭に置きつつ作品を執筆したのなら、フロイトがその後のカフカの文学に与えた影響は少なくはないのだろう。しかしフロイトとカフカの関係について論じる際に、カフカが一九一八年の一月、アフォリズム集成の中で「心理学はもう十分だ！[7]」との言葉を残していることもまた同時に触れておかねばならない。この否定的な言葉は、カフカの作品世界とフロイトの分析した人間の深層心理とを直接結びつけて解釈を行うことへの疑問点として、たびたび取り上げられている。

カフカのテクストを、心理学的、または精神分析的な視点から解釈することを否定する意見に、アドルノは真っ向から立ち向かっている。彼は論文「カフカに関する覚書」の中で、フロイトの精神分析に基づくカフカの作品解釈を強く擁護する立場を取り、人間の精神の動きに関する両者の洞察の共通性を訴えている。そして、「カフカはフロイトとは何の関わりもない」というようなテーゼに導くようなことがあってはならないと主張した後、このようにいう。「ヒエラルヒーについてのカフカとフロイトの見解は、ほとんど区別しがたいものである。[8]」またロベールも『カフカのように孤独に』の中で、フロイトの発見したイメージの投影、転移、圧縮といった夢の機能が、カフカの作品の中でごく自然に用いられているとして、両者の結びつきを支持している(9)。

本書では、「心理学はもう十分だ！」とカフカが記した理由を以下のように考える。この言葉とは、カフカの洞察した人間と社会の本性が、フロイトの精神分析的な手法によって炙りだされる人間像および社会像とあまりにもかけ離れていることを意味するのではない。そうではなく、カフカは、症状や人格を類型化し、場合によっては図らずも単純化させてしまう分析方法から距離を置くために、この言葉を発したのではないだろうか。カフカの洞察する人間と社会とは、常に不穏なものを奥底に秘めており、隠蔽された問題は不気味なものへと形を変えて主体へと回帰してくる。この点はまさにフロイトの捉えた、無意識を隠蔽する人間像や身体観とまさに一致する。そのような〈不穏なもの〉とは、「病い」や認識の齟齬といった形態以外には、直接的な形で主体に開示されることはない。単純化させてしまうことの不可能な、いわば汲み尽くすことのできない深淵を内包するものこそが、カフカの洞察する人間像および社会像である。これはフロイトの分析した人間の無意識の領域、および社会の秘めた集団的無意識という、自我にとって一種の危うさもそなえた領域とも重なる部分があるのではないか。しかし、「人間」を類型化する、という手段に対しては距離を置くことで、カフカの作品自体もまた、類型化不可能な複雑さを秘める。『判決』にまつわる箇所でも述べたように、精神分析の影響がまったくないとはかならずしも言い切れない。以上の考えに基づいて、本書はアドルノ、ゾーケル、後に論じるノイマンもしくはヒーベルたちに代表される精神分析的な先行研究の流れを受け継いでいく。

フロイトの論文の中では、『文化における不満』が頻繁に結びつけられて論じられる。一九三〇年に発表されたこの論文は、一九二〇年に発表された『快楽原則の彼岸』での快楽原則に関する研究に基づいて執筆されている。快楽原則とは端的にいえば、個人が幸せになることを追求する欲動の動きのことである。『文化における不満』では、個人が幸福になるという快楽原則のプログラムと、文化および文化的な生活というものが、いかに相いれないものであるのか、その抑圧の仕組みが論じられている。
このフロイトの『文化における不満』とカフカの短編小説『あるアカデミーへの報告』とを関連づけて、作品の意図を作家による文明・文化批判だとした研究には二〇〇七年のノイマンとフィンケンの論文がある。[10] 彼らはこの論文の中で、フローベールとカフカ、そしてフロイトの三者は、いわば文化的ペシミズムを分かち合っているとして、フロイトとカフカを接近させる。そして両作家の「文化における不満」が、作品内に登場する猿の中に風刺的に描かれているとする。[11]
彼らの作品解釈の対象が〈動物物語〉の中のひとつであること、またフロイトやアガンベンの考察と結びつけている点など、この研究は本書と重なる点も少なくはない。しかし二〇〇三年に発表されたアガンベンの『開かれ』は、人間と動物が重なり合う中間状態の閾を、古来の人間観である「人間学機械」から切り離して新たに決定しなおそうとするものであり、動物に関する文学研究を行う場合には現代では無視することのできない研究である。ノイマンたちがすでに引用して論じてはいるが、それも踏まえて本書ではまた別の視点から論じていく。また、社会批判的なカフカの志向を読み取ることが可能な〈動物物語〉は、ノイマンたちが解釈を行った『あるアカデミーへの報告』の一作品だけではない。本書では、「神経症的」ともいいうるような文明社会における否定的側面を、カフカが意図的に描いたとする視点から、複数の〈動物物語〉をみていく。複数の作品の解釈から導きだされる複数の結論を並べて、それらを関係づけることにより、最終的にはひとつの大きな結論へ辿りつくことが可能となるだろう。

実証的な研究

研究史の概観へと戻ると、実証的な研究としてはビンダーが一九七五年に出版した全二巻の注釈本が挙げられる。[12] ビンダーは、作家の残した手紙や日記等の伝記的な資料に基づいて、作品が成立する過程を詳述した。この論文は主にカフカの三つの長編小説の作品構造についても綿密に分析されているため、作品の構造分析の分野にも分類できる。またカネッティは、ビンダーの論文が発表されるより少し前の一九六九年に、『もうひとつの審判』の中で、カフカのフェリーツェへの手紙をもとに、『審判』が執筆された動機について、伝記的な事実に照らして探った(13)。また、先に引用したロベールが一九七九年に発表した『カフカのように孤独に』は、ドイツ語を用いるユダヤ人として、プラハという都市に住むマイノリティとしてのカフカについて論じている点で実証的解釈へ分類できるだろう。

全集の編集にも参加しているヴァーゲンバッハは、それまで空白となっていたブロートと出会う以前のカフカについて実証的かつ伝記的な考察を行っている。彼はカフカを小児性へ留まろうとした作家であるとして、作家の幼年時代を明らかにすることとは、他の作家の場合とはまた別の重要性を秘めているという。カフカの作品が小児的な存在に対する憧憬を抱いていることは、ヴァーゲンバッハより以前に発表されたバタイユやエムリッヒのカフカ論の中でも指摘されている。彼らの論じる、作家の希求した小児的存在の状態とは何かについて確認すると、社会化される以前の生の状態であり、いまだどこにも所属していない社会的に無責任な状態を求めることだといえる。詳細は後で論じるが、そのイメージは動物が持っている一種の原始的なイメージや、その存在のあり方とも重ねられる。だが、本書が疑問に思うのは、カフカの〈動物物語〉に登場するすべての動物たちが、そのような原初的な状態にあるといいきれるのだろうか、という点である。

エムリッヒの研究

実存論的な解釈を展開したエムリッヒは、一九六〇年に『フランツ・カフカ』の中でこの問題点について論じている。エムリッヒの答えとしては、動物的な存在形式は子供の存在形式と共通性を持つゆえに、ある種の優位性を帯びた存在であるとする。したがって彼は動物という存在のあり方を、小児的な自由な状態へと結びつけた、動物を肯定的なあり方だと捉える解釈を行っている。

「自己」は人間的な存在を放棄して動物になることによって、肉体、人々そして事物に対する優位性を獲得するのである。この前人間的な動物的存在形式はかつて「子供」の頃に、危険な「用件」に直面した際、救済の可能性として身近にあったものであり、好きだったものである。その存在の形式がそのような優位性を獲得するのは、それが「夢の」状態、「冬眠」の状態にあるからである。[14]

さらに彼は以下のように付け加える。「それ［動物］はまだ『あらゆる方向へと向かって開かれた自由という、あの大いなる感情』に包まれて生きている［……］。ゆえに、この動物的な存在はカフカにとってはとりわけ、どこまでもポジティヴな領域圏なのだ[15]」。

そもそもエムリッヒは、本来的な「自我（Selbst）」を宇宙的なるもののうちに統合してこそ、「世人（Das Man）」を脱却できることがカフカの作品内で示されているとの前提の下に研究を行った。上に引用した二つの文章の文脈からは、この解釈がハイデガーの動物と真理に関する研究を土台にしていることは明らかだ。ハイデガーは詩学に関する研究において、人間にはない、動物の真理に対する可能性について言及している。しかし一旦ハイデガーから離れて、カフカのテクストへと立ち返った場合、その「夢の領域」に属するはずの動物たちが、物語では多様な危機的状況に直面しているといいうるのである。

ここでその例をいくつか挙げるなら、『巣穴』の獣は野生に生息しているため、まさに「動物的な存在形式」をそなえた、いわゆる自然動物としての生活を送ってはいるものの、エムリッヒのいう「肉体」や「事物に対する優位性」をそなえていないばかりか、むしろ自らのままならない肉体性に、他の〈動物物語〉の動物たちよりも強く縛られている。『変身』におけるグレーゴル・ザムザの場合にも、可能性を秘めていたはずの虫への変身が、最終的にザムザ自身の生命の危機へと直接的に繋がった。

その動物たちの姿には、エムリッヒのいう「どこまでもポジティヴな領域圏」に属する存在のあり方とは、食い違いがあるように感じられる。本書が取り上げるカフカの動物たちは一様に、人間的な存在形式と本質的には変わることのない、精神的には人間と同一の地平で描かれている。後に第Ⅱ章で詳しく論じるとして、動物的な存在形式の一部は、カフカにとって一種の自由の表象と繋がる点も確かにありはするものの、だが、カフカの捉えた動物像全般を、エムリッヒのようにあたかも無限の可能性を秘められたものとして受け止めてよいとはいいがたい。

むしろ、カフカの〈動物物語〉は、何ものも現世的な苦しみからは逃れられないという意味では、人間も動物も、本質的には〈不幸〉なのだという共通項であらゆる生き物を総括する物語なのではないのか。

たとえばカフカの時代以降、人間の生活に身近な動物を眺めれば、家畜化されたものたちや、競走馬のように生まれながらに野生を矯正されるべく運命づけられたもの、食肉用として繁殖力と生産力を上げるように、その生命を不自然な形で操作されるものたちがいる。カフカの〈動物物語〉はそのような動物の状況を直接的に描いたものではないが、家畜化され、よりよい形で社会生活へと適応するように矯正されているのは、はたして本当に動物たちだけなのか、という人間を含む〈あらゆる命〉の問題が問われているのではないか。

いわゆる〈動物物語〉からの例ではないが、『失踪者（*Der Verschollene*）』（一九一二）に登場する不眠不休で勉強する学生は、競走馬のごとく競い合い、労働し続けなければならない人間像のわかりやすい代表である。完全に死ぬことができず、生と死の狭間を漂い続ける『猟師グラックス（*Der Jäger Gracchus*）』（一九一二）の主人公が暗示するように、人間の生命は、はたして尊厳をもって扱われているといえるのだろうか。

本書ではこのような、あらゆる生そのものへと介入する不当な統轄や矯正、支配をカフカは見抜いて、それを〈動物物語〉の中へと描きだしたのではないかという可能性から論じていく。

仮にもし、エムリッヒのいうような無限の可能性を秘めた存在に人間が出会ったとすれば、『家長の気がかり』に登場する、子供のように話し、動き回る無機物オドラデクと出会った家長のような心境へと陥るのではないだろうか。糸巻きに似たオドラデクは、寿命にも、住む場所にも悩まずに、一生何にも所属せずにさまよい続けるだけの存在で、時折まるで枯れ葉の擦れるような無意味な笑い声を挙げる。そのオドラデクに対して、登場人物である家長は、いいようのない気がかりを覚えるという物語である。

無限の存在であるオドラデクとの遭遇は、家長自身の有限性を家長本人に突きつけてくる。家長がオドラデクに不安を感じる原因は、無限性と有限性の狭間に存在する名状しがたい薄ら寒さが根底にあるのだろう。第Ⅲ章5節にて詳しく考察するが、『家長の気がかり』という作品の意図とは、オドラデクに象徴される夢想的で自由な存在のあり方を提示することではない。そうではなく、オドラデクに家長を対置させることによって、あらゆる生き物の限界という暗い側面を仄めかすことにある。『家長の気がかり』という不安を煽るタイトルがその証左である。エムリッヒの動物に関する言及は、〈動物物語〉のみに焦点を当てた論文ではないため、エムリッヒの以上のような動物像についての論考は、本書が受け継いでさらに補っていく。

実存論的な解釈のほかに、作品中の女性像に注目した研究として、一九八七年に発表されたシュタッハの論文がある。[16] またメディア分析学的視点からカフカの作品を眺めた研究に、キットラーが挙げられる。間テクスト性から読み解くものに、リープラントとシェスラーらよって二〇〇四年に発表された論文集がある。[17] その中に収められたキルヒャーとクレマーの論文は、カフカの〈動物物語〉に焦点を当てている。[18] 彼らはカフカの〈動物物語〉とホフマンの作品との間テクスト性を示しつつ、カフカのテクストを、ダーウィンやニーチェの思想とを関係づけて分析した。

一九六五年に発表された『カフカ・シンポジウム』は、『校訂版カフカ全集』の編集を行った研究者たちによって執筆された論文集である。[19] カフカの手書きの草稿やノート全般にわたって網羅的に調査した、文献学的な研究といえる。

〈動物物語〉の研究

これまでカフカの研究といえば、『城（*Das Schloß*）』（一九二二）や『審判』などの長編小説を扱ったものが大部分を占めていて、いわゆる〈動物物語〉を中心とした短編小説の研究はそれと比べると少ない傾向にあった。しかし近年になってカフカの〈動物物語〉は徐々に注目を集め始めている。雑誌『ドイツ文学語学研究』では、「テクスト、動物、痕跡」というテーマで動物を扱ったドイツ語文学の特集が二〇〇七年に組まれた。その中でも五人の研究者たちが、カフカの〈動物物語〉を取り上げて論じている。その五人とはすでに挙げたノイマンたちとオルトリープの他に、ビューラー、フリードリヒ、シュミットである。

また、二〇〇三年にはディールクスが、オドラデクなどの無機物も〈動物物語〉の範疇に含めた研究を行った[20]。創作としてのテクストの中で描き出される超現実的な事象、もしくはそのような存在に着目することで、カフカのテクストにおける現実と虚構との境界の喪失を明らかにしようとした試みである。同じ〈動物物語〉に焦点を当てた研究ではあるが、本書では社会的、もしくは人間的な諸問題が描出された物語として論じる意図であるため、ディールクスの研究とは論述の立脚点がおのずと異なる。

また日本では二〇〇八年に『カフカ・セレクション』の三巻目として、「異形／寓意」編が出版された。「カフカのいわゆる〈動物もの〉が（……）集められている[21]」と訳者あとがきに記されている通り、すべてではないが〈動物物語〉の中の一部が集められている。これもカフカの〈動物物語〉に対する注目度の増加を示すものだといえる。

フィンガーフートは一九六九年に、リルケの作品における動物像の機能に関する自らの研究に着想を得て、カフカの〈動物物語〉だけを研究対象に取り上げた論文を発表した[22]。そこで彼は、カフカの動物たちが体現するものを以下のように分類している。「動物像は作品の問題提起に応じて、『社会のパリア』、『ユダヤ人』、『心理学者』、『預言者』、『苦行者』（禁欲主義者）、「社会的な被抑圧者」などを体現している。[23]」

フィンガーフートの研究は、ユダヤ人としての作家自身とその作品を結びつけた宗教的な色彩が強い。また、多くの〈動物物語〉をカフカの私生活、もしくは芸術上の悩みと結びつけて読み解こうとする視点は、本書が行う研究方法とは異なる。

しかし右の引用にあるような、カフカの動物像が「社会的な被抑圧者」を体現しているという指摘は本書の視点と少なからず重なっている。この問題についてフィンガーフートは、作者自身がいかに社会的に、または特に父と息子という親子関係において抑圧を感じていたかに重きを置いて論じているが、本書では別の視点からこのテーマを扱う。その別の視点とはつまり、抑圧をカフカの個人的な問題のみと結びつけて読むのではなく、近代以降の社会に生きる誰もが陥りうるような、普遍的な諸問題の全般と、「人間」として生きるということそれ自体が被る抑圧という文脈の上に〈動物物語〉を関係づけて読んでいく。

ヒーベルの研究

一九九九年にヒーベルは、カフカのテクストから導き出される象徴的な意味について、ラカンの心理学を下敷きとして、記号論的な解釈を行った。[24]ここではフィンガーフートとはまた別の立場から、社会的抑圧を読み解く解釈が行われている。ヒーベルの研究は、カフカの物語を近代資本主義社会に向けた批判であるとみなす観点から論じており、アドルノの社会学的な研究の流れを汲んでいる。

ヒーベルは、主体を抑圧する原因が、主体の外部だけにあるのではなく、内的な強迫観念によっても引き起こされるとする。そしてカフカのテクストにおける「牢獄（Gefängnis）」、「鳥かご（Käfig）」という語の象徴的な意味に着目していく。

ヒーベルは「牢獄」、「鳥かご」、または「城塞」という語を、カフカの作品における本質的な意味、つまりいずれの語も主体にとって「抑圧」を象徴的に表すという共通性において、区別せずに用いている。「鳥かご」という言葉は、「鳥かごが鳥を探しに行く」(NSFII, 117) というカフカのアフォリズムのひとつから引かれたものである。この「牢獄」、「鳥かご」というのは、たとえば『あるアカデミーへの報告』で猿が閉じ込められた「檻」(DL, 302) がそうであるように、社会的な抑圧を示しているとヒーベルは述べつつ、同時にそれは自己を守る「城塞」となりうる両義的な状況を示唆する。

「鳥かご」——主体の鎧となっている性格——は魂を、感じやすく、自由で自発的な自我を、いわば逃げ去ってしまった自我を探しているのである。カフカによって仄めかされた問題とは——カフカのテクストのわれわれの読みにしたがえば——つまりは精神分析での自己疎外、もしくは主体の分裂である。すなわち閉め出されてしまった主体、あるいは閉じ込められてしまった主体、抑圧されたものに関わる問題である。[25]

アフォリズムを基にしたヒーベルのこの論証は、カフカの描く生き物が保身のためには、存在のあり方を制限するはずの「鳥かご」に頼らざるをえないことを明らかにする。引用した文章からは、ヒーベルが、抑圧の象徴としての「鳥かご」を、それを感じている主体の一部として捉えていることは明らかだ。その理由についてヒーベルは、主体の内部から沸き起こる強迫観念そのものから、抑圧が生まれてきていることに根拠づける。

彼はそのような強迫観念を、「社会的に外部のもの (das soziale Draußen)」と、「心理的に内部のもの (das psychische Drinnen)」の影響から生まれてくるものとの二つに分けている。[26] 主体を束縛する要因が、外的な因子と内的な因子によって生じるということは明らかだが、その因子の詳細について、ヒーベルはこれ以上言及してはいない。またヒーベルは「Käfig」という語を、〈動物物語〉の解釈に限定して用いていない。

〈檻〉という表象

「檻」という語をカフカの〈動物物語〉へと敷衍してみた場合、重要なモティーフとしてテクストに表れていることがわかる。第Ⅱ章で詳細を論じるが、たとえば『あるアカデミーへの報告』の中の野生の猿は、文明との暴力的な遭遇を経て〈檻〉へと繋がれ、これまで保有していた野生動物としての生き方と決別を余儀なくされる。『変身』のザムザは、自分の部屋という〈檻〉へと、家族によって監禁される。また『巣穴』の巣穴は獣にとって、「鳥かご」と鳥の関係のように、獣自身を守るものとなるのと同時に、周囲から獣を隔絶して、巣穴の存在そのものが獣を苦しめる〈檻〉ともなっている。

以降、本書では〈動物物語〉において、何が動物たちを抑圧しているのか、そしてその抑圧にはどのような心理的な意識の動きが作用しているのかを、〈檻（Käfig）〉というキーワードをヒーベルから引き継いで踏み込んでいく。ヒーベルがすでに、それを「社会的に外部のもの」と「心理的に内部のもの」に分類しているとしても、本書で様々な抑圧的因子をその作用に基づいて細分化していくことで、この分類と分析をさらに発展させることは可能である。

その場合、〈檻〉とは、社会の規範であったり、もしくは集団の暗黙のルールであったり、共同体としての家族であったり、または物事を認識することの不確かさや、精神を取り囲む身体そのものという問題性とも重ねて読むことができるだろう。またこれからこの点について論じていく過程では、なぜカフカの描く動物たちは人間ではないにもかかわらず、ヒーベルのいうような「社会的に外部」の抑圧を感じる必然性があったのかも明らかにしうる。

そこで本書では、〈檻〉の概念について以下のように定義する。〈檻〉とは、たとえば『断食芸人（*Ein Hungerkünstler*）』（一九二二）におけるヒョウや、『あるアカデミーへの報告』の猿が閉じ込められていたような、物理的に文字通りの意味で捉えられるものばかりではない。時として社会的な制約、身体、他者との関係、認識などといったものですら、主体にとって抑圧的に機能する不可視な〈檻〉としてカフカのテクストに描出されている。手短な例を挙げれば、たとえば『あるアカデミーへの報告』の猿はその存在の周囲を、実在の檻に囲われていたのと同時に、猿としての野生を矯正して、コントロールしようとする文明的な社会による抑圧という〈檻〉にも囲まれていた。

本書では〈檻〉という「記号」について、ヒーベルがそこに強迫観念を持ちこむのとは別の角度から論を展開する。本書では、〈檻〉(＝社会的な制約、身体、他者との関係、認識といった諸要素)が主体にとってひとつの抑圧として機能する際の、ありとあらゆる否定的な側面に重点を置き、比喩的な意味での〈檻〉へと囚われたカフカの動物たちについて論じていく。

そしてヒーベルが「外部のもの」、「内部のもの」と大きく分けて論じたものについて、ここでは細かく分類化し、章ごとに取り上げる。それは以下の四つのカテゴリーとテーマに分類される。「社会的な〈檻〉」、「他者との関係において生まれる〈檻〉」、「身体という〈檻〉」、「認識という〈檻〉」の以上である。主体を抑圧する諸因子を本書はこのように分類する。他者との関係と身体に関する分析については、他者との関係性の中へと置かれた身体という見方もできることから同一の章で論じることとし、「第Ⅲ章　他者との関係・身体という〈檻〉」で扱う。それ以外は個々に章を割り当てて論じていく。

また、ここではヒーベルのように「強迫観念」とはいわず、抑圧という表現を用いる。強迫観念とは、些細な考えや感情が反復し、それを抑えようとしても不可能な症状を意味する。だが、むしろ本書で扱う〈檻〉の抑圧的な作用とは、主体にとって本来的な欲動を無意識の中へ押し戻そうとする作用や、もしくは主体を抑えつけようとする、内的・外的両面によるあらゆる作用を指す。そしてまた〈檻〉を強迫観念と結びつけるのではなく、社会、他者、身体、認識などといった抑圧的なあらゆるものと結びつけることにより、ヒーベルが〈檻〉が生まれる源を、それを想像の中で作り上げる主体に結びつけて一種の〈妄想〉であるとした読みとは異なった角度からの読みが可能となる。〈動物物語〉の動物たちにとって抑圧的な作用を及ぼす原因は、外部からも内部からも様々な方面から、主体の周囲をまるで包囲するかのように存在しているのである。

本書では、〈動物物語〉の動物たちとは、物理的な要因、つまり社会や他者との関係、もしくは形而上学的な要因、認識することの不確かさや精神にまつわる問題という不可視かつ抑圧的な檻へと囚われた、カフカの捉えた弱者としての人間像を描出しているのだとする。

したがってここで問題となるのは、動物像から読み取られうる、何が人間の生を限定しているのか、何が人間という存在の苦しみとなっているのかについてのカフカ自身の洞察である。

そのような視座から〈動物物語〉を眺めた際に浮かび上がる、あらゆる生き物の生の周囲に抑圧的な檻が構築されていく過程から、カフカの捉えた社会の諸相と、近代以降の文明的な社会に生きる、人間の生の置かれた状況を明らかにすることが本書の目的である。最終的に、檻へと囚われた状況を提示しつつも、カフカは何らかの「出口」、つまり突破の方法を作品内に暗に仄めかしているのか、もしくは、そのような救済的な光は見出されえないことを読者へと突きつけているのかについて、結論をくだす。

第Ⅰ章　〈動物物語〉とは

1 〈動物物語〉を研究する意義

カフカの〈動物物語〉と動物像を論じることは、そもそもどのような意義を持ちうるのだろうか。一八九九年、ギムナジウム生だったカフカは、当時の彼の教師の影響を受けて、ダーウィンの『種の起源』と、ヘッケルの著作を読んでいる[1]。ヘッケルは、ドイツ人の生物学者であり、また哲学者であって、ダーウィンの進化論をドイツで広めることに貢献した。自然科学と哲学の親和を図ろうとするロマン主義から生まれた既存の進化論的仮説を、ダーウィンの学説と繋ぎ合せたヘッケルの仮説は、当時ニーチェからも支持された。

人間が神によって創造されたものではなく、自然淘汰によって動物から進化したものだとし、そのプロセスを証明する進化論はヨーロッパでのキリスト教の世界観、人間観に計り知れないほどの大きな衝撃を与えた。それ以降人間は、動物の延長線上に据えられることになり、神から与えられた実質としての人間であることに対する確信を喪失する。そのような時代の中で、ニーチェは、内在的な力への意志や闘争、支配といった点を強調する独自の哲学を構築していった。

ニーチェは、人間をたんなる動物として捉えていた。人間が他の動物と異なるのは、環境への適応がより不完全で、動物と比べれば生物として劣るという点であって、人間とは環境に依存する不確定な存在であるとニーチェは主張する。そして彼の「人間獣（Gethier „Mensch"）」[2]という言葉の示すとおり、生殺与奪の権利を手放すことのできない野蛮な本性を持ち、他の動物よりも健全さを決定的に欠いた、病んだ存在として人間を眺めていた。「人間は、他のどんな動物よりも、病的であり、不安定であり、可変的であり、そして不確定だ。このことは疑いえない。――人間とは病的な動物そのものなのである。」[3]カフカが育ったのは、そのような近代の進化論が発展し、啓蒙主義的な理性に基づいた人間像が破壊されていくプロセスの最中だった。

これ以降、人間として存在することへの宗教的な保証の代わりに、官僚主義的な管理システムによる、存在そのものへの政治的な操作が登場した。工業の急激な進歩に伴って大都市化が進んでいく。大都市では村における生活のような小規模共同体での、閉鎖的であると同時に、個人を保護もしていた慣習や信仰などはとっくに喪失されているか、そもそもはじめから存在しない。大都市の生活では新しい慣習や信仰が生まれ出る。それは、資本を生むための教義だといえる。

カフカの『失踪者』、『審判』、『城』という三つの長編小説は、そのような社会を舞台として描いている。『審判』を例として挙げると、資本主義社会で銀行員として生活している市民ヨーゼフ・Kは、裁判所から罪状のはっきりとしない嫌疑を掛けられる。Kはその罪の所在を明らかにしようと奔走するが、罪の内容はわからないまま結末へと至ってしまう。最後にはKは、二人の死刑執行人のナイフによって、犬のように処刑される。その最後の一文は、このように記されている。「『犬のようだ』と彼は言い、まるで恥辱が生き残るかのようだった。」(P. 312) この文章は、人間にはそもそも不滅の魂の代わりに「恥辱」が与えられており、もし仮に人間に魂があるとするならば、その魂も死後には完全に消滅し、救済などは存在しないことを暗示する。魂の有効性に対するカフカの疑いがここに表れている。

「人間獣」というニーチェの言葉が示すような、人間の内部に隠匿された獣性は、主人公Kよりは裁判所の側に色濃く読み取られる。裁判所という権力機構の一存次第により、Kの市民としての存在は、社会的に保証された銀行員としてのひとりの人間にもなりうるし、または魂を持たないという意味で、もしくは単にその生死を恣意的に扱うことが許されるという意味において「犬」にもなる。そのようにしてヨーロッパの近代社会が辿りついた人間観については、アガンベンが以下のように的確に言い表している。

人間と動物との境界を固定することとは、哲学者や神学者、科学者や政治家が論じている、数多くの問いの中のひとつなのではなく、むしろ根本的な、形而上学的—政治的な操作、それによってのみひとりの「人間」のようなものが規定され、生み出されうるような操作であるかのようだ。(4)

人間であることが社会的に決定される際の政治的な操作とは、人間の生や性に対する倫理的、予防衛生的な介入を考える場合に理解されうるだろう。かつてアリストテレスは人間の生を、「生きている」という器質的な生と、「善く生きる」という政治的な質を伴った二つの生へと二分した。人間は、生きるという単なる事実のために生まれるのだが、本質的には善く生きることのために存在するという『政治学』の一説は、裏を返せば、器質的な生の部分が社会化の行程で受ける抑圧と排除を示しているとも読める。生物学的な種としての人間の身体をめぐる政治的な倫理観が、人間の死や誕生を規定して統轄を行うような社会の下では、操作的介入を受けるのはおおむねその器質的、もしくは動物的な生の部分である。また、それはどのようにかといえば、その体制の倫理観に沿って、より「善く生きる」ためにほかならない。すなわち現代においては社会的な規範の中で、資本をより合理的に効率よく生産していくため、社会に適応することである。

生命への政治的介入

カフカが生まれた時代には、生物学的な種としての人間の身体をめぐって生殖や誕生、健康衛生などに政治が介入して統轄する社会体制はもうすでに始まっていた。『審判』の裁判所が、Kを罪人として選び出したことが作為によるものなのかどうかははっきりとは描かれていない。しかし、被告人Kに何の具体的な罪状も対処も示されないまま、動物を扱うかのように死刑を執行する『審判』の社会構造は、生き物の生命もしくは身体そのものに不当に介入する体制を描いているといえよう。

またカフカは、人間が被るそのような社会的な圧力を『流刑地にて（*In der Strafkolonie*）』（一九一四）という短編小説の中で動物的な身振りや描写を通して表現した。ここでは囚人は、軍人たちに取り囲まれて、不気味な執行装置によって自らの身体そのものに判決を彫り込まれる。その開始から死に至るまでの行程は一二時間にも及ぶという。全裸でその装置へと縛りつけられた囚人は文字通りオートマティックに、拷問と死刑を同時に執行されるのである。「独特の装置なのです（„Es ist ein eigentümlicher Apparat"）」（DL, 203）と、その装置の発明にも協力したという将校の言葉から物語は始まる。この「装置（Apparat）」という言葉自体がすでにドイツ語では多義的であって、囚人に行われる刑罰の背後には、この語が示すように、なんらかの組織や仕組み、または機関との繋がりがあることを暗示している。

『流刑地にて』の主人公は、作中では「旅行者（Der Reisende）」と記された学者である。その旅行者が将校の立会いのもと、機械や死刑制度の説明を聞きつつ、拷問を兼ねた死刑の執行を見物するという物語である。将校の話によれば、この囚人は自分がどのような判決を受けたのか知らない。もちろん罪に対する釈明の機会も与えられていない。ただ、現在囚人であるこの男は、警備の任に当たっている時に眠り込んでしまい、上官である中尉に「乗馬用の鞭」（DL, 213）で叩き起こされた。それに対して彼は中尉の足へと掴みかかり、「鞭を捨てろ、さもないと食うぞ」(ebd.) と叫んだ、というのが罪の内容だと将校は語る。

髪も顔も汚れ放題の囚人は、重い鎖で拘束されて兵士に引かれている。その鎖は細い鎖に分かれていて、囚人の手足と首を繋いでいる。厳重な拘束だが、囚人はまさに本文中にあるように、「犬のように」言いなりである。「それはそうと囚人は、斜面を自由に走り回らせることができるほど、そして彼を来させるためには、死刑執行の始まりの時にただ口笛を吹きさえすればいいかのごとく、犬のように従順に見えた。」(DL, 204) 囚人が「犬のように」映るのは、死刑執行を理解することができないほどの判断力のなさのみではない。眠っていたところを鞭で叩き起こされて、上官の足へと掴みかかり、「食うぞ (ich fresse dich.)」と脅す行為も、まるで主人に歯向かう機嫌の悪い犬の行動を連想させる。

将校の言葉によると、装置へと縛り付けられた囚人たちはことごとく食欲を示すという。「こちらの枕元の、電気で加熱された鉢の中に温かい粥が入れられます。もしその気さえあれば、舌で掠めたものをそこから食べることができます。この機会を利用しないものは一人もおりません。」(DL, 219)

旅行者が立ち会っている囚人も例外ではない。「兵士は清掃作業を終えて、今は容器から鉢へと粥を注いでいた。もう完全に回復しているらしい囚人は、これに気付くが早いか、舌で粥をぺろぺろとすくい始めた。」(DL, 226f.) 粥の注がれた「鉢 (Napf)」という言葉には、犬や猫の餌入れという意味がある。その「鉢」から囚人が粥を直接舌で舐めとる動作を表した動詞 schnappen は、人や動物がパクリと音を立てて何かに食いつく動作を表す。これまでに引用した囚人に関する描写からは、動物を描写する際にみられるような身振りや扱いとの重なりが見つかる。

『流刑地にて』では、囚人の犯した罪に対する裁判などは行われず、将校が裁判官になり替わって一人で罪状を決定する。そのように描かれる流刑地での罰のシステムは、罪を明らかにした上で、囚人に反省や悔恨を促すやり方ではない。それはただ、権力に歯向かった人間に対して行われる、権力による暴力的な報復であって、そのような権力構造は人間の精神性を無視し、囚人からはいわゆる人間の尊厳を剥奪する。その結果として生み出されるのは、まるで精神性に欠いたような、動物のような身振りしかできない先述の囚人である。動物のような存在に貶められた人間という存在に対して振るわれる、権力機構による優越性の誇示が、『流刑地にて』では嗜虐性に満ちた筆致で描かれている。将校は、このような囚人の扱い方と死刑の執行こそが人間の尊厳に相応しいやり方だと信じていると語る。

人間の尊厳に対する考え方は、社会のあり方によって変容するものだということをカフカはこの作品で提示する。囚人の犯した罪は計算された高度の犯罪ではなく、居眠りをしたいという本能的欲求から引き起こされた罪である。囚人に科される刑罰は、人間の社会化されない、動物的な生の部分が引き起こした行動に対する罰である。囚人はその本能的な欲求を、彼の属する軍隊の規律に従って、より「善い」兵士であるために抑えなくてはならなかった。カフカの洞察する人間とはこのように、社会化されなければ罰せられうるような動物的な生の部分も持ち合わせてもいるし、また、Kや囚人から読み取られうるように、社会の扱いそのものによって、人間らしくも、また「犬」のようにもなる存在として描かれている。

『変身』のグレーゴル・ザムザは、物語の中で一匹の巨大な虫へと変身する。人間の身体が本物の虫へと変身してしまうということは、現実には起こりえない。だが働けなくなって家族のお荷物となったサラリーマンが、その家庭の中で不潔で不要な「害虫」扱いを受けることは現実にもありうるし、〈動物物語〉を虐げられた人間の像として読めば、虫への変身は非現実的なことではなくなる。ザムザを養わなくてはならなくなった家族の視線から見れば、彼の忌まわしさは一匹の虫と変わらないのである。Kや囚人、そしてザムザの扱われ方は、周囲が人間を人間として扱わなくなった場合の状況を描いている。

カフカのテクストをこのような視座から眺めると、突拍子もないような動物への変身や、不当に下される死刑は誰もが社会的に陥りうる困難を表す比喩として、非現実的な他人事では済まなくなってくる。また、『流刑地にて』や『変身』のテクストに関する以上の考察をまとめれば、それらのテクストは、所属している集団が理想とする「善く生きる」というあり方に適応できない人間は、その集団から排除されたり、疎外されたりすることを免れえない現実を示している。

このような読みを、カフカの死後まもなくヨーロッパを席巻した、全体主義や強制収容所での出来事と簡単に結びつけることはできない。しかし、そのような極端な時代における不幸と結びつけなくても、これから〈動物物語〉の解釈を通じて論じていくテーマのひとつでもあるのだが、カフカの時代以降、家庭や社会の中で人間が遭遇する困難とは、根本的には何も変わっていないのではないか。集団の求める「善い」にうまく適応するか否か、が生を決定付けていくのである。ここまでのことから理解されうるとおり、カフカの〈動物物語〉や動物的な描写は、人間に秘められた動物的な側面および存在の危機的な状況を端的に表している。したがって、カフカの洞察したその危機について明らかにすることを望む時、〈動物物語〉を研究する意義がおのずと生じてくる。

カフカは一九一八年二月二五日、八つ折りノートHの中で、彼の時代における、自らの役割に関する認識を以下のように記している。

> 僕は自分の知る限り、生きることの必要条件を何ひとつそなえてこなかった。そうではなくただ、普遍的な人間的弱さだけをそなえていた。この弱さで――この点ではものすごい力だ――僕は、自分の時代のネガティィヴなものを力強く取り込んできた。その時代のネガティィヴなものとは僕のごく身近にあり、僕はそれと戦うのではなく、いわば代表する権利をもっている。わずかばかりのポジティィヴなものと同じく、すぐにポジティィヴなものへとひっくり返る極端にネガティィヴなものも、僕は相続の分け前として持っていなかった。
> (NSFII, 98)

作品に描かれる社会構造や登場人物たちの性質の、否定的な面に関する真に迫った描き方をみれば、カフカがいかに鋭い眼差しで、自らの時代における否定的なもののあり方を観察していたか明白である。そのようにしてカフカが取り込み、作品の中へと描出した「時代のネガティヴなもの」が、本書では〈檻〉という言葉と繋がる。時代の否定的なものを取り込むことを可能にしたのは、カフカの「普遍的な人間的弱さ」なのだが、その弱さが普遍的であるからこそ、カフカの洞察は個人的問題ではなく、普遍性へと繋がっていく。カフカの〈動物物語〉の動物たちを人間の変容した姿として読み、その動物たちの置かれた状況を人間の社会のひとつのあり方としてみるなら、そこから読み取りうる否定的な諸要素もまた、現代に生きる読者にとっても普遍的なものとなりうるだろう。

右に引用したカフカの文章は、以下のように続く。「僕はキルケゴールのように、むろんすでに重く沈んでいくキリスト教の手によって生へと導かれたのではなく、またシオニストたちのように、飛び去りゆくユダヤ教の祈りのマントの一番端っこを捕まえることもしなかった。僕は終わりか、もしくは始まりだ。」(ebd.)

カフカはここで、「時代のネガティヴなもの」に対する自分の洞察が既存の宗教や概念によって固められていないことを表明している。そのため、カフカが独自の視点で切り取った時代への認識は、作家自身の個人的な危機や使命に基づいているため、引用にあるように一回限りの「終わり」となる可能性も秘めているが、その認識が普遍性を持つものであれば、一方でカフカが確信していたとおり、新しい認識の「始まり」ともなるのである。そうであるなら〈動物物語〉を読む試みも、カフカによって切り拓かれた「始まり」を明らかにしうる可能性を秘めているのである。

2 〈動物物語〉の特性

ベンヤミンは、一九三四年五月から六月にかけてカフカに関するエッセイを執筆して、新聞『ユーディッシェ・ルントシャウ』に投稿した。そのエッセイの中でベンヤミンは、カフカの描く動物像にとりわけ注目し、その特徴のいくつかを明らかにした。そのベンヤミンの研究は〈動物物語〉を論じる上で示唆に富むものであり、ここではそれを参考にしつつ、〈動物物語〉の特性を探っていく。

ベンヤミンの解釈

ベンヤミンは、カフカの作品世界では太古の時代に起源を持つ、息子を咎める父親の「法」が息づいているとした。そして『審判』や『城』に登場する、子供じみた「助手たち」のような未熟な性質をもつ登場人物たちをひとつの形象グループとして、動物たちと対置させる。助手たちに代表されるその形象グループは、父と息子の関係が基盤となって形作っている社会の秩序や社会階層に属さないことによって、その権力的なシステムの支配を免れた存在だとベンヤミンは語る。

一方、『雑種』に登場する猫と羊の雑種や、『家長の気がかり』に登場する、エムリッヒが自由と結びつけたオドラデクなども含めたあらゆる動物たちは、人間と同じく家族や「法」という呪縛の中に絡みとられた存在だとベンヤミンはみなしている。その「法」の中で生きていくことのあり方とは、以下のようなものである。「自分の確固とした場所、確固とした交換不可能な輪郭というものをだれも持たない。だれもが上昇、もしくは下降の中に含まれてしまい、だれもが敵、もしくは隣人と入れ替わってしまう。[5]」ベンヤミンは、カフカの〈動物物語〉の動物たちをこのように、「法」へと囚われた人間と同じ目線で眺めている。

ベンヤミンのいう「法」という言葉を、本書の〈檻〉というキーワードに結びつけると、彼の定義をこのように広げることができる。〈檻〉の中での生とは、他者と交換不可能な輪郭を持てないことで、誰もが敵にも隣人にもなりうるような没個性へと陥っている。しかもその生は、ヒエラルヒーを上昇するか下降するかに限定されていて、その上下運動から外れた、他のあり方の可能性は閉ざされている。ベンヤミンの〈動物物語〉に関する解釈は、本書の問題提起と重なるものであるが、これから本書が行う作品解釈の試みは、そのような生のあり方を制限するものを、その要素ごとに挙げて読み解く試みである。

ベンヤミンは右のような解釈の後に、なぜカフカは〈動物物語〉を執筆したのかについても言及する。彼はその理由を、動物たちと太古の世界との関係性に結びつける。神話やトーテム動物に関する伝承をみればわかるように、動物的なモティーフが祖先の世界と通じるものとして描かれるのは、カフカの物語に限ったことではない。また、そのような場合動物は、ベンヤミンの見方からすれば人間よりも原初に近い存在としてみなされうる。ベンヤミンが、カフカの描く動物たちを、カフカにとって「忘却されたもの」を描き出す「器」であると言い表したのはそのような理由に基づいている。[6] ベンヤミンの視点からカフカの描く動物たちを眺めれば、それらは法の起源であるものを探るための唯一の鍵であり、それによって、権力対人間を含めたあらゆる生き物の根源的な関係について理解するための手掛かりとなりうるのである。

「――次のことは確かだ。カフカのあらゆる被造物のうち、動物たちがもっとも思案に暮れている。法における腐敗であるもの、それが動物たちの思案では不安となる。不安は事態を駄目にしてしまうのだが、それでもその事態の中で、唯一の希望に満ちたものなのである。[7]」ベンヤミンのいう太古の世界の法とは、現在の資本主義的な社会においても余すところなく及んでいる父権的な権力システムの源流であり、本質的にはどの時代においても共通している権力の構造そのものだといえよう。

引用したベンヤミンの言葉によると、法における腐敗、つまり近代以降の現代にまで受け継がれた父権的な権力システムの欠陥については、カフカの物語の中では〈動物物語〉の動物像こそがもっとも深い関わりにある。それはカフカの描く動物像が「忘却されたもの」と根底では通じており、その繋がりとはつまり、存在から複雑性が取り払われるという祖先がえりであって、問題やテーマが動物像の中に圧縮されているという意味で、より問題の根源へと迫ることが可能であるためだ。そのように捉えるとき、以上のベンヤミンの指摘は、現代においてカフカの〈動物物語〉を読む意義を補強する。

3 〈動物物語〉とその寓話性の問題

アドルノの解釈

アドルノのカフカ研究は、ベンヤミンのカフカに関するエッセイを基にしている。彼の「カフカに関する覚書」は、一九四二年から五三年にわたって執筆されて、一九五三年度に刊行された『ノイエ・ルントシャウ』の三冊目に掲載された。この論文では、カフカの物語はひとつの「寓話（Parabel）」として捉えることが可能かどうか、というベンヤミンの提起した問題が引き続き論じられている。アドルノは、カフカの物語の持つ寓意性について以下のように述べている。

彼の友人〔ブロート〕の抗議にもかかわらず、カフカの散文は象徴よりもむしろアレゴリーを目指していることからも、社会的な保護を奪われたものたちと関係がある。ベンヤミンがその散文を寓話〔Parabel〕として定義したのには理由がある。カフカの散文は、表現によってではなく、表現することを拒否することによって、またはある中断によって自らを表現する。それは開くための鍵が盗まれている寓話世界なのだ。(8)

カフカの物語の寓話性に関するこのような議論は、アドルノやベンヤミン以降にも、エムリッヒやゾーケル、ヒーベルといった主要なカフカの研究者の間で取り上げられてきた問題である。

イソップの動物寓話（Tierfabeln）というひとつの系譜があるように、カフカの〈動物物語〉を研究する際にも、それが従来の動物寓話とどのような関係にあるかという点について考察することは重要だ。ここでは先行研究の議論を参考しつつ、レッシングの寓話論をもとに、カフカの〈動物物語〉の寓話性について論じる。

3-1　カフカの物語における寓話性に関するゾーケルとエムリッヒの主張

本書の「使用テクスト〈動物物語〉」ですでに述べたように、エムリッヒは「純粋な動物物語」が動物の視点の下に語られているというものの、実際のカフカの物語においては、主人公が動物であっても、いわゆる自然の動物そのものとしては描かれていない。その点については、もちろんエムリッヒ自身も以下のように補足している。「他方ではしかし、これらの動物たちは、人間の諸問題を生き、なおかつ省察している。[9]」元はアレクサンダー大王の乗り物に過ぎなかった馬が弁護士になって法学の研究に励んだり、一匹の犬が世界の謎を探究したりと、〈動物物語〉の動物たちは身体的には動物であるが、精神的には人間と同等のレベルにある。その他の動物たちも、自身の芸術家像を追求したりと、動物たちの取り扱う問題や課題も動物の次元を超えている。

ゾーケルは「その〔カフカの〕寓話〔Fabel〕では、人間的な特性が動物キャラクターたちによって体現されている」とし、〈動物物語〉がイソップの寓話の特徴を継承していると主張する。[10] しかし、カフカの〈動物物語〉で露わとなるのは、ゾーケルのいう「人間的な特性」ばかりではない。つまりカフカは、理性や道徳、規範などといった諸要素を、本来理性を持たない生き物である動物の生へと敷衍させることによって、通常は無意識のまま受け入れているそれらの否定的な側面や機能について、読者に「気付かせる」ことを可能にしているともいえるのである。〈動物物語〉という文学形式を通じて、カフカは理性、道徳、規範といったそれら諸要素が、人間を人間として形成させているると同時に、ある面においては束縛もしているという構造があることを示している。

イソップの寓話に関しては後で詳しく述べるものの、その特徴を端的にいえば、社会と人間の諸相を皮肉と風刺を織り交ぜて、動物像に寄せつつ描き出すという文学的な特性がある。それが現代通用している〈寓話〉という概念の基礎となっている。エムリッヒはカフカの〈動物物語〉をイソップ寓話と同一線上に捉えようとする読み方を否定する。「それでもなお、これらのカフカの動物たちを単純に人間と同一視すること、そして動物が人間の諸状況を映しだして、動物の姿の装いの下に道徳的な教訓が表現されているようなイソップ寓話〔Fabeln〕の再形成を、これらの中に認めることは誤りであろう。[11]」対してゾーケルはこのエムリッヒの見解について、「ヴィルヘルム・エムリッヒはカフカの動物像の中に、本来的で実在的な自己そのものを認めたがる[12]」と反論していく。

この二つの先行研究のまったく相反する主張に対して、本書はどのような立場をとりうるのか決定するために、これからカフカの〈動物物語〉の寓話性について検討を行う。また、エムリッヒとゾーケルの二人はイソップの寓話を引き合いに出してはいるものの、それがどのような特性を持つものであるのか詳しく論じてはいない。本書ではその部分も補っていく。ひとことに日本語で「寓話」といっても、ドイツ語ではFabel、Parabel、Gleichnisもしくは Allegorie というように使い分けができるのである。それらを順を追って確認していく。

3-2　Gleichnis と Fabel の定義

まずGleichnis（寓話）としてカフカの〈動物物語〉を読む可能性についてだが、それについてはカフカ自身が一九一七年五月一二日にブーバーへ宛てて書いた手紙が手掛かりとなる。序章の使用テクストに関する箇所でもすでに少し述べたが、カフカは、ブロートの知人であったシオニストのブーバーから、彼の編集する雑誌『ユーデン』に作品を投稿してほしいとの依頼を受けた。この雑誌は一九一六年四月から刊行されたシオニズムの雑誌で、当時ブロートも協力していた。

当初シオニズム運動とは一定の距離を保って接していたカフカであったが、ブロートとその知人からの頼みとなれば断わりきれず、『ジャッカルとアラビア人』と『あるアカデミーへの報告』の二作品を寄稿することにした。するとブーバーは、その二作品に共通タイトルとして、「寓話（Gleichnisse）」はどうかと尋ねる手紙をカフカに送る。それに対するカフカの返答が、以下の引用である。

> さて、こうしてわたしも『ユーデン』に参加しましたが、こんなことはありえないといつも考えていました。これらの作品を、喩え話〔Gleichnisse〕とは名付けないよう、お願いします。そもそもそれらは喩え話ではありません。もし共通タイトルが必要でしたら、「二つの動物物語」がもしかすると最上かもしれません。
>
> （B3, 299）

この文章からはまず、そのタイトルからもわかるとおり、宗教的色彩の濃い『ユーデン』に自分の作品が掲載されることになったカフカの戸惑いと、そのことによって二つの作品が、宗教的な喩え話（Gleichnisse）と捉えられることへの懸念とが読み取られる。

Gleichnis（寓話）の辞書での定義をみてみると、独独辞典『ドゥーデン』では以下のように示されている。「〔……〕抽象的な考え、あるいは事象を、〔教訓的な意図をもって〕はっきりとした具体的なストーリーに喩えることでわかりやすくしようとした、短い具象的な物語。[13]」とある。また同じく独独辞典『カンペ』を参照してみると、Gleichnis（寓話）について以下のように書かれている。

Das Gleichniß（寓話）

（1）ある人物や物事を表現させようとしている、もしくは少なくともその事物との類似をそなえているべき像。〔……〕また別の意味では、なんらかの実質を伴わない姿。
（2）ひとつの像の下、ある物事をイメージで喩え、そのイメージでわかりやすくしようと試みた語り方。喩え話（Parabel）。ある物事を比喩で包むこと。ある人に喩え話を語ること。含蓄に富んだ比喩。喩えは喩えという表現は、喩え話がぴったりと合わないことを意味する。喩え話で、もしくは喩え話によって語ること、もしくは喩え話で上品な話を表現すること（Parabolisieren）。比喩表現は比較表現よりもより完全に詳細であることで区別される。『アーデルング』[14]によれば他の事柄の非本来的な、もしくは具象的な観念を含む語が比喩と呼ばれるが、しかしながらそのような用いられ方は特例である。南部ドイツ語ではこの語はしばしば、女性名詞で die Gleichniß となる。[15]

『カンペ』の（1）の定義は、あるものの似姿としての意味を指し、（2）では喩え話としての概念が示されている。『ドゥーデン』の定義にあるように、Gleichnis（寓話）には時として教訓的な意図が含まれる。また、（2）ではそのような喩え話を Parabel（寓話）の同義語として捉えているが、Parabel とは元はラテン語の名詞 parabola をドイツ語化したものであり、『羅和辞典』によると「一、比較、対置。二、寓言、ことわざ。比喩。三、風刺詩、嘲歌。[16]」を意味する。また、別の『独独辞典』で Gleichnis（寓話）を調べると、以下のように記されている。

Gleichnis（寓話）〔……〕本来「他と比較しうるもの」、シラーの例はこの一般的な意味「狩猟は戦闘と比べられるもの」、それゆえかつては、„Vorbild“（手本、模範；範例、典型）（「神という手本に従って」ルター訳聖書創世記五・一）、„Nachbild“（どんなものにしろその姿を写し取った形・像、形象）（「あなたは自分のために、刻んだ像を造ってはならない、どんな形をも作ってはならない」ルター訳聖書出エジプト記二〇・四；「人間として形成されたものは神性の形を保有している」ゲーテ『親和力』二〇・二九三・一〇；「すべて過ぎ行くものは、形象に過ぎない」ゲーテ『ファウスト』一二一〇四)、現在では„Parabel"(譬)の意味のみ(ルター以前の聖書のドイツ語訳ではそのように使われ、ルターはそれをマタイ伝一三・三で受け継いだ:「そしてイエスは譬で多くのことを語る」)。[17]

この辞書による定義でもGleichnis(寓話)の意味がParabelと同じであることが示されている。またここで例に挙げられた「イエスは譬で多くのことを語る」という聖書からの引用によってもわかるとおり、Gleichnis(寓話)という言葉には、宗教的な教訓話との繋がりがあることも確認できる。

以上の辞書による語義的な比較により、カフカがブーバーに宛てた手紙の中で、自分の二つの〈動物物語〉を喩え話(Gleichnis)ではないと否定したのは、そのような宗教的な教訓を込めたものではないという意味があったのだと受けとられる。

したがってこのカフカの発言は、〈動物物語〉には宗教的解釈は相応しくないということ、およびそれを教訓的な物語としての、いわゆる「道徳的寓話(sittliche Fabel)」[18]のジャンルとして捉えてはならないという二重の否定を意味しているのだとみなしうる。

レッシングの寓話の分類

「道徳的寓話」とは、寓話の研究を行ったレッシングによる分類のひとつである。彼はまず、寓話を単一的寓話と複合的寓話の二つに分類し、そこから道徳的寓話と理性的寓話、神話的寓話、超自然的寓話の四つのジャンルを派生させた。その中のひとつである道徳的寓話とは、物語中の行動人物が人間ではなく、本来理性を持たないもの、たとえば動物といったものが登場しつつ、さらにはストーリーに道徳的命題が含まれているものを意味する。

一七五九年に発表されたレッシングの寓話研究とは、まずイソップの寓話の特徴を挙げた後、それを元に個々の作品を細かいジャンルに分類していくことによって、その物語の持つ機能を明らかにしようとするものである。彼は「寓話（Fabel）」を、以下のように定義する。「それゆえわたしはすべてを総括して、次のようにいう。わたしたちが普遍的、道徳的命題を特別な状況へと還元し、その特別な状況に現実性を与え、そしてそこから、普遍的命題が直感的に認識されるひとつの物語を作り出すならば、その作り話は寓話と呼ばれる。[19]」

これはすなわちイソップの寓話すべてに下された定義だが、イソップの寓話だけに限定されるのではなく、レッシングによると寓話というジャンル全体にも適用されうる。これによると寓話（Fabel）とは、普遍的かつ道徳的な命題を併せもたなくてはならない。

3-3　『小さな寓話』の例

レッシングが挙げたこの寓話（Fabel）の定義に、はたしてカフカの〈動物物語〉が当てはまるのかどうかについて検討するための適した判断材料となるのが、ブロートによって『小さな寓話（*Kleine Fabel*）』と名付けられた断片である。これは猫とネズミという二種類の動物のみが登場する、いわゆる〈動物物語〉であり、比較的作家の晩年の一九二〇年晩秋頃に執筆された。「紙片集（Konvolut）」と呼ばれるばらばらの紙の束からなる記述である。[20]　非常に短い物語なので、全文を引用する。

> 「ああ、」とネズミは言った。「世界は日が経つにつれて、狭くなっていく。はじめのうちはそれは、不安を感じるほどに広かった。先へと進んで、ついに遠くの右左に壁が見えたのは幸せだった。しかしこの長い壁は、余りにも早く互いに狭まっていき、自分はもう最後の部屋にいる。そしてその角には、わたしが落ちようとしている罠がある。」――「走る方向を変えるだけでいい」と猫は言い、ネズミを食べた。
>
> (NSFII, 343)

この物語は一見すると、典型的な動物寓話の形式に当てはまるかのようである。レッシングは動物寓話の特色について、動物を登場人物にすることで冗長な性格描写を回避しうる点を挙げている。たとえば、歴史上の人物であるブリタニクスとネロを登場させても、彼らについてよく知らない読者にとっては両者がどのような関係にあるのか理解できない。その場合、すべての読者から同一の観念を引きだすことは不可能である。しかし、ブリタニクスとネロの代わりに羊と狼といえば両者がどのような関係にあるのか、読者は直観的に理解することができる。寓話（Fabel）と呼ばれる物語はすべてこのように、読者が物語から直観的認識によって命題を把握できなければならないのである。[21]

『小さな寓話』では、猫とネズミという動物を登場させることによって、典型的な捕食者と被捕食者という単純な力関係の図式を誰でも読み取ることができる。また、物語の中でいかにも知恵がそなわっているかのように振舞うネズミが、自分からあっさりと猫の元へと飛び込んでしまう愚かさも、現実にネズミは賢さの点で猫に劣るという共通の認識があれば理解しやすくなり、読者が命題を把握することの助けとなる。また、ネズミや猫が人間のように言葉を話すことも、動物寓話の中では動物は、人間の理性と言語を持っていることが前提であるというレッシングの挙げる特徴と一致している。[22] カフカの『小さな寓話』とレッシングが論じた動物寓話の特性との、このような見かけ上の一致からはあたかも以下のような命題が導き出されうるかのようである。

ネズミは形而上学的な思考に囚われていて、日常においていわば盲目的な状態へと陥っている。それによって現実に目の前にある些細な危機でさえ回避することができない。つまりこの物語は、そのネズミの愚かしさを通して、物事を正しく認識することの重要さを示している。またネズミよりも賢い動物である猫から最後に発せられる、「走る方向を変えるだけでいい」という教訓的な言葉には、自省することの意義と、常に生き方を改めていくことの大切さ、という道徳的命題が提示されているのだと読むこともできる。

そのように道徳的命題を見いだす解釈を『小さな寓話』で行えば、この物語をイソップ寓話のジャンルに結びつけてしまうことも可能となる。ブロートがこの断片を寓話（Fabel）と名付けたのも、このような従来の寓話の特徴との重なりからではないかと推測できる。だが、ここで疑問に思うのは、この物語のいわんとしていることとは、本当に道徳的な命題のみなのだろうか、という点である。

『小さな寓話』の不条理性

この『小さな寓話』には、独特の気味の悪さ、つまり後味の悪い不安な印象や危機感がある。また猫は、読者に示唆を与える教訓的な存在という印象よりも、ネズミの矮小さをあざ笑うかのようだ。物語のほぼ大半は、ネズミの嘆きによる一人称である。その気味の悪さや不安、危機はこのネズミの嘆きから生じている。「広かった」世界に対して、そもそもネズミははじめから「不安」を感じていた。圧迫感を与えるはずの左右の壁ですらネズミに「幸せ」を感じさせるほど、広大な世界はネズミにとって不安を掻き立てるものだった。なぜならネズミは、世界には危機、たとえば猫のような危険が待ち受けていることを〈知っていた〉からだ。猫の言葉のとおり、向きを変えればよかったはずなのに、ネズミはなぜかそうしないまま、「最後の部屋」へと進んでいく。ネズミの視覚から語られる、走るほどに狭まる両側の壁のイメージは、読者の心の中に落ち着かなさを呼び起こす。先には自分が「落ちようとしている罠がある」ことを知りながら、ネズミは死へと突き進む。なぜ向きを変えなかったのかを考える時、この物語はまさしく不条理だ。

もしこの物語がイソップの動物寓話のような道徳的命題を提示することだけを目的として書かれているのならば、ネズミが世界の崩壊感にも似た感覚を訴えたり、避けられない危機を嘆いたりする必要はない。では、この『小さな寓話』は、先に論じた道徳的命題とはまったく逆のことを読者に直観させることを意図しているのではないか。逆のこととはつまり、物事の「本当のこと」を認識することの不可能さ、またそれにしたがって自省して生き方を改めることの不可能さである。この断片が作家の比較的晩年に書かれたものであることはすでに指摘したが、認識の問題は、この時期の作家の主たるテーマのひとつだった。カフカは一九一八年から一九二〇年にわたり、物事を本質的に正しく認識することの困難さをアフォリズムという形で記し続けた。その中の、物の見方もしくは直観に関するアフォリズムのひとつが、この物語を理解する助けとなりうる。

絶望的な命題

「一一／一二　たとえばひとつのリンゴについて抱きうる見解の相違。食卓の上のリンゴをかろうじてわずかにでも見るために、首を伸ばさなくてはならない少年の見解と、リンゴを手にとって食卓仲間に自由に与える一家の主人の見解。」(NSFII, 115f.)

このアフォリズムから読み取られうる、少年と主人の眼差しの高低差、そして立場の違いによる事物の見え方の違いは、そのまま猫とネズミの視線の高さや、そこから受け取る情報の認知のされ方へと繋がる。

ネズミが走りだした頃の世界は周囲に何もなく、不安を感じるほど広かった。しかしネズミはやがて、先に猫が待ち受ける方向へ向かっていくのだが、ネズミの視点は低い。一方、高い目線から周囲を見渡すことのできる猫は、ネズミが自分の足元へと走り寄ってくることを知っている。猫とネズミは同一の環境に存在していても、そこから読み取りうる周囲の情報量には差があって、両者の事物の見え方には、主人と少年のリンゴの見え方のようにおのずと異なる。ネズミの死の一因は、世界の姿を正確に視認する能力にあるように描かれているし、また情報量に関して以外にも、あらゆる生き物が秘めている、死へと必然的に引き込まれてしまう破滅的な傾向ももちろん色濃く描かれている。

そうした破滅への不可避性を生み出す原因のひとつに、生き物が事物を認識して判断することの「あやふやさ」があるということを、この物語は暗示している。ありとあらゆる物事を、ありのままに主観を挟まず把握することが不可能であるという点では、人間もネズミも同じである。『小さな寓話』は、ネズミの嘆きと死という結末を通して、われわれの現実の世界に対する認識がいかに狭く間違ったものであるのか、またそれによって、場合によっては避けることのできる目の前の罠でさえ、自ら陥ることもあるのだということを明らかにする。さらにはネズミが視点を高く保つことができないように、また人間も正しい認識と主観に囚われない判断に沿って生きるなどということは、絶対的に不可能であるという絶望的な命題が示されているのである。猫の最後の言葉がまるで、ある人物にとって不可能なことを、それと知りつつあえて口にするかのような皮肉に聞こえるのも、この物語がそのような不可能性を暗示する物語であるからにほかならない。

したがってまとめれば、カフカの〈動物物語〉の持つ寓話的特徴とは、形式の上ではレッシングの論じたイソップの動物寓話の特徴と重なるのだが、その物語が最終的に目指すところはイソップの寓話とは違って、啓蒙的な道徳的命題を提示することを意図するものではない。むしろカフカの意図は、人間が絶対的に避けることのできない様々な囚われ、たとえば『小さな寓話』の場合では、間違った認識という〈檻〉を描く否定的寓話といいうるだろう。

3-4 『寓意について』の例

ヒーベルは、カフカの物語のもつ寓話的な特徴について、寓話（Parabel）の性質を述べながら、以下のように指摘している。

拡大された比喩〔Gleichnis〕、ないし「詳細なメタファー」に基づく寓話〔Parabel〕は、強調することと教訓的であることで、その特徴が際立っている。つまり寓話は、予期しない、難解な真実を示している。カフカの場合には、教訓的な寓話〔Lehrparabel〕は、「空っぽな寓話」〔Leerparabel〕へと変わる。つまり「空虚な」、もしくは、「ネガティヴな寓話」へと。[23]

ヒーベルはここで「教訓」という言葉の Lehre と、「空っぽな、空虚な」という言葉の leer を掛けて、カフカの寓話性の特徴を説明しようと試みている。カフカの物語は、教訓の抜け落ちた「空っぽな寓話」であるとするヒーベルの指摘は、その寓話的性質を説明するには的を射ているが、この言葉だけでは物語の内容の重みを説明するには十分だとはいえないだろう。[24]

また本章の「3－1　カフカの物語における寓話性に関するゾーケルとエムリッヒの主張」で述べた彼らの議論に戻ると、エムリッヒのいうように、ゾーケルのごとくカフカの〈動物物語〉をイソップの動物寓話の系譜へと直接的に結びつけることも、カフカの寓話からは根本的に道徳的命題への志向が抜け落ちているという点で疑問が残る。かといってエムリッヒのように、動物たちをただポジティヴな領域圏と結びつけて日常を超越した存在と読むこともまた、「喩え」を喩えのままに捉えすぎることになるのではないだろうか。

「喩え」の問題

比喩を比喩で語ることで結局は無意味へと陥る状態と、またはその反対に、日常的な事柄だけに思考を奪われてしまい、抽象的な思考を一切拒絶してしまった状態の両方を、カフカは『寓意について（*Von den Gleichnissen*）』というごく短い断片で描いている。この題名もブロートが名付けたもので、執筆時期は一九二二年から一九二三年頃だと推測されている。[25]これも作家の晩年の時期である。猫とネズミの寓話と同様に、この断片も「認識する」という行為そのものが主題となっている。

賢者の言葉がいつも単なる比喩に過ぎないと多くの人が嘆いている、という文章からこの物語は始まる。物語の冒頭部分の語り手である「わたしたち」は、賢者が「彼方へ行け」（NSFII, 531）と語る時、それはただ単に向う側へ渡れ、という意味ではなく、「何かしら架空の彼方」(NSFII, 531f.) を意味していることは理解できると語る。しかしそれ以上のことは「わたしたち」にはわからないし、賢者自身もそれより他に言い表せないので、賢者の言葉は結局「わたしたち」の何の役にも立たないと嘆く。

そして以下のような文章でもって物語の前半部分は締めくくられる。「そもそもこのようなあらゆる喩えは、捉えられないものは捉えられないということを言いたいだけであって、そんなことはわたしたちも知っている。しかし本来わたしたちが日々苦労していることとは、別のことなのだ。」(NSFII, 532)

ここまでの引用から、「何かしら架空の彼方」と、語り手である「わたしたち」の生きている「日々の生活」(NSFII, 531) が対置されていることがわかる。つまりこの語り手は、「何かしら架空の彼方」と「日々の生活」がまったく別のことだと考えているのである。「何かしら架空の彼方」という言葉の意味を、この言葉のみによって語の指し示す内容のすべてを把握することは不可能である。だが、この比喩を比喩としてのみ受け取るのではなく、語り手の世界観を構築している「日々の生活」へ結びつけるという受容の作業を通じて、「架空の彼方」にあったはずの、未知の意味が開けてくる可能性があることに語り手は気付いていない。語り手の思考からは、「解釈を行なう」という行為そのものが欠落している。

ヒーベルがカフカの物語を「空っぽの寓話」と喩えた表現には、この『寓意について』にある、受容と解釈の作業の欠落とどこかしら共通している。カフカの物語も、まるで『寓意について』の賢者の言葉のように、捉えられないものは捉えられないと語る「空っぽの寓話」であると読むことも確かにできるし、また、日常からかけ離れたことを語っているのだと読むこともできる。しかし、結局は捉えた言葉とその意味を、人間の諸問題と結びつけて解釈するより他に、「彼方」にあった作品を「此方」に引き寄せる方法はないのではないだろうか。ベンヤミンの次の言葉は、本書のこのような主張を補う。

カフカの作品は喩え話〔Gleichnisse〕ではない。そして、それ自身として受け止められることも望まない。〔……〕わたしたちは、カフカの喩え話に導かれて、Kの身振りや動物たちの振舞いの中で説明されている教義〔die Lehre〕を得ているのだろうか。教義はここにはない。〔……〕いずれにしても、ここで問題となっているのは、人間の共同体における生と労働の組織化の問題である。(26)

ベンヤミンがカフカのテクストの提起する問題を「生と労働の組織化」の問題だといっているように、カフカの物語が人間の生に関わるありとあらゆる絶望的な状況を、読者にいかなる「教義」も提示しないまま表出するものだとすれば、それはカフカの〈動物物語〉が絶望の寓話であることの徴である。

カフカの〈動物物語〉は、イソップから伝承されてきた動物寓話とは一線を画すものであり、同時にそれがカフカの〈動物物語〉の独自性を生み出している。動物を主人公にして描くというカフカの第一の意図は、動物を主人公とすることによって物語の図式を単純化して細かい描写を省くという点にあるが、通常理性で当たり前のように受け入れられている物事を、理性を持たない生き物へと敷衍させて描くことによって、その自明性を読者に問わせるという作用もあるだろう。本書はこれ以降、このような観点に基づいて、〈動物物語〉の作品解釈を行っていく。

第Ⅱ章　社会的な〈檻〉

1　『あるアカデミーへの報告』

マルト・ロベールがその著作『カフカのように孤独に』の中で語るように、オーストリア＝ハンガリー二重帝国の支配下にあったプラハという街で、ドイツ語を話す典型的な中産階級のユダヤ人家庭に生まれたということが、カフカにとって言語的、習慣的、宗教的、その他様々な点において彼の自己同一性に複雑な影を投げ掛けることとなった。しかし、そのような入り組んだ状況下でも、自分の存在根拠と周囲の問題に対する彼の姿勢は一貫していた。ロベールは以下の言葉でそれを表現している。

カフカを取り巻く多くの人々がそうするように、彼は自分の葛藤を、すぐに利用できる当座しのぎの間に合わせで解決するのではなく、己の矛盾を直視すること、そしてそれを徹底的に考えつくすことを自分の課題とした。その矛盾を見誤ったり、そこから逃げたり、無理強いされたイデオロギーの選択によってそれを矮小化したり、もしくはもっと悪いことには、その矛盾と折り合ってしまうような危険を冒してしまわないために。[1]

カフカが矛盾から逃げることのない生き方を貫いたと主張するロベールの言葉は、ブロートの証言と、わずかに食い違いを見せるかのようである。ブロートによるとカフカは、自分のすべての作品に「父親からの逃走の試み」という共通タイトルを与えたがっていたという。(2)

完全に「出口」なし

本書が問いたいのは、カフカにとって物語を執筆することとは、典型的な商売人気質だった父親の勢力外である〈文学〉という領域で、なかば逃避のように戯れるための避難場所のようなものだったのだろうか、という問題である。ドゥルーズ／ガタリは、カフカの文学では、権力機構や服従に対立する自由が問題として扱われているのではなく、主人公たちがそのような権力機関から、単に逃走できるかどうかが問われているのだという。

カフカが『あるアカデミーへの報告』の中の猿に言わせているように、〔……〕どこかしら、その場でさえも、即座に「こっそりと姿をくらます」ことのみが問題となるのである。服従に対立する自由が問題となるのではなく、ただ単純にひとつの「出口」、「右でも、左でも、どこでもいい」出口、可能な限り意味のない出口の問題なのである。(3)

また、カフカの物語を論じた箇所で、彼らはその特徴について以下のように語っている。「すべてに動物が登場するわけではないにせよ、根本的にカフカの場合、物語は常に動物物語である。動物は、カフカの物語の主要なテーマと一致する。つまり出口を探すこと、逃走の線を定めることだ。(4)」

この二つの引用の中でドゥルーズとガタリは、「出口」という言葉をキーワードに、カフカの〈動物物語〉における逃走の動きについて指摘している。この「出口」という言葉や、その前に引用した文章にある「右でも、左でも、どこでもいい」、「こっそりと姿をくらます」といった表現はすべて、『あるアカデミーへの報告』という短編小説からの引用である。これらの言い回しは、小説の主人公である一匹の猿によって人間の言葉で語られている。

『あるアカデミーへの報告』の中心テーマとは、実際に主人公の「出口」の探究そのものに関係している。後にロートペーターと名前を付けられる主人公の猿は、アフリカの野生に生息していた猿だった。だが、近代的な西洋社会からやって来た狩猟隊に捕獲されたことで、動物園か猿回しの寄席の舞台の上か、いずれにしても一生、檻の中の「動物」として生きるより他に生きる道が残されていないことを自覚した、と猿は作品の中で振り返る。そしてそのような逃げ場のない状況を、ロートペーターは人間の言葉で「出口なし」と表現する。

わたしには出口〔Ausweg〕がありませんでした。しかしその出口を手に入れなければならなかった。なぜなら、出口なしには生きられないからです。ずっとこの箱の壁にくっついていると――死んでしまうことは避けられないかもしれない。しかし、ハーゲンベックでは猿は箱の壁に押し込められているのが当たり前なのです。――こうなった以上、こうしてわたしは猿であることをやめてしまいました。（DL, 304）

「猿であることをやめる」決意したロートペーターは、調教と自発的な訓練によって人間の言葉や習慣を身につけて、教養あるヨーロッパ人と同じ程度にまで振舞えるようになる。そして最終的には「文明世界の著名なあらゆる寄席の舞台の上」（DL, 301）に確固たる地位を築くに至る。その過程を振り返りつつ、学会に招かれたロートペーターが、人間の言葉で語るという一人称形式の報告調の物語である。読者の立場は学会の聴衆の立場と重なっており、ロートペーターの言葉を一方的に受け取る構造となっている。「出口」という言葉で表現されているものとは、いまここで端的にいうならば、人間同様に振舞えるようになることであり、それによって主人公が捕獲された野生動物という本来の状況を脱却して、人間社会の中に紛れ込んでしまうことを指している。

このロートペーターの見出した人間同様となるという「出口」が、その存在にとってかつての野生の状態の代わりとなるような、真に充足的な「出口」となったか、と問えばそうではない。それを鑑みれば、カフカの作品の中で描かれるものが「出口」を探す試みそのものであって、その「出口」に意味があるかどうかは問われないという、引用にあったドゥルーズとガタリの指摘も肯ける。また、ここでは触れていないが、エディプス的な権力構造が、本来の父と息子の構造を離れて社会的な機関へと肥大して、その領域を拡大していくとする彼らの解釈も、本作品の「文明」そのものが象徴している権力構造へと敷衍すれば示唆的である。

彼らのこの指摘を踏まえた上で、『あるアカデミーへの報告』のような作品を執筆するというカフカの試みそのものを眺めると、それは意味のない単なる「出口」を、父親の権力の領域圏外に探す戯れなどではないことは明らかだ。『あるアカデミーへの報告』の中には、右で述べたような短いあらすじだけでも、猿本来の「野生」の生に対して、それを抑圧し、封印するという仕方で権力的に機能する「文明」社会という対置がある。そして猿がヨーロッパ人の平均的教養を獲得するという設定には、啓蒙的な理性によって築き上げられた近代における人間観への風刺が見つかる。この物語を少し概観しただけでもこのように、カフカの観察眼の下に描出される、近代以降の西欧社会と人間に対する批判が読み取られるのである。

したがってカフカの物語の中ではドゥルーズ／ガタリのいう意味での、「可能な限り意味のない出口」が描かれてはいるが、カフカの生き方そのものは逃走ではなく、現実のありさまを見つめ、その様々な不条理の形を暴露し続けるという、執筆を通じたある種の闘争的な生き方を貫いたのだといえる。

人間同様社会に同化するという離れ業を行った猿にさえ、真の「出口」は見つからないという生き物の生を取り巻く、完全に「出口」なしという状況を記すこと、それがカフカの本作品の意図なのだと考える。『あるアカデミーへの報告』の中で、カフカが執筆を通じた戦いの対象として選んだのは、近代以降の「文明」社会のシステムそのものと、そこで生きる人間という存在の孕む虚構性の問題である。

ノイマンとフィンケンは、『あるアカデミーへの報告』が人間の視点からではなく、人間に擬態した猿の側から報じられていることに注目している。(5) その理由は、動物の生と文明的な社会における生という二つの生の経験を持つ特異な主人公の設定によって、その両方の生の特徴と差異とが読み取られうることに基づいている。本章では彼らの見解を深めつつ、カフカの捉えた文明的な社会の像を新たに浮かび上がらせることを目的とする。そして人間の生にとって抑圧的な作用を及ぼす諸要素を、本来的な生を束縛する一種の〈檻〉であるとして、その構築される過程を示していく。

2　人間と動物の区別

主人公ロートペーターが、物語の中で一気に飛び越えてしまった人間と動物の区別とは、そもそもどのように捉えられてきたのか。ヨーロッパ史の中で人間の生は、他の生と区別することによって、常にその輪郭を浮き彫りにされてきた。その区別はアリストテレスにまで遡ることができる。アリストテレスは『魂について』の中で植物を例に挙げる。植物の魂は、栄養を摂取するという原理のみをそなえた生であるとして、生が生体に属する前提条件を、まず栄養摂取の原理に帰属させた。したがって、アリストテレスはまず魂をもつものとしての動物を、魂を持たないものとしての無生物から区別することで「生きる」ということを分解し、その後、栄養感覚、感覚作用、思考能力に基づいて生を再分節化したといえよう。(6)

そのように「区別する」ことによって結果的に何が生み出されたかというと、人間は他の動物と違って言葉を操り、理性をそなえているという点で特別な生き物であるという見方である。それが近代以降の人間に対する理念や、その固有性についての見解を形成する基礎となった。そのことはホルクハイマーとアドルノの共著『啓蒙の弁証法』の「手記と草案」と題する章にある断片「人間と動物」の中でも冒頭で述べられている。「ヨーロッパの歴史において、人間の理念は動物と区別することのうちに表現されている。人間は、動物の理性のないことを通じて、人間の尊厳を証明している。[7]」

「人間」への揺さぶり

カフカの『あるアカデミーへの報告』という物語は、人間の尊厳にまつわるこの従来の言論を見事に逆手にとることで、啓蒙理性が確立した人間という存在の冒されがたさに対して揺さぶりをかけてくる。他の生物との相対的な比較によってその絶対性を維持していた人間としての固有性と価値は、分類学上の類縁である、ほかでもない猿がそれを獲得することによってパロディ化されて、作品中ではその価値を失ってしまう。

リースも『フランツ・カフカ』という論文の中で、本書の主張を支える解釈を行っている。彼は『あるアカデミーへの報告』の中で描かれるロートペーターの発展と適応の過程とは、猿を通して描かれる人間の共同体の、暗くグロテスクなカリカチュアであると述べている。[8]

そのように人間の固有性を怪しくするのと同時に、本作品は、動物の特徴として連想される、克服されがたい非理性的な性質というものも、はたして本当に動物だけに限られた性質であるのか、という逆の質問を読者へと問いかけてくる。それはロートペーターの次のような発言にある。「あなたがたの猿性〔Affentum〕が〔……〕あなたがたにとって遠いのは、わたしの猿性がわたしにとって遠いのと同程度なのです。」（DL, 300）

この発言によって、ロートペーターという猿でも人間でもない存在の奇異さが増すと同時に、物語内に想定されている「聴衆」と読者に対して、ある種の問いが惹起する。つまり、個人が社会化される以前の段階にはあったであろう「猿性」が、現在の自分という存在から抹消されているとの考えは、思い込みに過ぎないのだろうか、という問いである。こうした発言とロートペーターという存在そのものによって、この物語における人間と動物の境界は徐々に疑わしいものへと移行していく。

次に引用するロートペーターの発言にも、人間に含まれる「猿性」への仄めかしを読み取ることができる。ハーゲンベック学術狩猟隊に捕獲されたロートペーターは、捕獲場所のアフリカからドイツのハンブルクまで船で輸送される。(9) その船上でひとりの船員がロートペーターに特別な興味を示した。ロートペーターはその船員を教師として、飲酒、喫煙といった人間特有の風習を学び始める。はじめのうちは上手くいかずに両者は苦戦する。それを回想してロートペーターは以下のように語る。「彼はわたしに腹を立てたりはしませんでした。わたしたちが同じ側に立って、猿の本性〔Affennatur〕と戦っていること、そしてわたしがより困難を背負っていることを彼は理解していたのです。」(DL, 310)

ロートペーターは猿の本性と戦うことが、猿にとってだけの戦いなのではなく、同時に人間である船員の戦いでもあると語る。このことはロートペーターの方が「猿の本性」に近い存在であるという理由から、戦いがより困難なものであるには違いないが、船員の存在もまた彼と同様に「猿の本性」の延長線上にある、とロートペーターが人間をみなしていることを示す。

動物的な生の部分

その「猿性」、もしくは「猿の本性」とは、どのように受け取ることが可能であるのか。人間と動物の境界線にまつわるディスクールを問題化しているアガンベンの『開かれ』をみると、以下のように記されている。

人間は、人間を支える「人間化した」動物を超越し、変身させるかぎりにおいて、人間的でいることが可能になる。人間とはまさしく否定的活動によって自分自身の固有の動物性を支配することができる、もしくは

──場合によっては──それを破壊しつくすことが可能となるからである。[10]

この文章は、人間が根本的には内部にある種の「動物性」をそなえているということ、そしてその「固有の動物性」に対する絶え間のない「否定的活動」によってのみ、人間としてあり続けることが可能となることを明示している。存在の内部へと向けられた不断の「否定的活動」が、ひとりの人間を人間として形成するというプロセスは、『あるアカデミーへの報告』の中でロートペーターが内なる「猿性」を否定して、抑圧するに至る内的な変容のプロセスとも重なる。

リースはニーチェの『道徳の系譜』を引き合いに出しつつ、ロートペーターの適応の過程とは、反社会的な動物として生まれてくる人間が、社会的な自我へと「無残」に調教される物語であるとして、文明の生き物への暴力的な作用を強調した見方を展開している。[11] ロートペーターが「猿性」を抑圧する過程とはそのように、人間がその〈動物的な生の部分〉を抑圧するまでの過程の比喩として読むことが可能なのである。

動物的な生とはいいかえればすなわち、理性とは真逆の要素であり、すべての生命の器質的な根幹を支える本能的な生の部分そのものだといえよう。テクストの「猿性」という言葉を本書なりにいいかえたものが、動物的な生の部分という言葉である。通常、人間の文明や社会的な営みは、この「猿性」、すなわち動物的な生の部分を排除もしくは押さえ込むことを前提条件として人々に強いることで行われている。その理由は第一に、人間の内にある「猿性」が生命の維持、または種の繁栄といった本能的な生を司る部分と機能を同じくしていることから、白日の下に晒されるには現代人にはとって、あまりにも生々しく、また〈モラル〉を欠いて映ることによる。猿の行動を眺めた際に、人が時折ある種の嫌悪感を抱くのも同様のことで、その場合は自分自身の「猿性」を、猿の身振りの中に重ねて読み取ることに起因するのだろう。モラルという禁忌の意識が、文化的な生活を成立させる基盤のひとつといえる。

そのような動物的な生の部分が、抑圧されなくてはならないことのもうひとつの理由は、文明の存在理由が人間を守るため、もしくは文明そのものを維持するために「自然」を支配下に置くことを目的としていることに因る[12]。この場合の自然とは、災害等を通じて人間にとって脅威となる外在する自然を指していると同時に、人間の内部に内在する自然ともいいうる動物的な生の部分とも繋がる。したがって、文明社会に属するものは多かれ少なかれ、その動物的な生の部分を抑えなければならないし、本能の赴くままに振舞うことは無論、法律や規律、もしくは人類の歴史にわたって刷り込まれたタブーの意識によって念入りに規制されている。

すでに本書の『流刑地にて』の囚人像にまつわる解釈の箇所でも述べたが、『流刑地にて』での囚人像は、人間の内には隠匿しなければ、社会的に適応することが不可能になるような部分があることを仄めかしていた。カフカは『あるアカデミーへの報告』のロートペーターの人間化へのプロセスや、『流刑地にて』の囚人が下されたような罰を描くことを通じて、文明社会による人間の内なる自然に対する統轄を描く。たとえ人間であったとしても、内なる「猿性」を抑えきれなかった場合にどうなるのかは、ロートペーターが本格的に人間の習慣を身につけるための勉強を始めた時に出会った「最初の先生」が示している。次にこの「最初の先生」について、論じていく。

2-1 内なる「猿性」

ひとつの出口を望むときには〔……〕もっとも小さな反抗にもわが身を苛むものです。猿の本性〔Die Affennatur〕は丸まり、わたしから逃げ出し外で暴れまわりました。その結果、わたしの最初の先生自身がそれによってほとんど猿のようになってしまい、まもなく授業は中止され、先生は精神病院に送られねばならなくなったのです。(DL, 311f.)

人間同然に振舞うことができるよう、一匹の猿に教えるためには、その猿と向かい合って自分の動作を繰り返し、示し続けるという方法以外に道はないだろう。ロートペーターと「最初の先生」は学びの段階において、鏡像のように向かい合い、見つめ合っているものと理解される。ロートペーターにとってその学びの内容とはまさに、「猿の本性」に逆らうことであり、その本性を捻じ伏せることによってのみ、克服は可能となる。学びの過程において、猿がその本能を押さえ込もうと必死にもがく様子を凝視し続けることは、人間である「最初の先生」にとって、ロートペーターと同様、自分自身にも潜んでいる「猿の本性」を意識化させる効果を持つ。

ニーチェは、『善悪の彼岸』の中で以下のような箴言を残している。「怪物と戦うものは、自分も怪物とならないように用心するがいい。そして、君がながく深淵を覗き込むならば、深淵もまた君を覗き込む。[13]」「最初の先生」とロートペーターが鏡合わせの状態で「猿の本性」を抑え込もうとする戦いの危険さは、深淵の中に隠蔽されたものを覗き込む行為の危うさを説くこの箴言と重ねると理解しやすい。

隠匿されたもの

人間が社会的生活を営む上で、動物的な生の欲望はタブー視されて抑圧を受けている。ひとりの人間が、文明社会の構成員として成長するまでの過程において、その動物的な生の欲望が抑圧され続けた結果、その動物的な生の部分は本来、自分自身にそなわっていた要素でありながら、社会化された自分にとっては「異質なもの」として感じられるようになる。動物的な生の部分といいかえられる「猿の本性」とは、ニーチェの箴言の意味において自らにとっては深淵に潜む〈怪物〉的であり、またあまりにも長い間そこへ視線を集中的に向け続けることは、かつて社会化の工程で隠蔽されていたものを、呼び起こしてしまう危険にも繋がりうる。

したがって「ほとんど猿のように」という言葉で表現された「最初の先生」の発狂とは、ロートペーターと鏡合わせの学習を通して、その意識の下に抑圧されていたものが噴出した結果であると考えられる。そもそもそれが一体どのような「狂気」であるのかは不明だが、「隠匿されたもの」をすべて開示し、「ほとんど猿のようになって」しまうことは、文明社会においては充分に「狂気」にカテゴリー化されて、「精神病院」に送られることはありうるだろう。ロートペーターという外的な存在に向けた視線が、「最初の先生」の内部へも、同時に二重に照射された結果である。

しかもその学びの内容が、言語と理性とを獲得することで、人間と動物との違いを乗り越えようとする猿の側からの試みであるという事実が、「最初の先生」の人間としての同一性を破壊する。そのために「最初の先生」は、ロートペーターとは逆に「ほとんど猿のように」なってしまう。『あるアカデミーへの報告』では、「最初の先生」という、「人間」の側からの「猿」への逆の〈変身〉も描かれている。

そのような紆余曲折を経て、やがてロートペーターはまるで人間のように自分自身と他の動物との間に線引きを行い、そこから現在の自分を同定するまでに至る。それは以下の文章によって理解される。

> 一匹の、小さな調教途中の雌チンパンジーがわたしを待っていてくれて、猿の方法でわたしは彼女と楽しい時間を過ごします。日中には、わたしは彼女を見たくありません。つまり彼女の眼差しの内には、混乱した調教動物の狂気があるのです。〔……〕わたしはそれに耐えられないのです。
> (DL, 313)

雌チンパンジーの動物の狂気は、なぜロートペーターを耐えられない気持ちにさせるのか。「混乱した調教動物の狂気」とは、ロートペーター自身も以前、人間の社会に入り込むために抑圧した「猿性」のことではないのか。「猿性」は、文明化された視線の下では「狂気」に通じる。「混乱した調教動物の狂気」の状態にある雌チンパンジーを「見つめる」ことに嫌悪を感じ、遠ざけることでロートペーターは自らの同一性を保っている。このことはロートペーターから内なる「猿性」、つまりロートペーターの場合は一匹の猿であったかつての自分そのものが、現在では〈異質さ〉を帯びたものとして感じられていることに起因する。人間の文明的生活が要求する、自分自身にある動物的な部分を隠蔽し、それを公に開示することに対して嫌悪感や羞恥心を抱くことは、人間に課せられた第一条件であり、雌チンパンジーにロートペーターが抱く嫌悪感は、彼がその条件をクリアしていることの証である。

現在のロートペーターは雌チンパンジーを見つめることにより、かつての自分そのものである動物的な生の部分と対峙することを余儀なくされる。それは、人間が人間であること、そして現在のロートペーターが現在のような存在であることの拠り所に、根底から揺さぶりをかけてくる。その拠り所とは、人間と動物を区別しようとする境界線なのだが、それは本来、固定された線なのではなく、揺らいでいる不確かな線であるとカフカが描こうとしたのは明らかだ。その境界線とは、文明的な社会の要求にしたがって、人間がすでに自分たちの内にある本能的な生の部分を自分自身で不断に否定し続けたり、公から隠蔽し続けることによって、かろうじて保たれているに過ぎないのである。

3 戦略としての擬態

主人公のロートペーターが人間の言葉を話し、雌チンパンジーと自分を区別するほどまでになったとしても、ロートペーターはやはり身体的には猿であって人間ではない。『変身』では人間だったザムザが虫へとメタモルフォーゼしたように、ロートペーターも文明社会に言語と理性、そしてヨーロッパ人の「平均的教養」とを携えて人間に同化したという視点からみれば、本作品も一種の〈変身〉物語とみなすことが可能である。

しかしロートペーターの精神的な発展に伴って身体的にも人間へと変貌を遂げ、やがては心身ともにひとりの人間となる物語ではないことから、先に挙げたノイマンとフィンケンの指摘にもあるとおり、これは〈変身〉というより人間への「擬態」の物語であるといった方が的確だ。

動物が生き延びるために何かを模倣して、あたかも模倣の対象そのものであるかのように振舞うという例は自然界に多く見受けられる。そのような保身の行動を、生物学では擬態という。人間をモデルとして、擬態を行うようになったロートペーターの動機をテクストから探れば、また新しい問題が浮かび上がってくる。

狙撃されたショックによる気絶から目覚めた時、いかなる心境であったかは、後のロートペーター自身によって以下のように語られている。

> 低い声のむせび泣き、苦痛そのもののノミ探し、ヤシの実を弱々しく舐めること、頭蓋で箱の壁を叩いてみること、誰かが近寄ってきたならば、舌を剥きだすこと――これらが新しい人生における最初の仕事でした。しかしこれらすべての中には、ただひとつの感情があっただけでした。出口なし、という感情です。〔……〕何しろこれまでにはとても多くの出口があったというのに、いまやもうひとつもないのです。(DL, 303f.)

このようにしょげかえったロートペーターを見た人間たちは、当初すぐに死んでしまうに違いないと推測した。当時のロートペーターには、発表を行っている現在の彼ほどの判断力も知性もなかったが、それでも体よく檻から脱走できたとしても、また人間に捕まるか、もしくは他の檻の中へ迷い込んで「大蛇」に殺されるか、海に落ちて死んでしまうことを避けられないだろうことは察していたと語っている。そのどん底ともいうべき状況の中で、ロートペーターはこのような洞察に至る。

> 今考えてみますと、わたしは自分が当時少なくともこのように予感していたように思われます。つまり、生

きることを望むなら、わたしはひとつの出口を見つけ出さなければならないということ、しかしこの出口とは、逃げ出すことによっては到達することができないということです。逃げ出すことが可能であったかどうかは、今のわたしにはもはやわかりません。しかし、可能だったと信じています。逃げ出すことはいつだって、猿には可能なはずです。

（DL, 306）

ここでの猿なら可能だったはずの「逃げ出すこと」とは、当時のロートペーターの場合には、野生へと逃げ戻ることを意味しているというより、さらに悪い状況へと陥るか、または死んでしまうことを指している。そのような猿として選びうる選択肢は、以下の引用にある「自由」という言葉と繋がる。

「いいえ、わたしは自由を欲しませんでした。ただひとつの出口。右でも、左でも、どこだっていい。わたしは他の要求をしませんでした。その出口がまたたとえひとつのまやかしであってもかまわない。〔……〕先へ、先へ！」（DL, 305）ここまでの二つの引用から、猿としてなら死ぬことを通じて、「まやかし」ではない死という出口へと逃げ出してしまうことも可能だったこと、そしてそれは猿としての「自由」にも繋がるはずだったが、ロートペーターはそれとは別に、「まやかしであってもかまわない」出口を探す方を選び取ったということが確認される。この「まやかしであってもかまわない」出口を探すためにロートペーターは、周囲を自由に動き回る人間たちを観察する。

その観察を通じてロートペーターは、船員たちがあるひとつの傾向を秘めていることを見抜く。「わたしはこれらの人間があちこち歩き回るのを見ました。いつも同じ顔、同じ動きです。しばしば、それはたった一人の人間であるかのようにわたしには思えたのです。そんなふうにしてこの人間、もしくは人間たちは、何にも邪魔されずに歩いているのでした。」（DL, 307）船員たちの様子は非常に画一的で、一人ひとりの見分けがつかないほどに似通っている。

資本主義社会における労働効率の追求が、集団の利益へと直接的に繋がりえない個性を抑圧するという問題は、『あるアカデミーへの報告』より五年前に執筆された『失踪者』でも重要なテーマとして扱われている。先に引用した船員たちの印象は、船での作業そのものに彼らの個性や、いわゆる個の差が必要とされていないことを表現すると受け取られうるのだが、『あるアカデミーへの報告』で描かれる問題を明確にするために、ここで一九一二年の段階での、『失踪者』に描出されたカフカの資本主義社会に対する見解を参考にしたい。

『失踪者』

『失踪者』はプラハ生まれの一六歳の少年カール・ロスマンが、両親によって追放されたアメリカの地で様々な経験をし、困難に遭遇しながらも独りで生き抜いていく姿を描いた未完の長編小説である。はじめカールは裕福な伯父に引き取られるが、やがてそこからも追い出されてホテルのエレベーターボーイとして働き始める。だがそこでも知人の引き起こしたトラブルに巻き込まれて首になり、カールは娼婦の囲われ者に落ちぶれる。最後の断章でカールはある劇団の、誰でも希望の仕事に就くことができるという謳い文句を掲げたポスターを見つけてそこに加入するが、その後の成り行きは未完であるため不明である。

シェルフは『失踪者』について、「カフカは資本主義体制を純粋に、経済的な諸条件の下に観察したのではない。あるいはただ社会批判的な見地から観察するのでもなく、人間全体とその社会との関係の疎外の形式として観察したのである(14)」と述べている。

さらにシェルフは続けて、カフカの想像したアメリカには、作者が執筆していた当時、欧米の社会全体に前兆として現れていたある傾向が見つかるという。「それはヨーロッパにおいては、一九一二年にはただ徴候に留まっていたような発展の絶頂へと至る傾向が含まれている。つまりその傾向とは、純粋な利益至上主義を意図する経済生活にとって有利な結果になるような、あらゆる社会的形式の崩壊と消滅である(15)。」

カフカは『失踪者』で、資本主義社会で生きるために労働を免れることのできない階級の人間が、どのように扱われうるかを描き出そうと試みたといえるだろう。そこにはシェルフのいうような利益至上主義に蹂躙される人々の困難と、極端な形で描き出される資本主義社会の悪しき一面が読み取られる。

たとえば『失踪者』の、風景描写が目立つ四章では、不安を感じることなく屠殺場に運ばれていく家畜の鳴き声と、異様なまでの規則正しさによって統轄された交通秩序に従うニューヨーク市民の様子が並んで描写されている。[16] この画一化された市民生活と、屠殺されるのを待つだけの家畜の運命との重なりには、大衆を家畜化しようとする社会の一側面を表現しようとするカフカの意図が明らかだ。

また、主人公がエレベーターボーイとして働くホテル・オクシデンタルの内部には、利益の追求を至上の目的とする社会の姿が先鋭化した形で表されている。企業という巨大な集団の中で労働を強いられる人間は利潤を生み出すための小さな歯車のひとつに過ぎず、企業は彼らが自由な意思や決定に従って生きることを許さない。それは作中で善意の行動が、雇用者の評価にまったく考慮されない点に表れている。ホテルは雇用者に、服務規程に従って働くことのみを望んでいる。いいかえれば取替え可能な部品としてあることを彼らに要求している。

そのような雇用のあり方では、従業員はあらゆる他者、つまり従業員同士や雇用者、また顧客といった他者と人間本来の相互的な情緒的交流など結ぶことは不可能だ。その形態システムそのものが、従業員一人ひとりを疎外する根本的な原因となる。労働者たちは次第に個としての特性を失っていくこととなり、最終的にはすでに引用したような、家畜と並んで描写される名前のない集団の一部へと形を均されてしまう。主人公とホテルとの対立関係から読み取られる、資本主義体制のあり方と個人との関係とは以上のようなものである。

『あるアカデミーへの報告』においても、主人公ロートペーターへと促される周囲との均質化の問題という『失踪者』と同様のテーマが見出されうる。自分自身の「顔」を失った船員たちの存在は、この問題の縮図である。『あるアカデミーへの報告』は、『失踪者』以来のカフカの社会批判的な視点を受け継いだ作品だといいうる。『あるアカデミーへの報告』の場合には、野生の猿が人間社会に連れて行かれた結果、種の隔たりを飛び越えて人間へと均されるという点で、『失踪者』よりも問題は先鋭化されている。

ロートペーターは船員たちの様子から、擬態さながらに自分の言動を周囲の環境と食い違いのないよう振舞うことが、文明的社会で生きる上でのひとつの条件であることを見抜いた。その結果としてロートペーターは、人間に擬態することを生き残る戦術として選択する。人間に擬態することで獲得した新しい生存の在り方を、ロートペーターは「人間という出口（Menschenausweg）」という言葉で表現する。

そのこと〔ヨーロッパ人の平均的教養を獲得したこと〕自体は、ひょっとするとまったくなんでもないことかもしれません。ですが、わたしを檻から助け出し、わたしにこの特別な出口、この人間という出口を獲得させてくれたかぎりにおいては、やはり何かしらのものであるのです。ドイツ語の、ある素晴らしい言い回しがあります。こっそりと姿をくらます。それをいたしました。わたしはこっそりと姿をくらましたのです。

（DL, 312）

「こっそりと姿をくらました（ich habe mich in die Büsche geschlagen）」という表現は、ドイツ語では藪を隠れ蓑とし、その中へ身を隠すイメージに基づく。そしてこの場合の「藪（Büsche）」へ飛び込むこととは人間社会という「藪」の中へ、ロートペーター自身も本来の野生の姿を捨てて紛れ込むことを意味する。

ヒーベルは、ロートペーターの職業が舞台芸人であるという点に着目している。この職業についてヒーベルは、人間とは、文化的な必然にしたがって他人を模倣して生きる一種の「ものまね芸人」であることのメタファーであると指摘する。(17) 模倣が文化的な必然であるとの洞察は、本書のこれまでの推論でも明らかなことだが、問題はそればかりでない。ロートペーターはそのような人間社会の抑圧的な了解事項になかば積極的に従うことで、自分から猿としての「自由」を放棄したのだともいいうる。

『失踪者』の主人公カールが社会との軋轢にもかかわらず、自分のアイデンティティを放棄することを拒み続けた結果、社会的な階層を零落していくのと比べると、ロートペーターの生き方は対照的だ。カールとは反対に、ロートペーターは自分のアイデンティティを放棄することを自ら選択し、人間の社会の慣習を徹底的に受け入れて従うことで、ロートペーターは社会的なヒエラルヒーを上昇していく。

しかしその結果手に入る「出口」の先では、自分自身の本来的な生を裏切るという欺瞞に陥ることを避けられない。そのことに対する予感が、すでに引用したロートペーターの、「その出口がまたたとえひとつのまやかしであってもかまわない」という言葉と繋がるのである。以下では、この擬態の問題と同時に、テクストの描写から読み取られる均質化と欺瞞の問題について引き続き論じていく。

3-1　均質化の問題

ロートペーターという主人公に付けられた名前そのものが、均質化の問題をさらに考える上での鍵となる。主人公が命名された経緯は次のように語られている。

わたしは二発の銃弾を受けました。一発は頬へ。それは軽傷でした。ですが毛の生えなくなった大きな赤い傷跡がひとつ、残りました。その傷がわたしに、不愉快な、まったく合わない、文字通り猿によって発案された、ロートペーターという名前を授けました。それはまるで、最近死んだ、世間でよく知られていた調教された猿のペーターとわたしとは、この頬の赤い傷だけが、唯一の違いであるかのようです。（DL, 301）

弾丸の傷跡が赤いことから、ロートペーターという名前を付けられたのだが、それは以前有名だった、調教された猿「ペーター」に、赤いという「ロート」を足しただけの名前だった。死んだペーターも芸を売りにしていたらしい。それと同様にロートペーターも、後に舞台に立つための訓練を受けることになる。焼き直しのような名前、同じ社会的役割を割り振る行為、死んだ個体から新しい個体へと繰り返される訓練は、ロートペーターを以前の猿ペーターの代用として扱うことを意味する。ここでは、猿という動物の命は、使い捨ての利くもの、死んだらまた新しい個体を捕まえてくることで取り換え可能なものとして描かれる。本来取り換え不可能なはずの「個」を、そのように代用可能なものとするためには、まず全体に対して均質化することが必要となる。ロートペーターの周囲にいた人間たちが、独自の顔と独自の動きを失い、「いつも同じ顔、同じ動き」をしていたこともこの志向の表れである。(18)

代替可能性

死んだ猿ペーターの代用となるように迫られたロートペーターは、貶められた扱いを受ける猿の代わりとなるよりも、まず猿であることをやめてしまうこと、さらには人間の真似をしながら生きることを選ぶ。その結果、すでに論じたとおり、ロートペーターは、本文中の「猿の本性（Affennatur）」という言葉でまとめられる本来的な諸要素、いわば社会の規範や理性によっては通分しきれない、独自のアイデンティティともいいうる社会にとっての「異質性」をすべて手放さざるをえなくなる。『失踪者』の分析からも明らかになったとおり、資本主義的な文明社会の中であらゆる生き物の存在は、資本を生み出すシステムの一分子としてしか所属できないのであり、それは「猿の本性」のような独自性を保ち続けることと相いれない。つまりカフカは、文明社会に属することを、存在の本来のありように対して抑圧と矯正を受けることと同義的に描いており、この点において文明をひとつの権力構造として描いている。

人間の真似をして生きる、という突飛な出口を見出したロートペーターは、社会的な地位と名声を獲得する。実際にはこの成功は、ロートペーター自身のかけがえのない「猿の本性」、つまり固有なものの喪失によって成立しているのだが、ロートペーターはその交換の不当さに気がついていない。それどころか物語ではその成功に満足している様子が窺える。物語の終末部分では、そのミミクリ（＝擬態）という生存の破綻がみられる。

ロートペーターの大成功とは、彼自身がいうように「おそらくこれ以上の成果は挙げられない」（DL, 313）ものである。そしてロートペーターは自分の知性に誇りを持って、謙遜しながらも以下のように公言する。「これまで地上にあったこともないような努力によって、わたしはヨーロッパ人の平均的教養へと到達しました。」（DL, 312）

だが、ロートペーターが実際に、夜の時間を共に過ごす相手は人間ではなく、すでに引用したように雌のチンパンジーである。この矛盾は、ロートペーターが、「猿」という存在の上に「人間」というマスクをつけて演技をしているに過ぎないことを明らかにする。ロートペーター自身はこの欺瞞に気がついていないか、もしくは気づくことを意図的に避けている。この点に気づくことは、もはや人間という「出口」以外に「出口」を持つことを断念したロートペーターにとって意味を成さないからだ。物語の最後の段落では、ロートペーターは自負心をちらつかせつつ以下のように語る。「全体としてわたしは、到達したいと望んだところまでいずれにしても到達したのです。」（DL, 313）

この矛盾と自己欺瞞は、ロートペーターの成功に一抹の翳を落とす。『あるアカデミーへの報告』はそもそも、ロートペーターの軽妙な語り口とあいまって、機知とウィットに富んだ作品だ。だが、この自己欺瞞が、この作品に込められたイロニーを、文字通り「出口」のないものに変える。なぜならば、ここで描かれているイロニーが、一匹の猿でも外面さえ取り繕えば、問題なく社会に受け入れられるという社会全体、人間全体の内面性の喪失に対して向けられたものであるからだ。文明社会の〈悪〉の側面について『透きとおった悪』で論じたボードリヤールは、二〇世紀の作家ゴンブローヴィッチの文章を引きつつ、このような人間の内面性の喪失の問題について、以下のように論じている。

人間であることとは、演技者であることだ――人間であることとは、ひとりの人間を演じることだ――人間であることとは、深層でひとりの人間であることなしに、人間のように振舞うこと――人間であることとは、人間性を唱えることなのだ。(19)

ここに挙げられた行為が人間の条件であるならば、ロートペーターはまぎれもなく現代的な人間像を模倣しており、身をもって体現しているといえよう。つまり、「深層でひとりの人間であること」なしに「人間として振舞い」、演技者として「人間性を唱える」のが人間の条件であるとするならば、である。ロートペーターが人間の社会に適応するために抑圧しなければならなかった、もしくは克服しきったように振舞わなければならなかった「猿の本性」とは、社会にとっては容認しきれない野生という異質性そのものだった。

しかし、社会にとっての異質な要素をすべて排斥して矯正した場合、そこに所属するものたちの均質化は進み、その社会に住まう人間は、豊かな内面性と個体差を保てなくなる。『あるアカデミーへの報告』は、そのことを仄めかしている。そこでは誰もが自分本来の姿を喪失していると同時に、ただうわべだけの人間性のみで生存を繋ぐという虚構に満ちた生き方しかできない。ロートペーターやそれを取り巻いていた人間たちはそのような人物像を代表しているのであって、それらは固有性をそなえた個人というよりも、もはや他の誰かに擬態をした、代替可能な複製だ。はたして他者との相違は、ロートペーターと先に死んだ猿ペーターの違い以上に、あるのだろうか。ロートペーターの「名前」と擬態の問題は、このような問いを突きつけてくるのである。

4 「人間という出口」と「自由」の問題

物語の中で語られている学会報告から遡ること五年前、狩猟隊によって捕獲されるまで、ロートペーターはアフリカの「黄金海岸」（DL, 301）に生息していた。その時の自分のことをロートペーターは、「わたし、この自由な猿（ich, freier Affe）」（DL, 299）という言葉でふり返る。「自由（Freiheit）」という言葉に強いこだわりを示し、本文中で九回も用いながら人間の社会の中で自由を求めないことを主張するロートペーターが、こうやすやすと「自由な猿」とかつての自分を称していることは注目に値する。

一方、人間に捕獲されてから、ロートペーターが捜し求めた「出口（Ausgang）」という言葉はテクスト中に合計一五回用いられている。ロートペーターはその「出口」という語と、「自由」という言葉の意味を取り違えないようにと、学会の聴衆に注意を促す。

わたしはわざと自由とは言いません。あらゆる方向へと向かって開かれた自由という、あの大いなる感情のことを考えているのではないのです。猿としてわたしはひょっとするとその自由の感情を知っていたかもしれませんし、それに憧れる人間たちとも知り合いました。ですが、わたしとしては、当時もまた今日も、自由を求めてはいないのです。（DL, 304）

ロートペーターが捕獲される以前に感じていたという、「あらゆる方向へと向かって開かれた自由」とは、一体どのような自由なのか。そもそもアカデミーからロートペーターが「猿であった自分の前歴についての報告」（DL, 299）をするように、との要請を受けたことによって、本作品のような物語の語りの構造が成立しているのだが、ロートペーターはかつての「自由な猿」(ebd.) だった頃の自分を語る方法を持っていないという。ロートペーターはその理由について、以下のように述べている。

わたしはもちろん当時、猿として感じたことを、今日ただ人間の言葉によってのみなぞることが可能なのであって、その結果、わたしは事実を歪曲しています。しかし、わたしがこのかつての猿の真実〔die alte Affenwahrheit〕に、もはや到達できないのだとしても、少なくとも、わたしの叙述の方向性の中に、かつての猿の真実は存在しており、そのことは疑う余地がないのです。

(DL, 303)

この「かつての猿の真実」にまとめられる「自由な猿」と結びつくテクストの言葉を挙げると、「わたしの根源(mein Ursprung)」(DL, 299)、「青春時代の記憶(Erinnerungen der Jugend)」(ebd.)、「強情さ(Eigensinn)」(ebd.)などがある。それらはすべて「人間の言葉」では語ることができず、ただロートペーターの「叙述の方向性」から読み取られなければならないという言葉から、野生の猿だった頃の生とは、人間の言語的な生とは異なっていると確認される。本書は人間の言語的な生という言葉で、本文中の「野生のサルだった頃の生」と反対のことを表現しているが、それは、対象に意味を付与する主体と、意味を付与されるその対象、という関係性に成り立つ生のことを示す。ロートペーターの「わたしの根源」とは、その「根源」という語から導かれるように、ひとつの原初的な状態にあったのだろう。

そのようにいえる可能性はロートペーターの報告の中に見つかる。学術狩猟隊によって捕獲される場面を語る際に、ロートペーターは他人の報告を元に語っていると述べて、弾丸の気絶から目覚めた船上の檻の中ではじめて、「ここからわたし自身の記憶は徐々に始まります」(DL, 302) という。

ここでは、人間に捕まる以前の生が、確かにロートペーターという主体によって経験された生なのだが、言葉による思考に基づいた生の状態ではなかったことによる、経験を記憶として留めておくことの困難さが表れている。捕獲される以前のロートペーターの主体とは、言葉による思考の次元には据えられていなかったことで、主体と物事の間には齟齬がなく、主体は自己完結したひとつのまとまりとなることが可能だったのだろう。先の段落で表現した、「ひとつの原初的な状態」とは、主体におけるこのような状態を指す。

言語的な地平

〈語る〉という行為について、他者性の問題を引きあいに出して論じたフーコーの一説をみてみよう。フーコーは言語によって〈語る〉という行為には、〈わたし〉が〈他者〉の視線を意識して、それを自らの視点に統合することが必要となることを、神経衰弱者の症例をもって明らかにした。一九六八年に発表された『精神疾患とパーソナリティ』によれば、〈語る〉とは、「現前において眺めること＝眺められること、言語において語ること＝語られること、物語において信じること＝信じられることという〈裏側〉のある行為なのである。」[20]

このフーコーの理論と重ねてみると、ロートペーターが「かつての猿の真実」を〈語る〉ことができないことは以下のように理解される。つまり、〈語る〉ことが、自己と非自己という二重性をふまえ、対人的な関係が必要とされる行為であるなら、それはまさしく人間の、主体と客体との言語的な相互的地平においてのみ可能なのであって、かつてのロートペーターの生とはその二重性の存在しない状態の生だったということである。

したがって、ロートペーターの「わたしの根源」という言葉からわかるように、「かつての猿の真実」とは、意味を付与する側と、付与される対象との間に境界線の引かれていない原初的な地平においてのみ存在しており、そこでの経験は〈言葉〉というツールを手段に人間の言語的な地平へと取りだしてくることは不可能だということである。

エムリッヒは、『家長の気がかり』に登場する無機物オドラデクについての解釈を述べながら、このように論じている。「人間と事物がもはや目的〔……〕に従属しないとき、〔……〕また目的に満ちた結びつきを断ち切るとき、そのときこそ人間と事物は自由になり、健全で健康になり、思考と意志のあらゆるすべての支配を免れる。そうなってはじめてやっと人間と事物は救われる。(21)」

生き物が思考と意志の支配を受けているかぎり、根源的に自由な状態に至れないのだとエムリッヒはいう。仔細な検討は置いておくにしても、ひとまずこの点は『あるアカデミーへの報告』における言語による思考に基づいた生の状態と、原初的な生の状態との違いの問題に敷衍できよう。エムリッヒの解釈によると、そこが思考と意志がすべて停止されるような場だからこそ、ロートペーターが「自由な猿」でいることを可能にしていたのだといえる。

はじめから自由という概念自体の成立しえない世界だからこそ、逆にロートペーターはその概念の縛りから解き放たれた状態だったのであり、それは当時自由だったのかという問いにすら、ロートペーターは〈言葉〉では答えることができない。「黄金海岸」というユートピア的な響きを持つ地名にイメージされるとおり、ロートペーターの「過去」は、言語的な手段を通じては記憶を遡及することが不可能であるような、「わたしの根源」なのだ。以上の理由からロートペーターは、根源的で原初的な生の状態における猿の「自由」を、おぼろげなイメージを通じてしか把握できない。

捕獲によっていわば黄金時代との決別を余儀なくされたロートペーターが、生き残るために「人間という出口」へ至るまでの過程とは、「3　戦略としての擬態」で述べたように人間に擬態することに端を発する。しかし実際にはその過程とは、単純に「擬態」という一言に収斂させてしまえるような容易な道のりではなかった。その経過からも、かつてのロートペーターが一種の自由な状態だったといえる根拠を見つけだすことができる。ロートペーターが人間の言語を習得するまでの道とは、まるで人間が生まれてから言葉と意味の概念を獲得するまでの過程と重ねることが可能であるかのような様相を呈しているのである。

まずはじめにロートペーターができたことは、握手をすることだった。そして船員とロートペーターの最初の学びは、向かい合って人間の身振りをそっくり真似をするということから始まった。はじめはただ唸り合うことだった。「ほとんど話さずに、ただお互いにグーグー唸るだけ。」（DL, 306）そして唾を掛け合う。「人々を真似することは、とても簡単でした。〔……〕こうしてわたしたちはお互いの顔に唾を掛け合いました。」（DL, 308）これらの動作を表す二つの文章において、特徴的なのはどちらにも「お互いに（einander）」という語が用いられていることである。

この段階ではロートペーターは、相手の示す動作をただ鏡像のように真似をしていることがわかる。その動作には、友好、もしくは敵意を表すよりほかには何ら高度な意味も伴わない。その唸り声も意味のある言葉ではなく、いわゆる喃語に留まっている。

そしてパイプを吸う動作を学び始めるのだが、ここでついにロートペーターは人間の動作のもつ〈意味〉の問題に直面する。「空のパイプと、〔煙草の〕詰まっているパイプの違いだけは、わたしは長い間理解できませんでした。」（ebd.）パイプをふかす動作を真似することは、ロートペーターにとって難しくはなかった。だが、ロートペーターには、中身の詰まったパイプをふかしてこそ、煙草を吸うという動作に意味が生まれるということが理解できない。

ロートペーターの行動における動作と意味の乖離は、シュナプスを飲む訓練の場面にも同様に読み取られる。ロートペーターに渡されたシュナプスの瓶は、「空であって、ただ匂いだけがいまだ満ちているに過ぎないにもかかわらず」（DL310f.）、ロートペーターは中身を飲むような動作をし、一気飲みの後に船員が無意識に行う、腹を撫でて「ニヤっとする」動作まで真似をする。船員が酒を飲んだ後に「ニヤっとする」動作は、酒を飲んだ後の満足感か、もしくはロートペーターに対する感情表現だと思われる。しかしロートペーターの「ニヤっとする」動作には、その動作の引き金となったはずの「酒を飲む」という行為が先立っていないために、ここでは動作（＝ニヤっとする）に意味（＝飲んだことへの満足感、もしくは他の感情表現）が結びついていない。

パイプとシュナプスに関した学びの過程を描いた文章には、どちらも「空の（leer）」という語が見出される。ここにはカフカの意図を感じる。パイプもシュナプスも、どちらもその〈中身〉が問題になっている。人間はある事物を眺めたときに、その事物の持つ作用と意味とを同時に読み取ることができる。たとえば本を見ると、それは中身に書かれた文字を読むものだということを理解するし、シュナプスの瓶を見れば、それは中身を飲むものので、空の瓶では飲む動作を行っても無意味だということを直感で理解できる。経験や知識を通じて、外界の事物がすべて言葉によって、意味的な文脈上に意識の中で相互に配置されているからである。しかしロートペーターは、これまでの引用から理解されうるとおり、事物から人間の読み取りうる意味、つまり事物の意味的な「中身」を同じように読み取ることができない。それは、彼がパイプやシュナプスの中身を受け取ることができなかったのと同じことだ。

以上のことから、かつてのロートペーターを取り巻く環境が、人間の環境とはまったく異なっていたことが確認される。ロートペーターの周囲の事物は、ロートペーターにとってまさに意味の抜け落ちた「空の」存在にしか過ぎないということにより、またロートペーター自身も周囲に働きかけることのできない「空の」存在に留まることになる。ロートペーターがかつて保有していた動物の自由についてはすでに述べたが、そのような「空の」、という意味において、ロートペーターは事物の意味や作用から解き放たれた、いわゆる〈自由〉な状態でいられたのだといえる。

船員による訓練を繰り返した結果、ロートペーターはある晩に突然、シュナプスの瓶を飲む動作の意味に目覚める。そしてその直後、ロートペーターの口からは人間の言葉が飛び出した。「要するに、『ハロー』と叫んだのです。突然人間の声を発しました。この叫びによって、わたしは人間の共同体の中へ飛び込みました。」(DL, 310f.) この言語習得の兆しとしての第一声の瞬間とは、言葉を習得したことによってロートペーターがかつての猿としての彼の原初的アイデンティティ、つまり「わたしの根源」から切り離された瞬間を意味する。「過去」のロートペーターと、現在の言葉を話すロートペーターとの間に境界線が引かれた一瞬でもある。

根源との決別

言語習得という「出口」は、現在のロートペーターと「わたしの根源」との間にひとつの「穴」(DL, 300) として残っていて、そこからは「踵をひやりとさせる、ただの隙間風」(ebd.) が吹いてくる、とロートペーターは語る。その箇所を引用する。

> わたしの過去からわたしへと吹きつけていた嵐は静まりました。今日ではわたしの踵をひやりとさせる、ただの隙間風にすぎません。その隙間風の吹いてくる遠くにある穴、かつてわたしがやってきたその穴は、余りにも小さくなってしまったので、仮にもしわたしがそこへ戻るための、力と意志がそもそも充分だったとしても、それを通り抜けるためには、自分で自分の体から毛皮を剥がしてしまわなければならないでしょう。
>
> (DL, 299f.)

「自分で自分の体から」毛皮を剥ぐということは猿にとっては無論、致命傷であるし、現実的には不可能だ。この言葉は、言語を習得したことで、ロートペーターは「わたしの根源」へは生きて再び戻れなくなったことを意味する。かつての自己完結した動物的な状態から、言葉を習得したことで、ロートペーターの事物に対する認識はまるで人間のものと同じく記号と意味とに分裂し、目的や思考の「くびき (Joch)」(DL, 299) へと繋がれた。

言語の習得とは、主体と事物がひとまとまりになった状態を引き裂き、かつてあったはずの動物的で根源的な自由との絆を断ち切る作用を持つことが、ロートペーターの報告からは読み取られる。「出口」を見つけようとする試みそのものが、意味や作用から解き放たれた根源との決別を示す企てであることをロートペーターは予感していたために、「ほかに道はありませんでした。自由を選ぶことはできないということが、常に前提としてありました。」（DL, 312）と語るのである。

では、人間の自由とは、どのようなものだとロートペーターは捉えているのか。ロートペーターは人間の自由について以下のように語っている。「つけ加えると、自由という言葉で人間は、あまりにも頻繁に自分自身をあざむきます。自由がもっとも崇高な感情とみなされているのと同じく、それに対応している欺瞞も、もっとも崇高な感情とみなされているのです。」（DL, 304）ここではロートペーターは、人間の思考には常に欺瞞があるということを指摘している。思考の欺瞞とは、ロートペーターが答えているように、感情を「崇高な感情」とそうでない感情に区別するような、生を束縛する指標である。

そのような指標で束縛される人間の生がどのようなものであるかは、ヒーベルが次のように言い得ている。「ホルクハイマーとアドルノの『啓蒙の弁証法』の意味において、自然からの文化的な独立は、ただ新しい従属関係（仕事、社会的秩序、規律、自己抑圧）を生み出すに過ぎない、ということが明らかだ。[22]」ここに引用した箇所より前の頁でヒーベルは、ロートペーターについて、このように言及している。「ロートペーターは確かにひとつの『出口』を見つけるのだが、しかし結局のところ、外の世界の慣習や行動の仕方に適応する以上は、いよいよ本当に『囚われている』状態にある。[23]」

ヒーベルのこれらの指摘は、自然の支配を文明と理性によって脱出した人間が、自らの文明と、それを生み出した理性そのものによる新たな支配関係に組み込まれていることを明らかにしている。だが、人間の生の周囲には、ヒーベルが挙げた「新しい従属関係」と「慣習や行動の仕方」の他に、新たに「法的な拘束」や「暗黙のタブー」という見えない檻をつけ加えなければならないだろう。こうして文明的な社会における人間の自由とは、法や慣習から逸脱しないという条件の下でのみ許される、制限つきの自由なのだと定義される。

ロートペーターの言語を習得する過程が、人間の言語習得の過程と似ていることはこれまでに論じてきた。そのことは人間とは、ロートペーターが言語を習得する以前に「黄金海岸」で過ごしていた時代と重ね合わせることができるかのような、いわゆる未分化の状態、つまり一種のユートピア的な生の可能性をもって生まれてくるということを示唆する。しかし成長の過程で、その個人という存在の周囲には目には見えない格子檻の一本一本が徐々に構築されていく。やがて〈平均的な教養〉を得る頃には完全に法や社会の規範といった不可視の檻に繋がれてしまい、自らの「根源」には、その檻の中からではいくら手を伸ばしてみても届かなくなってしまう。

5 「人間」であることの苦しみ

ロートペーターの報告から読み取られた文明的な社会の諸相から、人間の生の周囲にある見えない檻を構築する三つの要素、すなわち格子が浮かび上がった。ひとつは周囲の環境に擬態し続けなければならないという格子、もうひとつは本能的な生の部分を隠蔽しなければならないという格子、そして言語習得により原初的な自らの根源から切り離されてしまうという格子である。そこに〈平均的な教養〉という要素が加わり、それらがまとまって人間の自由を束縛する習慣や規範、法律という社会的な檻を構築している。

ハーゲンベック学術狩猟隊は、黄金海岸に棲んでいた猿を捕獲して、その野生の生を文明化させた。その状況は、人間の内なる「猿性」に対する社会の扱いにも重ねて読むことができる。つまり、法や規範という枠組みによって社会が拘束しようとしているのは、まさに人間の内にある「猿性」、すなわち本能的な生の部分なのである。だが人間の、動物的かつ本能的な部分を、まるで人間が猿を檻に閉じ込めるかのように完全に抑圧してしまい、可能なかぎりコントロールしようとする社会とは、人間の本来的な生について鑑みる時、あまりにも神経症的な土壌だとはいえないか。

『あるアカデミーへの報告』におけるロートペーターは、「その出口がまたたとえひとつのまやかしであってもかまわない。〔……〕先へ、先へ！」と、とにかく先へと進むことによって八方塞がりを脱出したかのようにみえた。このような推進する力があったからこそ、ロートペーターは、カフカの作品の中では珍しく社会的に成功を収めたキャラクターとなっている。「出口」の先がまやかしであることを予感しつつも、とりあえず先へと進む力、それが抑圧的な社会でロートペーターが生き残ることを可能にしている。しかしこのロートペーター自身の推進力による八方塞がりの打破の方法も、人間に擬態し続けることを止めれば即、再び檻に繋がれてしまう危険性を秘めているのであって、ロートペーターはいわば、推進しながらの八方塞がり、というおかしな状況に陥っている。『あるアカデミーへの報告』の中では、自由は失われてしまったものとしてのみ描かれている。ここでは、主人公も含めたあらゆる人間も動物も、何かしらの不自由さを抱えた存在なのである。ロートペーターにとっての自由とは、二度と戻れない、黄金海岸で過ごした「かつての猿の真実」の方向、根源的な生へと繋がる、隙間風の吹きつけてくる「穴」の向こうにある。だが、それは人間が到達することのできない、動物の自由であるし、その隙間風がロートペーターの「踵をひやりとさせる」というアキレスの弱点を連想させる言葉からわかるように、今の彼にとっては命と引き換えにしか到達できない、つまり死という無‐可能性の中にしか存在しない自由だ。そのような自由はそもそも自由とは言いがたい上に、動物の自由も裏を返せば、周囲の事物に意味的に働きかけて世界と相互に関わり合うことが根源的に不可能であるという点で、エムリッヒの解釈とは裏腹に、〈空しい(leer)〉自由だといわざるをえないだろう。

一八八七年、『道徳の系譜』の中でニーチェは、本来動物であった人間が良心と道徳心をそなえた、いわゆる近代以降の文明化された「人間」へと至るまでの過程を、以下のように語っている。

外に敵や障害がなくなったため、慣習の規則正しさと圧迫してくる狭苦しさの中に押し込められた人間は、耐えきれなさに自分自身を引き裂き、追い詰め、かじり、心の平静を乱し、そして自らを虐待した。自分の檻の格子に身をぶつけて傷を負うこの動物（それを人間は「調教する」ことを望んでいる）。〔……〕――この愚か者、憧れつつ、絶望に陥ったこの囚人が、「良心の疾しさ」の発案者となった。しかしそれとともに、今日に至るまで人間がいまだ快癒していない、最も法外で、最も恐ろしい病気が持ち込まれた。すなわち、人間が人間であることに、つまり自分自身に苦しんでいるのである。これは、動物的な過去から暴力的に分断されて、いわば新しい状態と生存条件に一足飛びに飛び込んだことの結果であり、これまで人間の力と、意欲と、脅威が依拠していた昔の諸本能に対して宣戦布告をした結果だった。(24)

「人間獣（Gethier „Mensch"）」といわれる「人間」が、社会的な「善い」と「悪い」の分別にしたがって、道徳と価値判断の指標を定めた結果、その指標と本性との狭間で永遠に苦しめられる運命に陥った。ニーチェの描く人間のもがく姿は、『道徳の系譜』の三〇年後に執筆されたロートペーターをまさに想起させる。この点で、作品に登場するもう一匹の動物である雌チンパンジーはどうなのだろう。

雌チンパンジーの狂気とは文明によって「狂気」という一形式に押し込められてはいるものの、文明にとって資本を生産する力に還元されない部分、もしくは異質性を排斥して均質化しようとする流れに強固に抗う部分であるともいえる。少なくともこの雌チンパンジーは、ロートペーターが手放してしまった野生の猿というあり方に留まるという個人的な「自由」を、狂気という形ではあるものの、依然として保持している。

猿の毛皮を纏ったまま、偽りの人間性というマスクを被ってミミクリを続けるロートペーターの姿は、元は動物だったという事実を通じて、余計に「人間であること」とは何かという問題の核心を突いてくる。カフカの短編『雑種（*Eine Kreuzung*）』で描かれた半分猫で半分羊の雑種の生き物が、生物学的分類上の中間の状態にあるように、サルでもなくヒトでもないロートペーターは、パートナーであるはずの雌チンパンジーと完全に心を通わすことも、また姿かたちをそっくり人間に変えてしまい、人間の世界という「茂みの中に飛び込む（姿をくらます）」（DL, 312）こともできない。

先に引用したニーチェの言葉に、「人間が人間であることに、つまり自分自身に苦しんでいる」という文言があった。文明による均質化の影響を受けた結果、自分の動物としての過去と決別し、「人間であること」を演じ続けるロートペーターの姿ほど、現代的な人間像を端的に表すものはない。ただしロートペーターの場合、自分の社会的な成功に満足しており、そこには先に論じたように、「人間であることの苦しみ」に気づいていないか、意図的に気づくことから眼を背けている。もしくはその苦しみを問わないことで、生き延びている。自分自身の存在に対する問題を問いに付さないままで、社会的なヒエラルヒーの上昇と下降にこだわるロートペーターの設定が、さらに現代的な人間らしさを強調する。

もしかすると、雌チンパンジーの目に宿る、調教されて混乱した「動物の狂気」とは、あらゆる人間の目の内にもそうした残滓を垣間見ることができるのかもしれない。ニーチェの言葉を借りれば、かつて「慣習の規則正しさと圧迫してくる狭苦しさの中に押し込められた」経験という、あらゆる人間が持つ根源的なトラウマが、雌チンパンジーの「動物の狂気」と、それに対するロートペーターの嫌悪感の中にある。

良心の疚しさの囚人になること、すなわち理性的な人間へと「調教される」プロセスが、それがあらゆる人間にとってトラウマ的な体験であるからこそ、ロートペーターは社会化される以前の体験を無意識下に想起させる「狂気」に対して嫌悪を抱く。それは雌チンパンジーの狂気の中に、自分自身のかつてありえたかもしれない、もしくは社会との軋轢の過程において今後、抱くかもしれない狂気を無意識のうちに連想するからだ。つまり、文明とは動物的な生の部分に対して抑圧的に機能し、矯正するという点で権力的であり、ロートペーターもその権力の一被害者ともいえる。彼ら二匹の猿に、人間が人間であることを苦しむ姿を重ねて読むとき、動物的な過去から分断されて、人間が現代の文明化された人間に至るまでの道筋が浮かび上がってくる。

第Ⅲ章　他者との関係・身体という〈檻〉

1　カフカの〈動物物語〉と身体性

ベンヤミンはカフカの〈動物物語〉について論じながら、作家の描く動物たちがあらゆる生き物の根源と関わりがあることを指摘した。ベンヤミンによれば、その動物たちはそれらが〈原初的〉であることによって、人間という存在に関わる根源的な問題を悩み、苦しんでいる。その根源とは、人間の日常生活からは忘却されたものであり、太古の記憶であるとベンヤミンは論じる。「しかしもっとも忘却されている異質なものとは、われわれの身体、――自分自身の身体――なのだから、カフカが自分の内部から飛び出てくる咳を『動物そのもの』と名付けたのは理解できる。それは巨大な群れの前哨だったのだ。(1)」

この文章によってベンヤミンは、ルーティン化された生活に追い立てられるカフカの登場人物たちにとって、自分自身の身体がいつしか「もっとも忘却されている異質なもの」となり、身近にありながらもっとも縁遠いものとなることを明らかにした。カフカ自身も時折テクストの中で、自分自身の身体について、それが主体に属する一部ではなく、自らを疎外する客体であるかのように表現している。

一九一七年九月中旬カフカはブロートに宛てた手紙の中で自身の結核についてこのように言及する。「僕は絶えず病気の解釈を探し求めている。というのも飽くことなく追求しても、解釈が見つかりさえしないのだから。時々まるで脳と肺が、僕の知らないうちに意志を疎通しあっているかのように思える。」(B3, 319f.)

一九一二年、『変身』の執筆を開始する数カ月前のカフカはノイローゼに罹患しているとの診断を受けている。当時働いていた保険局に提出された診断書添えの手紙によると、その主な症状は消化障害と不眠であり、それを理由に彼は保養休暇を申請した[2]。忘れ去られた身体の内部に巣食った病巣は、「咳」のような身体症状や、また時には精神の異常という「病い」を伝達のツールとして、ある日突然身体の持ち主に真実の状態を暴露する。するとその人間にとって、これまで知り尽くしていたと思い込んでいた自分自身の身体は、『変身』のグレーゴルにとっての意志通りに動かない虫の身体と同じように、「異質なもの」へと変身しうる危険を帯びたものとして表象される可能性をもつ。カフカが結核によっておこる自分の「咳」を「あの動物」と表現したように、身体とはその器質性において、意識に対する本来的なコントロール不可能性を暴いてみせるという点で動物的だといえる。

〈身体〉の非言語的な暴力性

身体のもつ、意識に対する一種の暴力的なコントロール不可能性を、先に引いたようにベンヤミンは「巨大な群れの前哨」と表現する。一九一七年にカフカは「八つ折りノートD (Oktavheft D)」の中の『あるアカデミーへの報告』の草稿のひとつ前の部分で、主人公である「わたし」の読書の最中に、自分の左手と右手が思い通りにならなくなり、勝手に動き始めるという断片を書き残している。カフカはこの作品によって内部の諸器官や手といった動作的身体パーツ、または無意識あるいはリビドーが、意識によって制御不能な「巨大な群れの前哨」となって自我を脅威へと陥れる場面を描いた。「わたしの両手が、戦い始めた。わたしが読んでいた本をそいつらはバタンと閉じると、邪魔にならないように脇へとどけた。」(NSFI, 389)「わたし」は両手の戦いを、固唾を呑んで見つめる。

左手は右手の猛攻に防戦するのに精いっぱいで、右手は今にも左手を打ち負かそうとしている。戦いは右手の攻勢だった。右手の勝利が確信的なものになった時、「わたし」は以下のように語る。

わたしがこの危機に直面して、解決策を思いつかなかったとしたら、つまりここで戦っているのはわたし自身の両手であって、軽い動作で互いを引き離すことができること、それで戦いも危機も終わるということ——この考えを思いつかなかったとしたら、左手は関節から折られて机の上から放り投げられていただろうし、そしておそらく勝利して抑制の利かなくなった右手は、まるで五本頭の地獄の番犬のようにわたしのぎょっとした顔をめがけて飛びかかってきただろう。(NSFI, 390)

「わたし」に対して今にも襲いかかってきそうな暴力性を秘めた「わたし」の「身体」は、「五本頭の地獄の番犬」という言葉からも理解されるとおり、動物の形象と結びついている。読書をしている最中に自分自身の両手が突如制御不能になって、襲われそうになるという状況には、精神的な活動に対置される〈身体〉という構図がある。この断片や『変身』が暗示するように、カフカの物語の中で身体は時として、持ち主に非言語的な暴力を振るうものとして描き出される。何気ない日常の中、想像することすら不可能だったような危機へと突然、主人公を陥れる〈身体〉を提示することで、カフカは近代以降のヨーロッパ文化の中で信奉されてきた、肉体に対する人間の理性や精神の優越性がいかに脆いものであるかを表現する。

「カフカに関する覚書」でアドルノは、カフカの〈動物物語〉を論じながら以下のように語っている。カフカの作家としての技法とは、「人間的なものを想起するかわりに、脱人間化することの実例を試すことである。その圧力が、カフカの動物寓話の基盤を固めるかのごとく、主体にさながら生物学的な退化を強いているのである。しかしカフカの下ですべてのものが目指している静止の瞬間とは、人間が次のことに気づく瞬間である。すなわち人間が自己ではないこと、自分自身が事物であるということを。[3]」

この指摘は、〈動物物語〉がその動物像を通して、身体の即物性を剥き出しにされた際に事物化される人間存在の危機を主題にしているという本書の主張と合致している。身体そのものが「生物学的な退化」を強いられて、人間がひとつの「事物」となるプロセスをこれから読んでいくことで、カフカが物語の中に描出しようとした、身体性の問題に基づく〈檻〉の問題を明らかにすることができる。その糸口となる作品が、一九一二年に執筆された中編小説『変身』である。

2　『変身』

中編小説の『変身』は一九一二年一一月一七日に執筆を開始されて、同年の一二月六日から七日にかけて完成された。[4] 当時二九歳だったカフカは、この年の八月に最初の婚約者フェリーツェ・バウアーと出会っている。彼女との出会いはカフカの創作意欲に火をつけたらしく、一九一二年は多作の年である。

九月にはカフカは『判決』と『火夫（*Der Heizer*）』を執筆し、その合間には、後に『火夫』が組み込まれる長編小説『失踪者』も並行して書いている。[5] 同年の一一月二四日に、カフカはオスカー・バウムのところで開かれた集会で、『変身』の第一章を朗読した。作品の出来を素晴らしいとブロートが褒めてくれたと、カフカはフェリーツェに報告している。しかし、最後の章の出来だけはカフカ自身納得がいかなかったようで、その理由について彼は、執筆時間が思うように取れなかったからだとフェリーツェに宛てて愚痴をこぼしている。[6]

『変身』の構成

カフカが満足していなかった理由は、物語全体の語りの形式に、最終場面になって齟齬が生じてしまったからだと推察できる。『変身』は全部で三つの章から成る物語である。第三章の結末部までは、物語での語りが主人公の思考と視点に沿ってのみ語られる特殊な三人称形式である。だが、主人公が死んでしまった後は、俯瞰的な視点からの三人称形式へと転換される。

主人公の死後の様子を描きたい場合、このような語りの転換は避けられないのだが、たとえば同じ語りの構造を持つ『審判』は未完ではあるものの、主人公の死の直後に物語が途切れており、その開かれた終わり方が作品の完成度を高めていることを考えると、まだ一九一二年の時点での語り方は作家自身にとって満足できるものではなかったのかもしれない。

『変身』は、ごく普通の生活を送っていると思われたサラリーマンのグレーゴル・ザムザが突然虫へと変身してしまった後の、彼と彼の周囲の人々の顛末を描いた物語である。ある朝気がかりな夢から覚めた彼は自分が一匹の虫、正確にいえば「巨大な害虫（Ungeheuerer Ungeziefer）」（DL, 115）になっていることに気付く。おかしな出来事には違いないが、その原因を追求するよりも、出張販売員である彼は、まずは出勤する方法を探そうと試みる。その試みと並行して彼は、自分の現在の状況に対する不満、つまり、旅行ばかりで人間関係が希薄なこと、会社経営に失敗した両親の負債を肩代わりして働かなくてはならないこと、しかもその借金の相手が、現在彼が勤めている会社の社長であることなどについて不満をもらす。

虫の「肌」

ズーダォは、グレーゴルの身体に起こった虫への変身という出来事について、「自分のおかれた地位に満足していない（jemand fühlt sich nicht wohl in seiner Haut）」というドイツ語の言い回しが文字通りに体現された状態だと指摘している。(7) このズーダォの発見は興味深い。「肌（Haut）」という身体の部分を指す単語によって「満足していない」という感情を表現するこの言い回しは、感情と身体感覚との結びつきを仄めかす。グレーゴルがサラリーマンで一家の大黒柱という人間の「肌」から虫の「肌」へと押し込まれたことも偶然の出来事なのではなく、彼の身体を取り巻いていた環境と彼自身の感情が根本的に関係しているとも考えられる。

　この作品を読んだ際に読者が抱くはずの当然の謎である、「なぜグレーゴルは虫へと変身してしまったのか」という疑問が解決されない原因は、すでに述べたような語りの形式にある。主人公自身が「なぜ自分が虫に変身したのか」という理由を根本的に問わないままで物語が進行する『変身』では、最後まで変身に至った原因も、または本当に変身しているのかどうかという物語内の事実でさえも読者にとっては結局のところ確かめようのない構造である。バイケンは『変身』の語りの問題性について、以下のように論じている。

> グレーゴルの変身の意味も同様に、どうしてもはっきりとつきとめられない。原因については主人公にとっても、また読者にとっても不明である。というのも読者は、ただ主人公の意識と熟考、そして観察を介して彼の情報を受け取るからである。確かにグレーゴルの思考の過程には、徐々に表れてくる変身までの経緯があり、そしてとりわけ彼の悲惨な人間的状況と、仕事と家庭内での不満足がはっきりされうるものの、しかしこれらの探り出すことのできる事実をもってしてもなお、変身の原因と経過は決して「明らかにされ」ない。(8)

　ひとりの人間が虫へと変身してしまうという謎に関する作家自身のコメントは、何も残されていはいない。しかし、一九一五年一〇月二五日、『変身』の初版に関する連絡を取り合っていた出版社のクルト・ヴォルフに宛てた手紙の中で、カフカはその扉絵に「昆虫そのもの」を描くことだけはやめてほしいとのコメントを残している。

　つまり、シュタルケは実際のとおりに挿絵を描くので、昆虫そのものを描こうとするかもしれないということとが念頭に浮かんだのです。いけません、どうかそれはやめてください！〔……〕昆虫そのものを描いてはいけません。しかも遠くからでも示されてはならないのです。〔……〕もし挿絵についてわたし自身が提案しても許されるなら、以下のような場面を選ばせていただきます。

（B3, 145）

そしてカフカは、グレーゴルの両親と彼の上司である支配人が閉じたドアの前にいる場面か、あるいはもっと良いのは両親と彼の妹グレーテが明るい部屋にいて、暗闇の隣室へと続くドアがわずかに開いているという構図を提案した。

カフカが提案したこの二つの場面は、いずれも『変身』の中でも印象深いシーンである。開いたドアの向こうに隠したグレーゴルの存在と容姿そのものを、ドアがぴったりと閉じられていないということで象徴的に暗示させ、見るものに想像を促すというカフカの提案した構図は、シネマ的手法ともいえるだろう。カフカという作家が、視覚的な効果に対するセンスも持ちあわせていたことがわかる。だが、結局のところ初版の扉絵は、主人公と覚しきひとりの男性が、ドアの前で苦悶するかのように顔を抱えている図となった。

この扉絵の問題に着目したリースは、虫への変身について、種類を特定しうるような虫そのものとして捉えることよりも、ひとつのメタファーとして捉えることの意義を強調する。「グレーゴルの変身に関する理解のひとつの可能性は以下の点にあるといえよう。それは拡大されたメタファーとして。――たとえばヘルマン・カフカは自分の息子と親しくなったイディッシュ劇の役者レーヴィを「害虫」と罵倒した――まず第一に、伝記的な背景から理解することに読解の可能性がある。(9)」

リースが着目しているように、作家自身の実際の親子関係の会話の中で交わされた「害虫（Ungeziefer）」という言葉と、『変身』のグレーゴルが変身した姿を示す「害虫（Ungeziefer）」（DL,115）という言葉は一致している。また、リースの指摘した事柄以外にも、『変身』には「父への手紙（*Der „Brief an den Vater"*）」（一九一九）からも読み取られるようなカフカの実際の親子関係との重なりも多く、変身の謎を明らかにするためには伝記的な考察も省くことができない。

以上を踏まえると、『変身』で描かれるグレーゴルの虫に貶められた身体とは、カフカ自身の実際の親子関係も含めた〈家族〉を中心とした人間関係という構図の中で捉えられてこそ、明らかにされうる。家族も他者であり結局は他人である、という意味において、またカフカと父親の親子関係やグレーゴルと家族との関係がそうであったように、時には見ず知らずの他人よりも暴力的な存在となりうるという意味において、他人以上に決定的な〈他者〉となる。これから本書は、身体と他者との布置においてまずは『変身』を分析し、そこから浮かび上がるものを手掛かりとして、主に一九一七年に執筆された他の短編の〈動物物語〉の解釈へと取り掛かっていく。

3　家族という檻

〈変身〉以前のグレーゴル

カフカが『変身』の表紙に「ドア（Tür）」が描かれることを望んだように、この作品の中ではドアが重要なキーワードとして繰り返し描写される。冒頭で描かれるグレーゴルの部屋の作りに不自然な印象を受けるのは、窓のある壁を除いた残りの三つの方向に、他の部屋へと続くドアが取り付けられていることに基づいている。それらのドアのひとつは居間に通じており、残りの二つはそれぞれ妹と父親の部屋に繋がっている。普段通りに起きてこないグレーゴルを心配した家族と、会社から駆けつけてきた支配人によって、三方向のドアはせわしなくノックされる。

そのドアの内側にいるのはグレーゴルである。彼が虫へと変身した時点から物語が始まるため、それ以前の彼の人格や家族の様子はグレーゴルの回想か、もしくは家族の言葉からしか読み取ることができない。普段の彼について、母親は支配人にこのように説明している。

息子ときたら、仕事のことしか頭にないのです。晩方に一度も外出しないことに、わたしはほとんど腹を立てているほどです。この一週間、この街にいたというのに、毎晩家にいたのです。そんな時、息子はわたしたちのそばでテーブルについて、静かに新聞を読んだり時刻表を調べたりしています。糸鋸細工に取り掛かることもあるのですが、そんなことが気晴らしなのです。

(DL, 126)

家族を養うために仕事に追われていたグレーゴルは、恋人や友人を作る余裕もなく、ひたすら家族のためだけに、身をすり減らしていたことがこの言葉からわかる。グレーゴルの年齢は物語の中で明らかにされてはいないが、自分の家庭を持つことが当然可能な年齢であると考えられる。にもかかわらず、二章で回想されているように、かつて出張先の客室係の女性と帽子屋の娘との間で短期間の恋愛関係があっただけで、現在では夜になっても金の掛らない趣味を両親の見ている前でひっそりと行うだけの生活だった。

このように彼が仕事以外に脇目も振らず生きていたのは、年老いて衰弱しきったようにみえる両親と、たまに家事を手伝い、気が向けばヴァイオリンを弾いて遊ぶような一七歳の妹が働けるとは思いもよらなかったことが一因である。後に人並みに働けることが発覚するグレーゴル以外の家族にとって、彼はこれ以上ないほど模範的な〈稼ぎ手〉であったことが窺える。

しかしグレーゴルにとってその生活は重荷だったようで、彼はその重圧を両親と仕事との「板挟みに合っている」(DL, 136) と表現する。「毎日毎日、旅行だ。業務上の心労は社内での本来の仕事よりもはるかに大きいし、しかもそれに加えて旅行の心労も背負わされている。列車の接続の心配や不規則でひどい食事、いつも相手が代わって長続きすることのない、心から通い合うことのない人間関係。」(DL, 116)

精神的にも金銭的にも余裕のない状況の中で、グレーゴルの唯一の気持ちの拠り所は糸鋸細工である。その成果として殺風景な彼の部屋には、金の縁取りのある手作りの額縁が掛っている。その額縁の中には、先日グレーゴルが雑誌から切り抜いた女性の肖像が入っている。変身した直後、まっさきに目に入るのもこの肖像だった。「それは一人の女性が描かれていた。毛皮の帽子と毛皮のボアを身につけて、まっすぐ座っている。前腕全体を包み込むずっしりとした毛皮のマフを、見る者に向かって突き出していた。」(DL, 115)

後にこの肖像をグレーゴルの部屋から処分しようとした妹グレーテに対して、グレーゴルの取った捨て身の防衛策が、グレーテを激怒させることになる。それは父親から致命傷を負わされる原因となる。

毛皮の女性

この毛皮の女性とマゾッホの『毛皮のビーナス』との関係は、すでに先行研究によって論じられている。新しいものでは二〇〇六年のプファイファーが『毛皮のビーナス』と『変身』の間テクスト性に基づいて、この女性のポーズが「支配的」であるとの解釈を下し、グレーゴルの被虐趣味を表すものであるとフロイトのマゾヒズム論を引き合いに出しつつ述べている。[10]

この示唆に基づいてフロイトの理論を確認してみると、『フェティシズム』の中では、毛皮とは、女性の身体性に関する箇所を連想させるシンボルとして、時に性的な欲望の対象、もしくはその欲望の換喩となりうる点が指摘されている。[11] いずれにせよこの毛皮の女性の切り抜きは、グレーゴルの異性に対する欲求不満へと結びつけることが可能なのかもしれない。

実際に、テクストをそのような視点の下に眺めてみると、グレーゴルが変身してしまった虫の身体とは、彼が奥底で抱いていた欲求不満という感情を剥き出しに表現するものであることがわかる。慣れない身体でベッドからどうにか降りようとしている最中、グレーゴルは支柱に下半身を打ちつけてしまう。「彼の感じた焼けるような痛みが、彼の身体のなかでまさにこの下半身こそが、目下もっとも敏感な部分であるらしいことを教えた。」（DL, 121f.）

また後に別の場面ではグレーゴルはこの部分を、毛皮の女性の切り抜きの入った額縁の上に押し付ける。「［グレーゴルは］ガラスにへばりついた。するとそのガラスは彼をしっかりとつかまえた。ガラスは彼の火照った腹を喜ばせた。」（DL, 165）ここでのガラスの擬人化には、性的なニュアンスの明らかな仄めかしがある。

〈稼ぎ手〉としての「責務／負債（Schuld）」

両親はグレーゴルに、家族以外の人間と私的に交流することを直接的に禁じていたわけではない。しかし彼ひとりに押しつけた大黒柱としての「責務（Schuld）」は間接的にせよ、グレーゴルから生身の女性と交際するための時間と余裕を奪い、家庭という枠の中に監禁するような構造へとがんじがらめにしてしまうものだった。「両親の負債（die Schuld der Eltern）」（DL, 117）のSchuldという言葉は、このように「責務／負債」という二つの意味で受け取ることができる。

三つの方向から監視するかのように取り付けられたドアそのものも、彼の置かれた状況の不自由さを象徴的に表している。かつては彼を育み、今では彼が育んでいる家族という枠を超えた外側に、新しいグレーゴル自身の家族を作ることは「責務／負債」という二重の重荷を背負っていては事実上困難なのであって、家族の外側で自らの新しい生き方の道筋を立てることは経済的に許されていなかった。手作りの額縁の中に嵌め込まれた生身の肉体を持たない女の肖像だけが、グレーゴルにとって唯一所有することを許された〈他者〉なのである。

そのように考えると、この切り抜きに対する彼の執着も理解できる。だが、この毛皮を着た女性も、それ自体が性的な身振りと衣装の中に閉じ込められており、抽象的な女性性へと記号化された身体であって、彼の気持ちを癒すどころか、その記号性が、彼自身の人間関係の希薄さを露骨に意識させる機能しか持たない。

グレーゴルが虫へと変身してしまって以降、物語は結末部と一部の場面を除いてグレーゴルの部屋が中心となって進行していく。母親と妹が彼の醜悪な外見を嫌悪して恐れたことと、また父親は、虫になった息子が女性たちを襲うのではないかと懸念をした結果、彼らは彼を部屋に閉じ込めておくことで合意する。そうしてグレーゴルの部屋に面した三つのドアは外側から施錠されて、彼は自分の部屋の外に一歩も出ることができなくなってしまう。家族によるグレーゴルに対する身体的な拘束は変身した時点から始まるのだが、しかし物理的に部屋の中に監禁されてしまう以前から、精神的には家族という〈他者〉との関係の〈檻〉の中へと拘束された状態にあった。その家族内監禁の構造が文字通りに実行されて可視化されたものが、外側から鍵のかけられた三つのドアである。

3-1　檻の中の動物グレーゴル

彼の遅刻をいぶかしむ上司に向かってグレーゴルは、自分の身に起こった変身という出来事についてこのような言葉を発する。「ひとりの人間の身に、どうしてこのようなことが襲いうるのでしょう!」(DL, 129)この問いが提起するのは、「人間」にはそもそも決して起こりようのない出来事が、なぜグレーゴルの身には例外的に、突然降りかかったのかという問題である。そしてその問いは、グレーゴルが変身以前に彼が置かれていた状況とはどのようなものだったのか、つまり彼は家族の中で、「ひとりの人間」とは言いがたいような、人間性を否定された存在だったのではないか、という問いへと広がっていく。

変身以前の家族関係

グレーゴルが変身する以前のザムザ家の様子は、二章のグレーゴルの過去の回想の中で描写されている。働き始めの頃は、グレーゴル自身もやる気に燃えていた。そうして稼いだ現金を家族の囲むテーブルの上へドンとおくと、家族は皆驚いて、心から喜んだ[12]。場面から、かつてのザムザ一家の幸せそうな顔が浮かび上がるかのような、温かい家族の風景が描かれる。しかし、そのようなグレーゴルに対する感謝の気持ちは、長くは続かなかったことを彼は回想する。

それは素晴らしい日々だった。その後二度とそんな時間は繰り返されなかった。少なくとも、この時の輝きをもっては。それからもグレーゴルは、家族全体の出費を担うことができるほど、そしてまた実際に担ったほどの多くのお金を稼いだにもかかわらず。家族と同じく、グレーゴルもすっかり慣れてしまったのだ。家族の皆はありがたくお金を受け取ったし、彼も喜んで渡したが、しかしあの特別な温かさはもはや生まれてきそうになかった。

(DL, 152)

グレーゴルが華々しく迎えられたのははじめだけで、グレーゴルが「この時の輝き」と表現した家族からの感謝と愛情は、それ以降、どことなく味気なさを帯びたものとなる。それでも妹の存在はグレーゴルにとって特別だったらしく、彼女を音楽学校に入学させるつもりであることを、クリスマスの晩に宣言して喜ばせてやろうと彼は密かに計画していた。

しかしこの働き者の優しい息子と、彼に支えられて感謝する家族という構図も、作品中で一、二年は暮らせるような資産を両親が彼に内緒で隠し持っていたことが明らかになった途端、覆る[13]。

貧しいながらも思いやりがあったはずの家族像は、グレーゴルの側からの一方的な幻想だったといえよう。つまり、彼の日々の労苦には、彼自身が感じていたような意義はなく、家族を喜ばせたいという気持ちもその実、隠し財産の存在によって裏切られていた。しかしグレーゴルは彼らを責める気持ちを持つこともなく、なぜ蓄えの存在を両親が彼に隠していたのかにも深くこだわらない。そのためにここで発覚した隠し資産という事実は、実は自分は利用されていたのではないか、という家族への重大な疑念について、グレーゴルが自問するきっかけにはならないまま見過ごされてしまう。

「人間の輪」からの追放

変身が起こった朝の場面で、なぜ彼が出社しないのか様子を見に来た支配人と、息子を心配する家族をなだめるために、グレーゴルはひとまず部屋から出ることにする。しかし変身したばかりの身体は思い通りに動かず、ドアノブの鍵を開けることに苦戦する。鍵を咥えたことで彼の体は傷つき、歯の無い口からは茶褐色の液体が流れ落ちた。

それにしてもみんな、自分に呼び掛けてくれればいいのに。父親も母親も。「元気を出せ、グレーゴル」と彼らが言ってくれたらいいのに。「さあ、とにかく、しっかり鍵をつかめ!」そうやって、皆が自分の張りつめた努力を見守ってくれているという想像の中で、彼は全力を振りしぼって、気も遠くなりながら鍵にしっかりと食らいついた。（DL, 133）

姿は虫になっていても、家族たちは変わらず受け入れてくれるだろうというグレーゴルの楽観的な期待は、部屋から飛び出してきた姿を見た家族の反応によって打ち砕かれる。支配人は絶叫して逃げ出し、母親はなかば気絶する。父親はこの場面からグレーゴルを徹底的に攻撃する側につく。「父親は敵意に満ちた表情で拳を握りしめた。」（DL, 134）家族は皆、変身したグレーゴルがもはや人間の言葉を理解できるはずがないと思い込むのである。

父親は、足を踏み鳴らす、拳を振り上げるといった攻撃の仕草と、威嚇的な「シュッシュッという音（Zischen）」（DL, 141）を通じて息子に自分の意志を伝えようとする。父親の身振りは、息子を単に虫のように扱うことを意味するだけのものではない。それは、外見は虫、意識は人間という、いまだ未決定な領域にある息子の〈存在〉を、暴力的な身体的言語、つまりジェスチャーによって虫の側へと追放してしまおうとするものである。そのような家族の意図によりグレーゴルは、「人間の輪（menschlicher Kreis）」（DL, 132）から放逐される。変身して以降のグレーゴルに対する家族の扱いは、元々は普通の人間だった家族に対する接し方というよりも、どうすればこの「元」人間である虫を、差し障りなく部屋の中に囲っておくことができるかに重点が置かれる。

グレーゴルの変身により、これまでグレーゴルに頼って生きてきた家族たちの状況は一変する。彼らは自分たちの生活を切り盛りするため、父親は銀行の用務員となり、母親は遅くまで婦人用服飾店に納める高級下着を縫い、妹は売り子として働き始める。変身の起こった最初の日のうちに家族が話し合ったテーマとは、「資産状態と将来への見通し」（DL, 151）であって、グレーゴルと同じく家族たちも、なぜ〈変身〉が起こったのかという謎を解明することに対しては根本的に無関心な態度を貫く。その傾向は特にグレーゴルの父親に見られる。これらのことは突き詰めると、家族にとって変身が衝撃的だったのは、愛する息子を失ったかもしれないことよりも、家族の立場が入れ替わって、今度は逆にグレーゴルが自分たちのお荷物となってしまったという直観的な認識にある。それがグレーゴルの姿をはじめて見た瞬間から彼に向けられる父親の過剰な「敵意」であり、やがては冷酷なものへと移行する妹の仕打ちに繋がっていく。

家族の虚偽性

これまでグレーゴルから与えられてきた愛情を徐々に忘れていくかのように、妹グレーテは変身以降のグレーゴルを「お兄さん」として扱わなくなっていく。そして第三章の結末近くの場面で、彼女にとってのグレーゴルは、「これ（es）」と呼ぶ厄介な動物となる。「一体どうしてこれがグレーゴルのわけがあるのよ？　もしこれがグレーゴルなら、人間がこんな動物と一緒に暮らすなんて不可能だってことをとっくに見抜いて、自分から立ち去

ってくれているわ。」(DL, 191)

この言葉を聞いた両親は、彼女の発言を否定しない。それは無言の同意である。彼の目の前で発せられた妹の発言と家族の反応は、グレーゴルに以下のような自覚を持つに至らしめる。「自分が消えてしまわなければならないという意見は、もしかすると妹の意見よりもずっと決定的なものかもしれなかった。」(DL, 193) その晩、グレーゴルは塵の積もった自分の部屋の中で、怪我と栄養失調の衰弱により息を引き取る。

グレーゴルを「これ」と呼ぶ妹の発言は、彼が家族であることを強く否定すると同時に、虫の身体の内部へと閉じ込められた彼の人間性を根こそぎに否定する。そもそもグレーゴルの家族たちは、はじめから彼が言葉を理解できるのかどうか試してみようとせず、外見的な姿形によってのみ、内面的にも虫のレベルに下降してしまったのだと信じ込んでいた。

グレーゴルの思い描いていた温かい家族像が孕む虚偽性は、以上のような経過を辿って徐々に真相へと近づいていき、彼の死の場面を絶頂として、家族たちは自らの真実の姿と愛情のなさを暴露する。ほかならぬ妹という肉親から受けた「これはグレーゴルではない」という宣告が、グレーゴルにとって死の誘因となるほどの打撃となったという点では、『変身』と同年に執筆された『判決』で、父親が息子に溺死の刑を下し、息子はその通りに自殺するという筋書きと一致している。

死の引き金になった妹の発言は、虫への肉体的な変身が、グレーゴルというひとりの人間を、もはや家族とは呼べない一匹の「動物」に変えたということのみを示しているのではない。むしろ、もしグレーゴルの身に何か危機的なことが起こって自分たちを養えなくなった場合には、彼を容易く動物扱いできるような傾向を、変身の起こる以前の段階から彼以外の家族全員が秘めていたことを示していることが重要である。グレーゴルの人間性を否定する発言をした後、ショックを受けたグレーゴルが部屋に引き返そうと動き始めた時、妹は以下のような行動を取る。

「そしてグレーゴルにとってはまったく不可解な驚愕状態の妹は、母さえも見捨てた。グレーゴルの近くにいるくらいなら、母を犠牲にした方がましだというように、文字通り母の安楽椅子から飛び出した。」(DL, 191) この妹の行動からは、危機に陥った時、容易に犠牲にできるのはグレーゴルだけに限らないのではないかと疑わせるのに十分だ。

ただ、グレーゴルは違い、虫に変身して以降も家族たちのことを心配し、家族に負担を掛けることを何よりも申し訳なく感じていた。家族たちから見捨てられて、自分の部屋に戻ったグレーゴルは、息を引き取る前に「自分の家族のことを感動と愛情をもって思い出した。」(DL, 193)

家族たちの行動をまとめると、変身という出来事が起こるとほぼ同時に、家庭でのグレーゴルの存在意義は失われていたのであって、家族にとっては結局のところ、彼が自分たちを養うことができるかどうかという、彼の存在を資産として活用するための一点が重要だったことが明らかとなる。彼が人か、虫か、を分ける決定的な基準は、家族にとってはここにあった。家族がそのような傾向を秘めていたことも、そもそも家族と彼の関係が深い愛情の関係にあったというよりも、むしろ、表層的な愛情を餌にグレーゴルを精神的に囲い込み、騙して利用する家庭内での搾取の関係だったことに帰せればスムーズに理解される。ザムザ一家が搾取の関係で成り立っていたことは、引き続き以下で検討していく。

4 「寄生虫的存在」

グレーゴルと家族との関係は、一九一九年一一月にカフカによって書かれた「父への手紙」の内容を想起させる。「父への手紙」は全集にも収められており、現在では誰でも読むことができるが、本来は刊行されたり他人に読まれたりするような作品ではなく、カフカが父親へ宛てたプライベートな長い手紙である。

父親ヘルマンに渡しておくようにと息子フランツから言づけられて受け取った母親が一読したところ、父と息子の関係を決定的に破綻させかねない内容だったので、保管しておくことにして、実際には渡されなかった手紙だ。父親にこの手紙を読ませることを、もしカフカが本当に願っていたのならば、母親に頼んだりせずに、直接父親に渡せばいいように思われる。自分の遺稿を燃やすようにブロートに遺言した件とも重なるが、カフカは取り返しがつかなくなるかもしれない重大な決定に関しては、自ら下すことを回避する傾向があるといえよう。

寄生虫的な共依存

さて、カフカの父親ヘルマンは、一代で商売を成功させた人物である。小さな寒村に生まれた貧しい一ユダヤ人から、プラハに住む裕福な小間物商となった彼は、自分のいわゆる男らしさを何より誇りとするような性格で、堂々とした体躯にも恵まれていた。

それに対して息子のカフカは、内気で鋭敏な感受性をそなえた母方レーヴィ家の性質を色濃く受け継いだと自認する旨を手紙の中で述べている。彼は自分からみた父親の特徴をこのように挙げる。「それに対してあなたは強さ、健康さ、食欲、声量、話術の才能、自己満足、世界に対する優越感、耐久力、機転、世態人情の知識、ある種の太っ腹さといい、本物のカフカでした。無論こうした長所につきものの短所や弱さもそなえているわけで、あなたの激しい気性や時には怒りの発作が、あなたをそこへと駆り立ててしまうのです。」(NSFII, 146)

さらにカフカにとって父親は、常に威嚇的で、まさに途方もない権力の具現のように映ったことが記されている。その父親と息子の相いれなさの必然性を、丁寧だが非難の感情も込めて記したものが、この「父への手紙」である。カフカはこのような手紙を書いたことで、当然想定されうる父親からの批判を書き記す。そこに出てくる「寄生虫的存在 (Schmarotzertum)」(NSFII, 216) という言葉は、カフカが父親の言葉を想定して自分をなぞらえた表現で、その内容は、父親からの台詞形式で以下のように書かれている。

そして害虫〔Ungeziefer〕の戦い。ただ刺すだけではなく生命の維持のため、たちまち血液まで吸い上げる。これがまさしく本来の職業軍人であり、お前がそいつだ。生活能力のないのがお前だ。お前に生活能力がないからといって、今更そのことがお前に何の関係がある。責任があるのはこのわたしというわけで、お前ときたら、のうのうと大の字に寝そべり、身も心もわたしに引っ張ってもらって人生を過ごしている。

(NSFII, 215)

この手紙の中で繰り返される「害虫（Ungeziefer）」や「寄生虫（Schmarotzer）」という言葉が、父親と対峙した時のカフカの自己像なのである。ベンヤミンは『変身』も含めたあらゆるカフカの作品における親子の構図を、役人の権力との関係と対比させつつ、その寄生虫のような役人、つまりカフカの描く父親像も含めて、「権力」を持つあらゆる者に敷衍させうる〈父権〉の本質的な性質について以下のように指摘している。

不潔が役人のアトリビュートだ。彼らをほとんど巨大な寄生虫とみなしうるほどだ。これは無論、経済関連ではなく、理性と人間性との力に関係していて、役人という部族はその力によって露命を繋いでいる。カフカの描く奇妙な家族たちの父親もまたそのように、息子で露命を繋いでいるのであって、父親はまるで恐ろしい寄生生物〔ungeheurer Parasit〕のように息子の上へ重くのしかかる。父親は息子の力を消耗させるだけではなく、この世に存在する、という彼の権利さえ食いつくす。[14]

役人が人の理性と人間性の力を食い物にして命を繋ぐように、父親たちも息子たちの理性と人間性を糧としながら自分自身の権力を増大させるということである。父親の側からの「寄生虫的存在」を明らかにしたベンヤミンの指摘は、文中の「恐ろしい寄生生物」という表現から、『変身』の内容に対する仄めかし[15]を読み取ることが可能なように、グレーゴルと家族との関係に重ねることができる。これを手掛かりに考えると、権力を持つ父親と対置される、いわゆる「支配される」息子の存在がなければ、そもそも父親の権力も成立しない。その意味では、父親の権力も息子に対してまた、依存的な性質を帯びる。「父への手紙」でわかるとおり、息子もまたその父親の権力の庇護の下で成長するように、結局家族の関係とは、互いに依存し合うものであり、互いの血肉を糧とし、生きているという意味では相互の寄生虫的な共依存の関係に容易に陥りうるのである。

変身以前のザムザ一家におけるグレーゴルとその家族との関係も、そのような寄生虫的な共依存に陥っていた。この場合、家族の生活を支えているという点では、グレーゴルが両親と妹という扶養家族よりも表面上は立場が上にあるようにみえるが、しかし家族たちは貯蓄を隠しつつ、囲うような環境で彼を「使役」していたということから、実際には家族の方がグレーゴルに対して支配的だったといえる。この点で彼らはまさにベンヤミンの言葉にあるような、「支配」する寄生虫的存在者である。

一方でグレーゴルには家族以外の交友関係もなく、家族が示してくれる愛情と感謝が目下彼の生きる意味を支えていたという意味では、彼にとって家族は彼を縛りつけるものであると同時に、なくてはならないものであり、彼もまた、家族の愛に依存するという寄生虫的な性質をそなえていた。この双方による寄生虫的な依存の関係が、変身の起こる以前の段階からグレーゴルを追いつめていた。

4-1 「糧（Nahrung）」の枯渇

家族との共依存の関係が生み出す、変身以前のグレーゴルを囲んでいた〈檻〉とは、危機的な状況の際には容易に覆る、表層的な「愛情」という素振りによって構築されたものである。その中でグレーゴルの身に起こった変身という出来事は、この「愛情」という言葉と深い関係がある。グレーゴルが息を引き取る直前に抱いた感情も、すでに引用したように「愛情」だった。虫になってからのグレーゴルを苦しめるのは、自分が家族に何もしてやることができなくなったという、彼らへの「愛情」に由来する自責の念と、同時に「糧（Nahrung）」としての食べ物への強い渇望である。

ここではグレーゴルの抱く身体的な飢餓感を、「愛情」に対する精神的な飢餓感と結びつけて、それらの感情の繋がりが変身という出来事そのものに関係があることを、虫に変身して以降の物語から探っていく。

変身直後からグレーゴルは、自分が異常な状況にあるにもかかわらず「猛烈に強い空腹」（DL, 119）にいきなり襲われる。翌日の朝も依然として空腹状態の彼は、妹が部屋へと入ってきた時に怖がらせないようにソファーの下に隠れていたが、「にもかかわらず、実際にはソファーの下から飛び出して、妹の足元に身を投げ出して、何か美味しい食べ物を乞いたくてたまらなかった。」（DL, 146）グレーゴルにとって異性の肉親である妹の、その足元へと身を投げ出して平伏したいという若干異様な衝動が、食欲と、セクシャルなものとの結びつきを匂わせる。

これ以降もグレーゴルの飢餓感は、一時的に満たされることはあっても完全な充足感へは至らず、依然として彼を苦しめ続ける。物語の中で変身してから三週間が過ぎると、「食事もすでに少しも楽しみではなくなっていたので、気晴らしに壁と天井を縦横無尽に這いまわるという習慣を身に付けた。」（DL, 159）食欲を満たすことの代償として身に付けたこの習慣は、性的なニュアンスを帯びて次のように描写される。

「特に天井にぶら下がるのが好きだった。〔……〕軽い揺れが身体を通り抜ける。するとグレーゴルは天井でほとんど幸福な放心状態となり、自分でも驚くことに脚を離してしまい、床の上へとドスンと叩きつけられるということが起こったのだった。」（ebd.）そのようにして忘我の状態を楽しんだ後、「——這った際に、そこかしこにネバネバしたものを彼は残していた——」（DL, 159f.）食に関する不満足感の描写の直後に配置された一連の行動から、グレーゴルの食欲が、セクシャルなものとも受け取れる代償行為で補われていることがわかる。

このように「糧」の欠乏と、それに並置される性的な仄めかしに満ちた描写との繋がりは、セクシャルなものに限らずとも、とにかく他者からの愛情を渇望する感情が、グレーゴルの食欲と相互に連関していることを示唆する。また、他の箇所でも同様のことが読み取られる。第三章でグレーゴルはかつての知人たちの顔を思い出す。そこには彼の昔の恋人二人の思い出も入り混じる。

「――彼らは皆、見知らぬ人や、もう忘れてしまった人たちと混ざって姿を現したが、しかし彼や家族を助けてくれようとはせず、皆揃って受け入れてくれなかった。」(DL, 176f.) こう思い返したグレーゴルに直後、再び猛烈な食べ物への欲望が襲いかかる。もはやグレーゴルには、実際に食べ物を口に入れることへの関心がほとんどなくなっていたにもかかわらず、である。「何に食欲を感じるのか自分でもまったく想像がつかなかったのだが、たとえ食欲はないにしても、ともかく当然自分に与えられるべきものを得るために、どうすれば貯蔵庫に到達できるのか計画を立てた。」(DL, 177) この頃のグレーゴルには、食欲の欠乏に反して、何か栄養を取らなくてはならないことへの焦りがある。極度の栄養不足は、彼の死因のひとつでもあった。

食べることへの激しい渇望という形に置き換えられて描出されるグレーゴルの飢餓感は、他者から愛情を得て、心を充足させたいと求める気持ちが転化されたものである。あらゆる食べ物がグレーゴルの口に合わないことは、彼が本当に希求しているのものが、食べ物のような物質的な「糧」なのではなく、愛情に象徴されうるような精神的な「糧」を求めていたことが原因だ。「食欲」はないのに、なんらかの「糧」がどうしても欲しい、というのはそのためだ。そのことは以下に引用する場面にはっきりと示されている。第三章で妹が、間借り人たちの前でヴァイオリンを演奏する場面である。

動物的なメタファーによるウィルス的な侵食

第三章では家族たちは少しでも収入を増やすために、ひとつの部屋を三人の間借り人たちに貸していた。当初間借り人たちは、妹がヴァイオリンを弾き始めるのを行儀よく、期待を込めて見守っていた。だが実際に演奏を耳にすると、彼女の腕前に失望した彼らは失礼な態度を取り始める。妹も間借り人たちを苛立たせていることに気付いて、いたたまれない雰囲気の中、悲しげに演奏を続ける。その光景をグレーゴルは、じっと見つめていた。「それでもやはり妹はとても見事に演奏していた。［……］グレーゴルはもう一歩前へと這い進み、できれば彼女と目をあわせようと頭を床の近くまで下げた。こんなにも音楽が彼の心を捉えたというのに、彼は動物なのだろうか？　熱望していた未知の糧へと至る道が示されているかのように感じた。」（DL, 185）

この場面で新たに登場した「音楽」という要素が、これまでグレーゴルの求め続けてきた「未知への糧」と結びつくかのように示されている。フィンガーフートは「未知の糧」と「音楽」との繋がりについて以下のように解釈している。彼は、作家であるカフカの中に、家族や社会の繋がりから追放された芸術家像を見いだした後、それを虫に変身したグレーゴルの存在と重ね合わせる。そして音楽というキーワードに代表される芸術全般の活動にこそ、彼らが社会的に除け者とされた状況を脱却する鍵があると断定する。[16]

しかし、グレーゴルはもともと音楽に興味がないことは本文中にはっきりと示されていて、[17]妹を音楽学校に入れようと考えていたのも、そうすれば自分と違って音楽好きの彼女が喜ぶだろうから、という理由からだった。したがって芸術活動そのものがグレーゴルを惹きつけたという解釈は、当てはまらないのではないだろうか。

そうではなく、音楽であることそのものが重要なのではなくて、他でもない自分の妹が演奏している音楽だからこそ、彼に「未知への糧」へと至る入口を示すかのように、特別なものとして感じられたのではないだろうか。つまり、彼が家族の中で一番愛していた妹が、他人の前で恥をかくという惨めな状況にありながら、それでもなお懸命に演奏し続ける姿そのものに、グレーゴルは人間として心を打たれたのである。

その感情の生まれた源は、彼女や家族への深い愛情であって、芸術活動に救いを求める気持ちとは直接的には結びつかない。グレーゴルの「未知の糧へと至る道」は、その死の直前におぼろげに、妹に対する愛情の中に提示されているのである。妹は彼にとって家族愛の中心にあり、しかも女性であることから、グレーゴルにとっての異性愛も象徴している。ファルクも家族からの愛情こそが、グレーゴルの変身に秘められた鍵だとする解釈を行っている。

ひょっとすると家族はグレーゴルに、彼を癒すような糧を差し出すことができたのかもしれない。〔……〕もし彼の家族たちが、変身してしまったグレーゴルを援助して、動物の存在であるにもかかわらず彼を依然、息子や兄として扱おうという共通の意志の下に結束していたならば、ひょっとするとグレーゴルにとってある種の救済が与えられたかもしれない。しかしそのためにはほとんど超自然的な力ともいうべきものが必要だったのではないか？　いずれにしてもそれは、変身した者が妹のヴァイオリン演奏に感じたものを受け入れて、そして強化したような力でなければならなかった。しかしグレーゴルの家族たちは、そのような力について何ひとつ知らなかったし、その力を用いて効力を発揮するつもりなどまったくなかった。[18]

このファルクの指摘は、グレーゴルの変身という事態を救うための家族の無力さを本書と同様の視点から指摘しつつも、本書の主張とは若干異なっている。そもそもグレーゴルの家族たちは、そのような力を持っているどころか、変身以前の段階から彼を搾取し尽くすため、ひとつの檻のような環境を彼の周囲に作り上げていた。その中に利用し尽くす目的で、家族内に囲われていたサラリーマンのグレーゴルという人間の存在は、一匹の飢えた使役動物へと貶められていたと表現しうる。そのように考えれば、毛皮を身につけた女性という動物化された身体像は、変身する以前のグレーゴルの存在が、すでに動物的な次元へと落ち込んでいたことを象徴していたとも受けとめられる。

そのような非人間的な状況下で、性的な満たされなさと家族も含めた他者からの愛情という精神的な「糧」の不足によって人間としてのグレーゴルの存在は抵抗力を失い、「寄生虫的存在」という自分たち家族を表象する動物的なメタファーに身体を侵食されたとはいえないだろうか。それが変身の理由である。ちょうど栄養不足によって抵抗力が弱った時に、人がウイルスに感染されるかのように。この章のはじめに述べたとおり、存在の危機的な状況へと晒され続けた〈身体〉は、隠蔽された問題を、持ち主へと突然暴露してみせるのである。

暴露する〈身体〉

以下の文章には、グレーゴルの精神的な「渇き」が、死後の彼の身体を通して直接的に表現されるのを読み取ることができる。「『ちょっと見てみて、なんて痩せているのかしら。だってもう随分と長い間、何も食べてなかったものね。食べ物を部屋へと入れたって、またそのまま出てきたもの』実際グレーゴルの身体は、完全に平べったくなって、干からびていた。」(DL, 195)

ロベールはカフカが物語を執筆する動機と、登場人物の外部に対する身体的な抵抗力のなさについて、本書と共通する視点から以下のように論じている。

> この世界の事物らに、それらの結びつきが完全になくなってしまっていること、したがって事物たちが現実だと称して欺瞞を犯しているということを認めさせるために、話す文章や言葉を配置すること——〔……〕。語り手、太った者、祈る者、酔っ払いや、ほとんど互いを区別することのできない「わたしたち」、血肉をそなえた登場人物というよりはむしろ生命を吹き込まれた言葉の産物であるそれらには、共通する一種の存在の欠如があり、その欠如があらゆる方向から何かしらのものがその中へと侵入することを許す。あたかもそれに抗いうるようないかなる種類の肉体的抵抗や固有の重みも持たないかのように。[19]

ロベールのいうように、現実だと信じられている世界の欺瞞を暴くためにカフカが作品を執筆したのなら、『変身』の場合において暴かれなくてはならない欺瞞とは、ザムザ一家が互いに隠しあっていたその寄生虫的な性質だった。

その家族の寄生虫的な性質が、両親の「責務／負債（Schuld）」を引き受けたグレーゴルの〈身体〉を生贄として、彼らの目に見える形で現れたものが虫への変身である。それによって今度は家族全員が、「変身」という出来事そのものを、彼らの「罪（Schuld）」として引き受けなければならなくなったのだといいかえることができる。グレーゴルが妹の姿に見た「未知の糧へと至る道」とは、愛を求め続けたグレーゴルが最後に家族に掛けた希望だった。そのグレーゴルの希望を受け入れてこそ、ザムザ一家の「罪（Schuld）」は贖われたのかもしれない。

しかし、グレーゴルの最後の希望すらも、彼が抱いていた家族愛という幻想に由来するものであって、それはもっとも残酷な形で家族から拒絶される。そのような物語を提示することで『変身』は、もっとも身近な近縁関係にある〈他者〉としての家族がいかにして、その構成員である他の人間の人間性を犠牲にし、その存在を食い物にすることで動物的な形象へと貶めるような〈檻〉を構築しうるかの過程を暴きだした。

この家族という〈檻〉の秘めた残酷性が、資本主義的な社会の中で極端に剥き出しになりうる状況のひとつに、家族全体が経済的な貧困に陥った時が挙げられる。『変身』では、借金を抱えた貧しい家族の中で、大黒柱の身に変身という事件が起こる様を描いたことで、その家庭内で起こりうる極限的な状況を描き出すのに成功している。

『ジャッカルとアラビア人』

『ジャッカルとアラビア人』とは、カフカが一九一七年に執筆して『あるアカデミーへの報告』と共に雑誌『ユーデン』へと寄稿した短篇小説である。砂漠のオアシスが舞台となり、ヨーロッパから旅行に来た人間の主人公「わたし」の一人称の語りによって物語は進行する。夜中、「わたし」が眠ろうとしていたところ、気がつくとジャッカルの群れに囲まれていた。ジャッカルは「わたし」を襲うこともなく近づいてくると、その中の長老にあたるジャッカルが奇妙な話を「わたし」に語り始める。

長老をはじめジャッカルは、「わたし」を「ご主人さま（Herr）」と呼んで、アラビア人たちに対する不満を訴える。ジャッカルたちの話によると、昔からジャッカルは砂漠を支配しているアラビア人たちを恨んでいるらしい。しかしジャッカルの力ではアラビア人を襲えないので、自分たちを救ってくれると信じこんでいる彼らは「わたし」に、アラビア人を殺してもらうため、一本の錆びた鋏を渡そうとする。すると突然、陰で成り行きを見守っていたキャラバンのアラビア人ガイドが姿を現わして、ジャッカルたちを鞭で追い払う。そしてガイドは笑いながら、ジャッカルは自分たちの犬だと言うと、ラクダの死体を投げ与える。するとその言葉のとおりにジャッカルはアラビア人の周囲に集まり、その死体を貪り食う、という物語である。

「わたし」は動物が人間の言葉を話すという出来事について、不思議には感じず、当たり前のことのように受け入れている。この点についていえば本作品は、イソップ以来の「動物寓話」と同じく、動物が人間の言葉を話すという前提を踏まえているといえるかもしれない。

シオニズムの雑誌『ユーデン』に寄稿されたという事実と、ジャッカルという動物の持つイメージ[20]により、この作品をユダヤ性と結びつけて論じる研究も少なくない。しかし、本書では引き続き「寄生虫的存在」の観点からこの作品を眺めていく。すると『変身』と共通する問題が見つかる。『変身』は一九一二年に執筆された作品で、『ジャッカルとアラビア人』は一九一七年と、両作品の成立時期には五年の開きがあるが、一九一九年に書かれた「父への手紙」の中でも「寄生虫」というモティーフが見つかることから、「寄生虫」のイメージは少なくとも『変身』以来、「父への手紙」まで、作家の重要なモティーフのひとつとなっていることがわかる。『ジャッカルとアラビア人』は、その間に執筆されている。

ジャッカルの話によると、アラビア人との反目は遠い昔からずっと続いてきたものであるらしい。その話を聞いた「わたし」はこのように言う。「とても古い争いであるようだね。おそらく血にあるのだろう。だとするとその争いは、ひょっとして血でもってやっと終えられるのだろう。」(DL, 271) ジャッカルは息巻きながらうなずく。「それゆえわしらはやつらからその血を奪ってやるのです。それでこの争いは終りです。」(DL, 272)

一方、アラビア人たちは、ジャッカルが自分たちの殺害を計画しており、またその実行を旅行者に委託しようとしていることをすでに見抜いている。作品の冒頭から、ひたすらジャッカルの側からのみ話を聞かされてきた「わたし」は、ここで思わぬ真相を知ることになる。以下はアラビア人の台詞である。「馬鹿です。あいつらは本物の馬鹿なんです。だからわたしたちはあいつらを愛しているのです。われわれの犬というわけです。あなたがたの犬より素晴らしい。」(DL, 274) この言葉を裏付けるように、ジャッカルたちは憎んでいるはずのアラビア人たちが与えるラクダの死体に我を失ってむしゃぶりつく。

ジャッカルたちはアラビア人が与えてくれる動物の死体で食いつないでいるという点で、あからさまに寄生的な性質を帯びている。アラビア人たちがジャッカルを「われわれの犬」と呼んで彼らの恨みを意に介さないのも、両者の立場の間に開きがあるからだと理解できる。シェルフは『変身』にまつわる解釈を行いながら、グレーゴルという害虫を養わなければならなくなった彼の家族たちを「宿主動物（Wirtstier）」[21]と重ねているが、ジャッカルとアラビア人の関係もこの並びへと連ねられるだろう。つまり、アラビア人はジャッカルに餌を与えて手なずけることで「宿主」へ、それに対してジャッカルは不満を持ちつつも彼らに養われることで「寄生虫的存在」へと位置づけられるのである。

「血」で連結する二つの寄生虫的存在

『変身』の場合は、その寄生虫的な依存関係がグレーゴルを中心とした血縁者たちの中で生じていたという点で、「血」に由来している。ジャッカルがアラビア人に反目しているのも、すでに引用した旅行者と長老の言葉にあるように「血」に基づくものであり、この諍いはアラビア人たちの「血」でしか終局できない。繰り返される「血」のイメージは、ジャッカルたちが宿主の「血」で露命を繋ぐ「寄生虫」であることの象徴とは考えられないか。ただし、『ジャッカルとアラビア人』におけるジャッカルたちの寄生虫的な性質は、自らを支配している者を殺し、食べることによってその権力を得ようとするカニバリズムの傾向を持ちつつ表現されている。このような傾向は『変身』の場合には見つからない。

グレーゴルの場合は、虫に変身して以降、彼に対して常に攻撃的な態度を取り続ける父親に反撃を試みることもなく、ただ毛皮の女性の額縁を守る時に一度、威嚇的に姿を露わにしただけで、それ以外では恐ろしい外見を利用することも、もちろん家庭を乗っ取ることも望まない。「グレーゴルにはしかし、誰かを怖がらせるなど、とりわけ妹を怖がらせるつもりなど思いもつかないことだった。」(DL, 191) 支配されることに対してはっきりとした抵抗の意思を持つことのないグレーゴルの場合は、ジャッカルたちと比べると脆弱である。これは、作品が執筆された一九一二年と一九一七年という時間の経過に伴う、カフカの父親に対する気持ちの変化に基づくのかもしれない。

グレーゴルの非暴力的で幾分弱々しい性格は、虫に変身してからの彼の身体のデリケートさに直結する。すでに引用したがドアの鍵を開ける場面でも、グレーゴルの歯のない口はすぐに傷ついてしまい、血を流していた。第一章の結末部分では、グレーゴルの横幅の広い胴体がドアに引っ掛ってしまう場面がある。そこで文字通り進退きわまったところを、父親に後ろから蹴られ、ひどい怪我を負わされて血まみれになる。「彼の左側は一本の長い不快にひきつった傷になっているらしく、二列の脚を正真正銘ひきずって歩かなくてはならなかった。一本の脚は午前中の事件の間に重傷を負い、――傷ついたのがたった一本だけだったのは、ほとんど奇跡だったが――死んだように後ろにひきずっていた。」(DL, 143)

彼を「責務／負債（Schuld）」から解放し、「無‐罪（Un-schuld）」というこれまでのグレーゴルにはなかった新しい生を与える可能性すら秘めていたはずの虫の身体は、変身した直後に傷を負わされることによって再び〈グレーゴル〉という主体を身体的に不自由な状態へと囲んでしまう。〈他者〉に意志を疎通させることのできない、しかも醜く変化したその〈身体〉そのものが、家族の中で彼ひとりを疎外させる原因の〈檻〉となる。したがって、グレーゴルは家族という他者との関係における檻の中で、彼と周囲とを疎隔する虫の身体という檻に閉じ込められていたのであって、いわば二重の〈檻〉の構造が彼を苦しめる。

動物への変身がグレーゴルの状況を悪化させたという点では、カフカの〈動物物語〉においては、すべての動物が根源的な自由を表象する訳ではないことの証左である。四つ足で頭を下げたジャッカルのポーズや、地面を這いまわる害虫のグレーゴルの身体イメージそのものも、それらが他者による権力の支配を、たとえ不当であったとしても甘受しなければならない虐げられたものたち、すなわち人間と比べて劣る生き物としての動物のイメージで描かれている。彼らはエムリッヒのいうような根源的自由の可能性からは程遠い。だがグレーゴルとは対照的に、ジャッカルはアラビア人たちの血を得ることによって、支配者と被支配者の関係を覆そうと試みている。

しかし実際にラクダの死骸を見ると、彼らはその魅力に抵抗することができない。「彼らはアラビア人たちを忘れ、その憎しみも忘れてしまった。すべてを消し去るような、強い死臭を立ち上らせる死体の現前が、彼らを魅了した。すでに一匹が首にぶら下がり、最初の一噛みで動脈を探り当てた。」(DL, 275) このようにしてジャッカルは、アラビア人たちに屈従し、さらにアラビア人たちは彼らの立場を誇示するように「鞭」を持ちだす。「するとガイドは鋭い鞭で強く、縦横に彼らを打った。彼らは頭を挙げた。なかば恍惚と気絶の状態にありながら。アラビア人が自分たちの前に立っているのが見えた。今や鼻面に鞭を感じた。飛んで後ろに下がり、少し後ずさった。」(ebd.)

ラクダの死体が作った血の海は、さらに強くジャッカルたちを惹きつける。「しかしラクダの血がもうそこに血の海になっていて、湯気を立ちのぼらせていた。身体は何カ所も大きく噛み裂かれていた。彼らは我慢できなかった。つまりまたもや近寄ってきた。再度ガイドは鞭を振り上げた。」(DL, 275) アラビア人たちはこのように、動物の死骸を餌として与え、ジャッカルたちの食欲という本能的な部分に働きかけることによって支配関係を構築している。

変身以前のグレーゴルも、血縁者から示される感謝と愛情を「糧（Nahrung）」として生活していた。ただその糧が血縁からの愛情か、血の滴る肉かの違いはあるものの、「血」をキーワードとして両作品はリンクする。目先に差し出される報酬のために、被支配者としての存在を脱却することができないという点では、ジャッカルとグレーゴルは両者とも「寄生虫的存在」を体現している。「寄生虫」的なモティーフについては以上で一旦区切ることにし、引き続き今度はまた別の角度から、『ジャッカルとアラビア人』と『変身』について論じていくこととする。

5 〈動物物語〉における身体記号

5-1 男性性 支配者の「不潔」さ

『ジャッカルとアラビア人』では、「清潔（Reinheit）」と「不潔（Schmutz）」という両極の概念が作品の重要な主題として扱われている。このモティーフについて論じることで、〈動物物語〉に込められたカフカ自身の人間の〈身体〉に対するイメージをこれから明らかにしていきたい。

そのイメージを本書は、「男性性」および「女性性」のモティーフへと分けて論じる。はじめにアラビア人の「不潔」さと、男性的なモティーフとのつながり、さらにはそれらが作品内で生命の活力や権力の象徴として移行していく過程について論じる。

ジャッカルがアラビア人を恨んでいる理由には、彼らが屈辱的な支配下に置かれていることとはまた別の理由がある。ジャッカルは、アラビア人の生き物を殺して食べるという行動が、自分たちの「清潔」の概念に反するという。それがジャッカルの恨みを買う原因のひとつとなっている。「アラビア人が刺し殺す羊の嘆きの悲鳴はいけません。あらゆる動物たちは静かに死ぬべきなのです。誰にも邪魔されずに、動物たちはわしらによって血を飲み干されて、骨まで清められるべきなのです。清潔さ、ただ清潔さだけを望んでいるのです。」(DL, 273)
ジャッカルはこの恨みを晴らしたくても、アラビア人のそばに寄ることすらできない。「やつらの生身の肉体を眺めただけで、もうわしらは逃げ去ってしまうのです。もっと清浄な空気へ、砂漠へと。だから砂漠はわしらの故郷なのです。」(DL, 272)
「生身の肉体」に対する嫌悪感は、さらに長老の言葉によってこのように表現される。「やつらの白は不潔、やつらの黒は不潔、やつらの髭はぞっとする。やつらのまなじりを見ると吐かずにはいられない。やつらが腕を挙げると、その腋の下に地獄が開くのです。」(DL, 273)
引用中の「白」というのはアラビア人の服装の色であり、「黒」は彼らの肌や髪の毛の色を指すのだろう。生き物を殺して食べる行為や、男性的で健康な肉体によって象徴されるアラビア人の「生」にまつわるイメージが、ジャッカルには「不潔」として感受されていることがわかる。それとは反対に、死体を食べる行為や、卑屈に下げた頭の姿勢によって象徴されるジャッカルの「死」に関係するイメージが、「清潔」の概念と結びついていることから、ここには「生」と「不潔」、そして「死」と「清潔」という通常の基準からは逸脱したイメージの連関が見出される。生き物の活力ともいうべき本来ポジティヴなはずのエネルギーは、ジャッカルたちの元ではネガティヴなものとして受けとめられているのである。

権力と不潔、死と清潔

その生のエネルギーは、アラビア人の権力と密接な関係を持っている。アラビア人がジャッカルの反乱を抑えるために必要なのは、すでに引用した「生身の肉体」(DL, 272)という武器だけで充分だ。ジャッカルは死体から立ち上る「死臭」に魅了されても、アラビア人の「生身の肉体」には近寄ることすらできないからである。ジャッカルたちの追い求める「清潔」とは、ただ単に衛生的な面だけを指しているのではない。なぜならジャッカルの食べ物は死体であるし、ラクダを貪る様子は清潔な印象からは程遠い。ジャッカルがアラビア人に殺される羊の悲鳴が耐えられない、といっているように、ジャッカルの「清潔」とは、他の生き物に対してどのように振舞うかという指針に基づいて判断されている。

それに対してアラビア人の「生」の力は、彼らを砂漠の食物連鎖の頂点へと押し上げるものであり、また作品中でジャッカルに振るわれる鞭からも理解されるとおり、他者を暴力的に支配する力と関係を持つ。アラビア人と、その支配する力との関連性がジャッカルにとっての「不潔」となる。それに対してジャッカルは、他者の生命をコントロールする力を持たないことによって、ジャッカルなりの「清潔」の定義へと当てはまっているようだ。

ジャッカルの思考において、死骸を食べるという行為とは、アラビア人に殺される動物たちの死骸を清めて犠牲化する行為であって、動物たちに敵対する行為には繋がらない。『ジャッカルとアラビア人』の支配者と被支配者の関係にはこのように、生命力を漲らせたものが不潔でありまた同時に権力的であって、「死」と結びつく要素をもつものが清潔で、従属させられるという構造がある。

そのような支配関係は、先に論じた「父への手紙」の中の父親ヘルマンと息子フランツ・カフカの実際の親子関係とも共通している。その中でカフカは父親の頑強な肉体を前にすると、いつも自分の体と比較してしまい、恥じ入っていたと告白している。「僕はあなたの単なる肉体性にすら、圧倒されていました。〔……〕痩せこけ、弱々しく、ほっそりとしていた僕。力強く、背が高く、がっしりしていたあなた。」（NSFII, 151）父親と息子の身体的な差と、そこから生じたカフカのコンプレックスが、両者の関係に影響を及ぼしたことは間違いない。

肉体的な差を武器のひとつとして、息子に対する支配権を、父親が家庭内で実際にどのように行使したかは以下の通りである。「父への手紙」の中のカフカの言葉だ。「骨を噛み砕いてはならない、あなたには許される。ドレッシングはすすってはならない、あなたには許される。もっとも大事なことはパンをまっすぐに切ること。けれどあなたがソースまみれのナイフで切るのは関係なかった。食べこぼしが床に落ちないよう気をつけなければならない、最後にはあなたの下に一番落ちていた。食卓では食べることだけに従事してしかるべきである、しかしあなたは爪を磨く、切る、鉛筆をとがらせる、爪楊枝で耳を掃除する。」(NSFII, 156)

繰り返される「あなたには許される(Du ja)」には、父親の特権に対するカフカの冷たい反感が込められている。これはテーブルマナーに関しての記述だが、父親ヘルマンは言葉づかいも乱暴で、店の従業員たちに浴びせる悪態の数々は息子フランツを怯えさせた。このような父親の行為全般が、息子だったカフカにとってはいかにも男性的で、父権を象徴する行為として映った。それと同時に、すでに引用した記述で仄めかされているように、カフカが父親の行動に、「不潔」な印象を抱いていたことも間違いないだろう。

それに対してカフカは、恐ろしく痩せていたこと、誰に対しても極めて丁寧に対応したこと、常に服装を配慮し、肉を食べすぎることを心配する菜食主義者であったことなど、伝記を執筆したヴァーゲンバッハの言葉を借りれば、肉体的にも精神的にも「一種の清潔狂(eine Art Reinheitsfanatismus)」[22]だった。

作家に対する作品の自律性を踏まえたとしても、病弱で「死」を連想させる身体を持つものが「清潔」を追い求め、それと反対にエネルギッシュで「生」の権化のような身体を持つものが「不潔」と結びついていること、さらにカフカと父親ヘルマンの両者の支配関係も含めて、『ジャッカルとアラビア人』で描かれる清潔と不潔の奇妙な連関へと重ねることができるのではないだろうか。

『変身』の場合

『変身』ではグレーゴルの父親は、頼りにしていた息子が虫へと変身してしまったことで、生活のために銀行の用務員の仕事を見つける。その結果、父親はグレーゴルが占めていた一家の大黒柱というポジションを手に入れて、家庭での支配権を握るようになるのだが、この父親も「しみだらけ」の制服を常に自宅で着用するようになる。[23]これまでの繋がりから類推すると、父親が「不潔」な制服を獲得したことは、彼が父権を回復し、他者に対して支配的な力を取り戻したことへと繋げることができる。久しぶりに父親の姿を見たグレーゴルは、以前の弱々しい父親の姿とは似ても似つかない変貌ぶりに仰天する。「だが、いまや彼はまっすぐに身体を伸ばして立っていた。銀行の用務員の着るような、金ボタン付きのぴったりとした青い制服に身を包んでいた。上着の高くて硬いカラーの上には、がっしりとした二重顎ができていた。毛深く生い茂った眉毛の下からは、黒い眼が生き生きと注意深く視線を放っていた。以前はぐしゃぐしゃだった白髪は、几帳面にきっちりと、鮮やかに分けて梳《くしけず》られていた。」(DL, 169) その余りの変化に、グレーゴルは信じられない思いがした。「にもかかわらず、にもかかわらず、これはまだあの父なのだろうか?·」(ebd.) ここにも「黒い眼」と「白髪」という、『ジャッカルとアラビア人』と同じ黒と白のコントラストがあることを付け加えておこう。

カフカの作品における「衣装」について論じたアンダーソンは、グレーゴルの父親が制服を手に入れたことについて、働き先である銀行の商業的な意味の「流通(Verkehr)」、またはネットワークとの関係へと敷衍させながら、このように論じている。「彼の制服は、このネットワークにおける彼の身元を保証すると同時に、抽象的な秩序のために自分の個人的なアイデンティティを犠牲にしてしまった囚人であることを表している。銀行のモノ-グラムと制服という烙印を押されたザムザ氏の身体は、ただの記号として、この世界の意味の〈交通〉における情報の運び手としてのみ、機能している。[24]」

だが、カフカの物語の男性たちが獲得する制服とは、持ち主を画一化して、ただ彼の身元を保証する作用しか持たないのだろうか。『変身』では家族の集まる居間に、軍隊時代のグレーゴルの写真が飾られている。「ちょうど正面の壁には、軍隊時代のグレーゴルの写真が掛っていた。少尉だった彼を写したものだった。彼は剣に手を

添えて、屈託のない笑みを浮かべて、その態度と制服への尊敬を要求していた。」(DL, 135)

先の引用でアンダーソンが指摘しているように、カフカの物語では制服を手に入れた男性たちは、集団への帰属とまずは外見的な画一化を避けることができない。しかし同時に、軍服姿のグレーゴルと制服を着た父親の姿からは、社会的な居場所を獲得したことによる一種の自信のような、存在の安定感がある。制服は、本来の独自性を押し隠してしまうものである一方で、父親に肉体的および精神的な活力を取り戻させたり、グレーゴルには他者からの「尊敬」を集めるなど、男性的な権威や力を彼らに与えるものとして機能している。

そのようにして獲得された力は、虫になった息子を従属させるための暴力からも理解されるように、他者を支配するために用いられることによって、制服の「しみ」にも象徴されるような「不潔」を帯びたものとなる。カフカの〈動物物語〉では、「不潔」とそれに結びつく男性性は、主人公に対して支配的な力を秘めていることを表す記号であり、主人公にとってはそれらが脅威の信号となって〈怖れ〉の感情を引き起こす。以上のことから、作品における男性的なモティーフと圧倒的な力、および不潔との結びつきは、極めて男性的な性格と外見的な特徴をそなえていた父親ヘルマンとの実際の生活を通して、作家の中に生まれた連関だといいうるのではないだろうか。

5-2　女性性　奇形化する自然――『ジレーネの沈黙』

男性性が権力と結びついて描出される時、〈動物物語〉の中では主人公にとって脅威の存在となった。それとは反対に、女性性は過剰なセクシュアリティと結びつく時、主人公の不安を煽る存在となる。プファイファーはカフカの女性性について『変身』や『城』の女性像を解釈しつつ、「カフカの元では性に関することとは、異質性、死、追放そして疎外へとたびたび結びつけられる。[25]」と論じている。『ジャッカルとアラビア人』と同じく、一九一七年に執筆された『ジレーネの沈黙』に登場するジレーネ（セイレーン）たちは、そのあからさまな性的身振りを通して、〈動物物語〉における主人公を窮地に陥れようとする女性像を代表している。

『ジレーネの沈黙』は一九一七年の一〇月二三日「八つ折りノートG（Oktavheft G）」に記された短い物語であり、カフカの死後ブロートによって出版された[26]。オリジナルの題名は付けられておらず、今日知られているのはブロートによって付けられたものである。詩人ホメーロスの作といわれる古代ギリシアの叙事詩『オデュッセイア』で、ジレーネたちがオデュッセウスと船乗りたちを誘惑する場面をモティーフとして書いた短い作品である。オリジナルの『オデュッセイア』では、聴く者を惑わすというジレーネたちの歌を聴くために、オデュッセウスは船のマストに縛りつけてもらい、残りの漕ぎ手たちは耳を蝋で塞ぐことで危機を乗り越える。

しかし、カフカの手による『ジレーネの沈黙』では、主人公オデュッセウスははじめから自分の耳も蝋で耳栓をしている。こんなことはどんな旅人だって、ジレーネから身を守ろうと思えばできたはずなのに、と彼は自分の思いつきを無邪気に喜ぶ。物語の冒頭には、このような一文が掲げられている。「不十分な、いやそれどころか子供じみた手段さえ救いとなりうるということの証明。」（NSFII, 40）この一文の示す通り、オデュッセウスはジレーネの性的な誘惑には端から興味を持たない、ある種の「子供じみた」性質を持つものとして描かれている。

その彼の耳栓に対抗して、ジレーネたちは歌ではなく「沈黙（Schweigen）」という手段を講じる。「ところがジレーネたちは彼女らの歌よりももっと恐ろしい武器を持っていた。すなわち沈黙である。彼女たちの歌声から誰かが助かったということは、実際にはなかったものの、しかしひょっとするとそれもありえることかもしれない。だが、彼女たちが黙り込んでしまうと、確実に助からない。」（ebd.）

ここでの「沈黙」とは、ただ単に黙り込んでしまうことを意味するのではなく、ジレーネたちがその魅力的な容姿を最大限に利用して誘惑的な身振りを取り、男性に見せつけることを意味する。彼女たちがいかに振舞うか、語り手の視点からこのように描写されている。「彼はまず、ちらっと彼女らのうなじのカーブを見、深い呼吸、涙を湛えた瞳、半ば開かれた口を見た。」（NSFII, 41）

ジレーネたちは「沈黙」し、生身の肉体を晒すことによって船乗りたちとオデュッセウスを誘惑するも、オデュッセウスには通じない。「しかしオデュッセウスは、こう言うことができるなら、彼女たちの沈黙を聴かなかった。彼女たちは歌っていて、自分だけがそれを聴くことから守られているのだと信じていた。」(ebd.)「歌」を歌うことよりも、ただ「沈黙」して肉体を晒すという行為の方が、より単純である。オデュッセウスは耳栓をしていたために「沈黙」を聴かず、彼女たちが歌っているのだと信じ込んで、性的な誘惑の身振りから身を守った。「歌」という間接的な手段を取るよりも、エロティックな仕草でもって視覚的に訴えかける手段を取るカフカのジレーネは、原作の『オデュッセイア』よりも直接的である。それゆえに「歌」を誘惑の手段として用いるというオリジナルの神秘性は、カフカのジレーネからは失われている。カフカはジレーネを女性的エロスの単なる記号として描いている。

「もしジレーネたちが意識を持っていたのなら、彼女らはこの時、滅ぼされていただろう。だがこのようにして彼女たちは残り、ただオデュッセウスは彼女たちから逃れただけだった。」(ebd.) もし「意識を持っていたのなら」という、ドイツ語で非現実的な仮定を表す接続法の表現は、カフカのジレーネは神話にあるように自殺を実行するだけの意識を持たないことを示している。先に本書がジレーネを言い表した「女性的エロスの単なる記号」という表現は、そこに船人が通りがかった時だけに作動する、麗しい女性の身体をそなえた機械人形のような存在であること、また、ただ異性を誘惑するためだけの道具としての裸の身体、「美しい」姿、長い「髪」という部品の寄せ集めに過ぎないという点において記号的であることを意味する。

その誘惑に対してカフカのオデュッセウスもまた、はじめから「歌」に興味を持たずに耳に蝋を詰めて身を守るという現実的な手段を取ったことで、この物語からは神話的な世界観が現世的な拒絶の方法によって閉め出されている。ジレーネの剥き出しの肉体の前では、ただ「子供じみた」ものであることと、そしてその性質によって、性的な行為が始まる前の「沈黙」を無視することでしか抵抗することができない。

奇形化した自然の呪縛

ジレーネとは海の魔女である。『ジレーネの沈黙』では誘惑的な女性性が、「水」のモティーフと結びついている。長編小説『審判』に登場する看護婦レーニの身体にも同様に、「水」のモティーフとの繋がりがある。レーニとは、弁護士の情婦でありながら主人公Kと性的な関係を持ち、肝心な場面で彼を誘惑しては訴訟事件から気を逸らせる人物である。

レーニは初対面のKの膝に乗り、彼に体を預けながら、Kの恋人には身体に欠陥があるかと尋ねる。「『身体の欠陥？』とKは尋ねた。『そうです』とレーニは言った。『つまりわたしにはそういう小さな欠陥があるの。見てください』彼女は右手の中指と薬指を広げた。その間には結合した皮膜が、短い指の第一関節まで届いていた。」(P.145)

指の間の「結合した皮膜」とは主として水棲生物に見られる特徴である。「水」と女性性との繋がりは、神話や文学的モティーフにおいては豊饒を意味する自然と女性との象徴的な結びつきを連想させるが、ジレーネたちの「意識」の欠如やレーニの身体的な欠陥は、どこか調和を欠いており、不自然な印象を受ける。つまり、彼女たちはあるがままの「自然」の化身であるというよりも、歪んで、奇形化した自然の化身であるかのような様相を帯びている。

その奇形化した自然という表象は、腐った雌犬のアフォリズムにおいて頂点へと達する。少し長いが全文を引用する。

八／九　一匹の悪臭を放つ雌犬、たくさんの子供の生みの親、ところどころすでに腐っているこの犬は、子供の頃にはわたしにとってのすべてだった。いまでも変わらない気持ちで、ひっきりなしにわたしの後を追ってくる。わたしはそれを殴ることはどうしてもできない。しかし、わたしはそれを前にすると、吐く息すらも恐ろしく、尻込みしてしまい、一歩一歩と後ろへ離れる。わたしがこうする以外に決定できないのならばその雌犬は、もうそこに見えている壁の隅へとわたしを追い込むだろう。そこでわたしの上で、わたしと一緒に完全に腐って朽ち果てるために。最後まで――光栄なことなのか？――膿と蛆の沸いた舌の肉をわたしの手へと押し当てて。

（NSFII, 115）

これは『ジレーネの沈黙』の書かれた頁よりも少し前の辺りで、「ある人生（*Ein Leben*）」とカフカによって名付けられた断片であり[27]、後に作家自身によってアフォリズム集成に組み込まれた。その際にカフカはコンマや副詞等に少し手を加えたが、ほぼ同じ文章であるといっても差し支えはない。

膿と蛆という言葉からわかるように、雌犬の「命（Leben）」は生きながらにして腐っている。そのような状態にありながら雌犬がまだ動いているのは、語り手である「わたし」に対して、愛情と呼べるのかどうか不明だが、とにかく強く執着しているためだろう。「たくさんの子供の生みの親」と語られていることや、幼年時代の「わたし」にとってはすべてだったという表現には、雌犬の側からの強い母性と、それを拒むことのできない「わたし」の双方からの、またもや共依存で成り立つ関係であることがわかる。ここでは女性性は、最終的には腐敗に至らざるをえないような過剰な豊饒性と、振り払い難い愛情の押し付けがましさ、またそのような愛情を「光栄」と思うべきか逡巡する、愛される者の依存の要素とが相まって、「わたし」にとってひとつの〈呪縛〉となっている。ジレーネが「歌」、カフカの場合には「沈黙」という呪いで主人公を誘惑しようとしたように、カフカの〈動物物語〉における女性性は呪縛的な愛情表現を取る。

この断片でも雌犬の身体から流れる膿や蛆は、生理的嫌悪感を掻き立てる「不潔」と結びついている。この雌犬の存在がより恐ろしいのは、「わたし」に向けた呪縛的愛情が、その身体に腐敗という目に見える形で表れている点にある。腐敗や蛆は、周囲をゆっくりと確実に取り込みつつ広がるものの象徴であり、それが雌犬の「舌」という性的な身体パーツと結びつくことで、侵犯者としての女性性の脅威を体現する。その「不潔」さは、男性性と結びついた時のような暴力による支配を生み出す不潔さとは異なる。雌犬には、「わたし」と一緒に腐り果てたいという欲望に取り込むことで同一化することを望み、他者を強引に誘惑して、身体的にも精神的にも文字通り蝕もうとする「不潔」さがある。

女性性の不潔さ

『ジレーネの沈黙』やこの雌犬の断片が執筆された一九一七年という年に、カフカはフェリーツェとの二度目の婚約解消という人生の大事件を経験している。彼女との一度目の婚約は一九一四年六月一日のことだが、カフカはその一カ月半後に最初の婚約解消をする。そして一九一五年に彼女との再会を果たしたカフカは、一九一七年に再度婚約し、一二月には再びカフカの側から婚約解消を申し出た(28)。

そのように婚約と解消を繰り返した原因は、結核というカフカの持病の悪化や、作家として執筆を続けていく上で自分には「静か」で孤独な環境が必要だと彼自身が強く信じ込んでいたこと、また父親ヘルマンのように立派な自分の家庭を持つことがはたして可能であるのかという確信の無さなどが複雑に絡み合っていたことは、当時の日記から伝わってくる(29)。

一九一七年の手紙の中で、カフカはフェリーツェと自分自身との関係について以下のように述べている。「神経質な犬が銅像の周りを走りまわり、吠えまわるように、僕は彼女にそうする。〔……〕剥製にされた動物が、その部屋で平穏に暮らしている人間を凝視するように、僕は彼女を見つめる。」(B3, 323) カフカは自分の婚約者を

「生きている」人間として、死んだ剥製の動物になぞらえた自分自身を対置させる。生と死で分断された両者は同じ部屋で見つめ合っていても、視線が交わることはない。カフカの比喩の中では「人間」は、自分の部屋の中で「平穏に暮らしている」が、「剥製にされた動物」の静けさはそれをはるかに上回っている。「剥製にされた動物」という自己像を持つカフカは、「死」という生者には得られない完璧な静けさに惹かれているといえよう。親友ブロートに綿々と語る自分の体への執着や、清潔さへの志向、また常に美しかったといわれる身だしなみへの好みも、裏を返せば、行き過ぎた清潔志向の先にある逆説的な退廃と、「死」への傾きを秘めている。「死」は性／生というフロイトのいうところのエロスからの究極の離脱の手段として措定される。それはオデュッセウスが、ジレーネたちの誘惑から「子供じみた」性質によって身を守ったことに通底してはいないか。なぜなら余りにも未成熟な個体は繁殖が不可能であるという点で、未だ十全に開花した生へと到達しておらず、「死」の側に近いからである。

結婚の目的のひとつに、自分の血を受け継ぐ子孫を繁栄させる目的があるといえるのだが、ここまでの男性性と女性性にまつわる解釈から明らかになったカフカの潔癖性は、生きた身体が持つ繁殖能力という生身の「生体の回路」へと自らを組み込んでいくことに対する「不潔」感へと繋がる。「生体の回路」とは、雌雄繁殖を行うあらゆる生き物の生命力に当たる本能的活動、つまり生き物としてのあらゆる欲望の源泉と、それによって次世代に繋がる命のサイクルを擬えての本書なりの表現であるが、それは本来肯定されうるものでも、また否定されうるものでもない。だが、生命を司る活動は、時として罪悪感とも通ずるような嫌悪の対象ともなりうる。生や性という言葉で表現される、生きている限り無関係でいることのできない身体という欲望の〈檻〉の不潔さが、〈動物物語〉では奇形化した自然の「呪縛」や、権力を志向する男性性という描かれ方の中に表現されている。

5-3 「回路」となる身体——『ブルームフェルト、ある中年の独り者』

主人公に呪縛のように付きまとうものが登場する〈動物物語〉に、もうひとつ『ブルームフェルト、ある中年の独り者』という断片がある。この題名はブロートによって付けられたもので、オリジナルタイトルではない。生前には出版されなかったが、「ブルームフェルト紙片集」という原稿が残っており、一九一五年の二月八日頃に執筆されたと推測されている。[30] タイトルの示すとおり、中年のブルームフェルトは、帰宅しても迎えてくれる人の誰もいないアパート暮らしの独り者である。[31]

独りでパイプを吸い、ブランデーを飲んで、定期購読しているフランス語の雑誌に目を通しながら、彼はこのように考える。「もし誰か同伴者がいたら、もし誰かこのような行動の見物人がいてくれたら、ブルームフェルトは喜んで歓迎しただろう。」(NSFI, 229) 長年続けてきたであろう独り者という生活に、彼が人並みの孤独を感じていることは作中から読み取れる。

その彼が、犬を飼ってみるのはどうだろうかと思案するのが物語前半部の内容である。愛情溢れる犬の性質は、ブルームフェルトも好むところではあるものの、気にかかる点がひとつあった。犬が部屋を汚すことと、いつかは年を取って病気になることである。それが再び「不潔」というキーワードで語られる。「他方でまた自分の部屋の不潔さは、ブルームフェルトの我慢ならないことだった。自分の部屋の清潔さは、彼にとってはなくてはならないものだった。」(NSFI, 230) 犬が生き物である以上、老いと病気は避けられないものであるのに対して、そのようなパートナーの自明の摂理が受け入れられないブルームフェルトは、人間も含む他者との温かい関係を構築する可能性を拒んでいる。彼もまた、「生体の回路」の嫌悪者として描かれるのである。

ブルームフェルトの望む他者との関係とは、以下のようなものである。「オールドミス」(NSFI, 232) は世話を焼き、愛情を注ぐ相手を求める。「それとは反対に、ブルームフェルトは、ただ連れあいが欲しいだけなのだ。そんなに世話を焼く必要もなく、時どき足蹴にしても傷つかず、万が一の場合には路地で夜を過ごすこともできる動物。だがブルームフェルトが望む時には、すぐに吠えたり、飛び跳ねて、手を舐めてくれるなど、意のままになる動物が欲しいだけなのだ。」(ebd.)

他者が他者であるところの、自分自身との差異を意味する「他者性」に対する拒絶の感情が、ブルームフェルトには「不潔」の感覚で受け取られている。ここでは権力や誘惑といった男性性、女性性の「不潔」とはまた別の「不潔」の感情が描かれている。外部によって侵害されない自分自身の「清潔」な領域を守るために、断固排除されなければならない「他者性」と等価であるところの「不潔」である。そのような生活の中で自ずと生じてくる孤独感から、ブルームフェルトは自分の望みと限りなく同一化してくれるような対象を望んでいる。

そのようなブルームフェルトの前に、勝手に動いて彼の後を付いて来ようとする二個のボールが突然現れる。「まさに魔法だ。青い縞の入った小さくて白いセルロイドのボールが二つ、寄木張りの床の上をあちこち飛び跳ねている。」(ebd.) その音が犬の前脚の立てる音をブルームフェルトに連想させるという描写があることから、この二つのボールは彼の望んだ「犬」の具象化であるといえよう。しかし、ブルームフェルトの願望を忠実に再現した場合、それはもはや生きている「犬」とはいえないものだということは、このボールという形象から明らかである。ボールのセルロイドという材質へと、無機質に記号化された他者像は、ブルームフェルトにその願望が過ちであったことを突きつけてくる。この二つのボールはブルームフェルトに付きまとい、その飛び跳ねる音は彼を苦しめる。執拗にブルームフェルトの後ろを追う行為は、彼によって否定された〈他者性〉からの呪いであり、復讐であるといえよう。

性別も生身の身体も持たないボールは、ブルームフェルトが忌む生理的な行為や活動とは無縁の、ただ単に上下運動を繰り返すだけの存在である。カフカの日記には、上下運動へと沈み込む孤独な人間の姿が描かれている。一九一四年八月三日のもので、フェリーツェとの婚約破棄のおよそ二〇日後にあたる。

待ちこがれた妻がドアを開けることはない。一カ月したら、僕は結婚するはずだったのに。恐ろしい言葉：お前が望んだように、それを背負い込むことになる。苦しげに壁にしっかりと押し付けられ、押している手を見るために恐れながら視線を落とす。古い痛みを忘れさせるような新しい痛みと共に、歪んだ自分の手を認識する。その手は、一度もいい仕事をしたことのないある力でもって、お前を掴んでいる。頭を挙げると、再びはじめの痛みを感じる。再び視線を落とす。この上下運動は止むことがない。

(T, 544)

一定の運動しかできないボールや、または長年同じ行動を繰り返してきたブルームフェルトの存在に重ねることが可能なように、「生体の回路」を否定するものは、同世代の他者や、自分の子孫との上下左右に広がる人間関係を根本的に構築することができない、いわば「閉じた回路」となる。「閉じた回路」となったものは、潔癖性のブルームフェルトや菜食主義者のカフカ自身のように、性にまつわるものも含めて「不潔」とは無縁のものとなる。しかし彼らの「清潔」とは、生産性と結びつかないという意味で、自閉した身体の〈檻〉へと囚われる。

日記の中のカフカの上下運動に関する記述が、フェリーツェとの結婚に対する不安を示す文章の後ろに書かれていることは奇妙だ。カフカ自身も、孤独な独身者の生き方が閉じた円環の中で行われることを自覚していたのだろう。ブルームフェルトの場合は、主人公である彼自身が芸術的な生産活動とは無縁の、ごく一般的な孤独な小市民であることが悲劇となっている。ボールの登場によってブルームフェルトは、命あるものだけが自らの友となりうる可能性を持つことに気づくチャンスを与えられたのだといえるだろう。しかし彼が描いていた、「不潔」ではない「他者」、という願望そのものを揶揄するようなボールの記号性による無言の非難に耐えられず、それを箪笥へと押し込めることで自らの生き方にまつわる問題の根本から目を背けてしまう。これによりブルームフェルトの自閉性が開かれる可能性は失われてしまう。

5-4　分類不可能な身体——『雑種』『家長の気がかり』

『雑種』と『家長の気がかり』という二つの作品は、どちらも一九一七年に執筆された。『家長の気がかり』の方はカフカの生前に『田舎医者』集へと収められた。[32] そのため『家長の気がかり』というタイトルはカフカ自身によって付けられた。成立時期は四月の終わり頃だと推測されている。『雑種』は「八つ折りノートD（Oktavheft D）」に記された短い物語である。生前には出版されなかったが、タイトルはオリジナルである。作品の成立時期は、『家長の気がかり』と同じく四月のはじめ頃に書かれたものだと考えられていたが、現在では三月だと推定されている。[33]

措定されえない「単数形」

カフカの描く動物像が、特定の生き物の生物学的な分類上に同定することができないという種の不確定性については、序章の「使用テクスト」で引用したオルトリープの研究によって指摘されている。そこでオルトリープはすでに引用したように、カフカの〈動物物語〉とは、「あらゆる生き物の種を包括しうる不確定な複数形でもって描き出す」物語だと述べていた。しかし『雑種』と『家長の気がかり』に登場するものたちはもはや、あらゆる生き物の種類に包括されることを拒む、措定されえない「単数形」という形で表出される。だが、その「単数形」という生の孤独が、「複数形」の生き物たちに普遍性をもって敷衍しうるのだから、やはりオルトリープの指摘は妥当であるともいえ、またこれから論じる二つの作品は、そのような意味においてカフカの物語の中でも重要な作品である。

一人称形式の物語『家長の気がかり』の語り手である「わたし」は、タイトルの通り家長であって、家庭を持ち、子宝にも恵まれた、ごく普通の市民である。その「わたし」の家に時折現れるのが、自在に動き、話もできる謎の小さな物体オドラデクである。

「わたし」の説明によると、オドラデクという名前はスラヴ語か、もしくはドイツ語に由来しているという二つの説があるのだが、どちらにしても意味不明であり、この存在を理解する術とはならないという。オドラデクは木製で平べったい星型の糸巻きのようで、ところどころ古い糸がもつれて巻きついている。その星型の部分の中心から、重心を支える棒が飛び出していて、その棒に直角に取り付けられたもう一本の棒で直立することができる。

名前だけではなく形状からも、オドラデクが何のために地上にいるのか判断できない。上に述べたような姿形を聞けば、誰もが以下のように考えるだろう。「その造形は、以前は何かしらの目的に適う形をしていたのであって、今はただ壊れてしまっただけだろう、と思い込もうとするかもしれない。だが、そういうわけではないらしい。〔……〕全体は確かに無意味だが、しかしそれなりに完結している。」(DL, 283)

極度に無意味な造形はあらゆる解釈を寄せ付けないかのように思えるが、「完結している」ということが、オドラデクを理解する唯一の手掛かりとなる。オドラデクという存在に対置される家長は、作中で以下のように考える。「死ぬものはすべて、死ぬ前になんらかの目標、なんらかの仕事を持ち、それによって身をすり減らしてしまう。それがオドラデクには当てはまらない。」(DL, 284) 死ぬことも、子孫を増やすこともない無機物オドラデクは、ここでは目標や仕事といいかえられた「生体の回路」とは無縁のままで、「完結している」単数形を、その言葉通りに体現する存在なのである。

これまでに確認したように、カフカのテクストの中で女性性は、誘惑や押しつけがましい愛情という手段で相手より優位な立場を取ろうと試みる。それに対して男性性は、相手を支配することによって、自らの父権的な支配構造に相手を組み込もうとした。オドラデクの無性であること、そしてまたあまりにも存在が無意味かつ小さすぎるという特徴は、それが両方の性による、支配しようとする力から独立した存在であることを可能にしている。

またそれによりオドラデクは、たとえばグレーゴルやロートペーター、ジャッカルといった他の〈動物物語〉の動物たちのように権力構造の被害者、もしくは加害者にもならない。

そのようなオドラデクの無責任かつ、現世的なあらゆるものに縛られない存在のあり方は、家長としての「生体の回路」に囚われた「わたし」から見れば、自らの有限性を嫌でも自覚させられるものとなる。序章でも述べたことだが、それが『家長の気がかり』というタイトルの意味のひとつとなっている。オドラデクの不死に思いを巡らせた家長は、次のように感じる。「彼が誰の害にもならないことは明らかなことだが、しかし彼がわたしよりもさらに生き続ける定めにあるのだという想像は、わたしにとってほとんど辛いものなのだ。」(ebd.)

オドラデクという閉じた回路

オドラデクの「誰の害にもならない」という外部との繋がりのなさと不死性が、この世に存在する「生き物」としての幸福を、オドラデクには与えないということを家長は予感している。家長の生き物としての有限性は、時には生きることの苦痛の原因ともなりうる半面、他者や社会と関係を持ちつつ生きるという幸福を与えうる可能性の源泉ともなっている。オドラデクは不幸を感じることがないと同時に、幸福を感じる可能性からも閉め出されてしまっている。

オドラデク自身にそのような自覚はないにしても、幸福の可能性の欠如は、朗らかな性格として描かれるオドラデクの笑い声に一抹の影を落とす。まるで肺の無いものの立てるような、と表現されるその音は、「たとえば落ちた枯れ葉のカサカサ鳴る音のように聴こえる。」(ebd.) これはオドラデクがこの世に存在しながらも、枯れ葉のように朽ちた存在であることの徴《しるし》なのではないか。肺という生命の根幹を司る器官を持たないオドラデクのあり方は、まさに死んだ「剥製動物」のように静かである。肺は空気を吸って吐く、という〈循環〉を司る器官であり、それを持たないオドラデクからは文字通り、何かを外部から受け取り、またそれを外部へ発信するといった深いコミュニケーションの循環可能性が欠如している。

他者や身体という〈檻〉に囚われないあり方として、一種の理想形のようにも映るオドラデクは、このようにして無限であることの、何にも束縛されないことの限りを提示する。その限りの中にオドラデクという存在を捉えた場合、その「単数形」としてのあり方とは、ブルームフェルトの孤独が極限まで高められて、逆に無痛状態へと陥ったものであるかのような否定性を孕んでいると指摘することができる。オドラデクは、無機質な身体という無限の〈檻〉に囚われた、生産性とは無縁の自閉的な「閉じた回路」のひとつなのである。

望まない形での「単数形」

そのオドラデクに対して、『雑種』における「動物」の身体の「単数形」というあり方は、どのように理解されうるのか。『雑種』は一人称の語り手である「わたし」の以下のような語りで始まる。「わたしは独特な動物を飼っている。半分は子猫で、半分は子羊なのだ。」(NSFI, 372) 父の所有物だったものを、「わたし」が形見として受け継いだのだが、「動物」は外見的に猫と羊の両方の種の特徴を混ぜ合わせた、ちょうど中間のような見た目をしている。性格的にも猫の狩猟生物としての「追跡欲求」(NSFI, 373) と、生贄動物を代表する羊の「不安」(ebd.) という別々の要素を併せ持っている。

猫と羊という、本来混じり合うことのない、性質的に相反する遺伝子の作り出す身体は、オドラデクの存在のあり方と重ねられうるような、支配関係とは無縁の分類不可能な身体を「動物」にもたらした。だがオドラデクが自らのアイデンティティに疑念を持たない自己自足的な存在であったのとは異なり、「動物」にとって自らの分類不可能性は、生きることへの苦しみの源となっている。「そいつは猫の不安と、羊の不安とを、それらがまったく別種のものであれ、両種の不安をその身に抱えている。だからそいつにとっては、自分の肌が窮屈すぎるのだ。」(ebd.)

研究者であるミュラーはこの「動物」について、羊のように従順な性格の母親と、狩猟動物のように活発だった父親の両方の性格を遺伝的な遺産として受け継いだカフカ自身のポートレートだとする解釈を行った。[34]すでに本書で行った「父への手紙」の解釈を鑑みれば、そのような解釈の仕方は理に適う半面、だが、この「動物」の中に見られる性質は、そのような二項に単純に分けられうるものでもない。物語の後半部分では、「動物」に「犬」の性格も混じり始める。「羊と猫であるだけでは十分ではなくて、ほとんど犬にもなろうとさらに望んでいる。」(ebd.)

猫と羊の性質を併せ持つだけでも、「動物」にとって十分苦痛に満ちているのに、さらに犬にもなろうという望みを持つに至る理由は、生きるということの重圧が「動物」の「肌には窮屈すぎる」(ebd.) かのように重荷になっているからではないか。「わたし」は物語の最後の一行で、以下のように語る。「ひょっとすると、この動物にとっては肉屋の包丁がひとつの救済になるのかもしれない。」(ebd)「わたし」が気付いているように、「動物」は思い通りにならない自らの身体に対して、死による決着を望んでいるのであり、また自己破滅に至るための願望を、さらなる分裂への望みという形で抱いている。

カフカはこの「動物」を、オドラデクのように生きることへの無痛状態へと陥ったものとしては描いていない。カフカの草稿の訂正箇所等を整理した「別冊校注 (Apparatband)」を参照すると、この「動物」は、「わたし」が仕事で行き詰って「もはや出口を見いだすことができない[35]」ように感じて落ち込んでいる時、主人である彼の顔を見上げ、大粒の涙を零す場面が元々描かれていたことが確認できる。そこで「わたし」は自らにこう問いかける。「それはわたしの〔涙〕なのか、そいつのなのか？[36]」「わたし」の悲しみに遭遇した「動物」は「わたし」に対して、他者である「動物」と自分との区別がつかなくなるほどに、精神的に深く寄り添っていることは、両者の涙がどちらのものなのか判別できないというこの一文からわかるだろう。

また「別冊校注」の別の箇所では、「わたし」の耳に口を寄せ、何かを話しかけるような、人間のような仕草を取る無邪気で明るい「動物」の姿が描かれている。「動物」は、「わたし」に話しかける仕草をした後、自分の話を「わたし」が理解したかどうかを確かめるように、彼の顔を覗き込む動作をする。「わたし」は「動物」を思う親切心から、まるで理解したかのような振りをして頷くと、「動物」は、「すると床の上に元気よく飛び降りて、あたりを踊って飛び跳ねるのである。[37]」飼い主である他者「わたし」との意志の疎通をこのように無邪気に喜ぶのは、「動物」にとって「わたし」が〈大切〉な他者だからである。

結末も、「別冊校注」では少し異なっている。「しかしわたしは形見を殺すことはできない。なのでおのずと息を引き取るまで、待たなくてはならない。(なので∨時)［思慮分別のある］たとえそいつがわたしを時として、分別ある行いを要求するような人間の目でどれ程見つめようとも。[38]」

猫、羊、犬の性質だけでなく、「動物」は理性的な分別と、優しさや喜び、生きることの悲しみをそなえており、また他者に共感し、共感されることを願う気持ちに溢れた「人間の目」まで持っている。「わたし」と生きることの不幸を分かち合う心を持ち合わせた「動物」が、「わたし」に望む「分別のある行い」とは、自らの希望する形で苦痛の源となる身体との決着をつけることを望む安楽死である。それが作品では、「肉屋の包丁」という言葉で表されている。人間味溢れる心を、「肌」の中に窮屈な形で無理やり押し込められた「動物」には、動物であるがゆえに「自殺」という方法はないという点で、問題を先鋭化して描くという動物像の機能が発揮されている。この場合の「問題」とは、ままならない肉体性に囚われた精神の苦痛の問題である。

テクスト中で、血の繋がりを持つものは誰もいないと書かれたこの「動物」は、子孫を残すことはもちろん不可能であり、苦渋に満ちた運命を受け入れる他に術のない、望まない形で「単数形」として生きることを義務づけられた身体の所有者である。以上のことからこの「動物」は、カフカの〈動物物語〉の中で、身体という〈檻〉の精神に対する拘束力を最大限に体現した存在だといえよう。

しかし、「動物」にとって「わたし」という他者との関係は、身体的な〈檻〉の苦痛を和らげるものとして作用している点にも注目しなければならない。「わたし」と「動物」は、人間と動物という違いはあっても、どちらも生から逃れられない「同じ」生き物として、時に悲しみを分かち合い、支え合って生きている。『雑種』の中の「わたし」と「動物」の関係は、もはや他者との関係が「不潔」な〈檻〉として機能するような否定的なものではない。互いに心から支え合う関係という、生産的な他者との関係が、『雑種』の「動物」を自閉的な「閉じた回路」へと陥ることから救っている。

そのような関係のあり方とは、「肉屋の包丁」という言葉で表現されている「死」による救済とは違っていても、ひとつの救いであることは間違いない。もし『変身』のグレーゴルにこのような他者との関係が構築されていたとしたら、彼は悲惨な孤独と苦痛のうちに、息を引き取ることはなかったのかもしれない。この章で扱ってきた、この『雑種』の中の「わたし」と「動物」との関係は、〈動物物語〉における「他者」と「身体」という〈檻〉からの「出口」のひとつのあり方として、苦渋に満ちた生の中のわずかな光のように、微かながらも希望を提示している。

第Ⅳ章　認識という〈檻〉

1　欺瞞・審級・不変性

一九一八年から一九二〇年にわたって執筆された『アフォリズム集成』には、カフカによって数字が割り振られているものだけで一〇九もの数に上るアフォリズムが収められている。

後にこれらを編集したブロートが、『罪・苦悩・希望・真の道についての考察』というタイトルを付けたように、ここでは、生きる上で避けがたく生じてくる様々な罪の意識や、それに付随する苦しみや悩み、また「不壊なるもの（Das Unzerstörbare）」（NSFII, 128）という言葉で表現される不変性へと至ることの困難さが描出されている。

その「考察」の手段とはもちろん、作家自身の認識に頼らざるをえないのだが、カフカは物事をあるがままに認識して捉えるという行為に対して、殊の他強い疑いを持っていた。はたしてそのようなことが可能であるのか、たとえ可能であったとしても、その認識に耐えうる力を個人が持ちうるのかどうかという疑いである。その深い懐疑の念について、カフカは一九一五年二月七日の日記にこのように記している。

自己認識のある状態、そしてその他観察に好都合な付随的状況にあっては、自らを嫌悪すべきものとみなすことが規則的に起こらざるをえないだろう。〔……〕人は自らを、惨めな底意の鼠穴に他ならないと認識するだろう。もっとも些細な行為でさえ、この底意から解き放たれることはない。これらの底意とは不潔なものであり、人はそれを自己観察の最中にあっても、一度たりとも考え尽くすことを望まないだろう。むしろ遠くから眺めて満足するだろう。〔……〕この不潔は、人の見るであろうもっとも深い底である。〔……〕その不潔はもっとも深いものであり、もっとも最上のものでもあって、そして自己観察という疑いすら、やがては非常に弱くなり、肥溜めの中で揺れる豚のように自己満悦するようになるだろう。 (T, 725, 726)

カネッティの言葉を借りれば、カフカの「白分の心理状態と本性への洞察は無慈悲で恐ろしい[1]」ものであるが、引用した日記の言及からわかるように、その無慈悲な洞察の瞳は主に「自己欺瞞」によって「認識」を欺く行為への批判に向けられる。日記で語られた「豚」という不潔の象徴でもあるこの生き物は、ここでは自己をも含めた事柄を正確に認識するために、観察の対象を根底まで見通すことを避け、底意という「汚泥」にまどろんで理解したつもりになっている状態を指している。

カフカの視点の下では、底意という不潔に慣れることは、自己観察の際に抱いていた「自らを嫌悪すべきものとみなす」という羞恥心を失った「豚」と重なっていく。「遠くから眺めて満足する」という行為も、ここでは対象を客観視することには繋がらず、自らの底意に潜む「不潔」をただ遠ざけることにより、安心するという「欺瞞」に終わってしまう。

「肥溜め」という言葉で表現される自己欺瞞に溺れる豚とは、自分にとって都合の良い偽りの表象で、現実の出来事を覆い隠してなんとか折り合いをつけようとすることの比喩である。そのようなものにとっての自己欺瞞とは、「鼠穴」として自らを守る「城塞（Burg）[2]」となりうるのだが、しかしそれは所詮鼠の作った穴に過ぎず、自らの認識の外にある「現実」からの攻撃に対しては、いとも容易く崩れ落ちてしまうだろう。誤った認識の上へと築き上げた「鼠穴」という脆い「城塞」は、実のところ危険へと繋がる〈檻〉ともなりうるのである。上述したカネッティの文章は、このように続く。

　つまり不安と並んで冷淡さが、彼が人間に対して抱いていた基本的な感情であるということ。そこから彼の作品の特異性が説明されうる。その作品においては、文学の中に饒舌に、混沌としつつ充満している大部分の情動が、欠けている。勇気をもって考えると、われわれの世界は、不安と冷淡さが支配する世界となったのだ。カフカは情け容赦なく自らを表現することによって、彼は先駆けとしてこの世界の像を示したのである。(3)

『アフォリズム集成』の成立以降から最晩年に至るまでの、カネッティの指摘したカフカの表現の「情け容赦のなさ」は、生き物の認識と認識器官に対する疑いと共に徐々に増していく傾向があるとはいえないか。カフカの晩年に書かれた三つの〈動物物語〉、執筆された年代順に取り上げれば、『ある犬の研究』、『巣穴』、『歌姫ヨゼフィーネ、あるいは二十日鼠族』では、主体が世界を認識する折に陥る欺瞞と、それによって生じる現実世界との齟齬という晩年の問題意識が先鋭化されている。

　その齟齬はやがて、偽りの認識と現実世界の狭間という幻とも真実とも判別不可能なひとつの裂け目を生み出し、そこから流れ出る「汚泥」は主人公を破滅へ引き込む力となる。その力を生成する認識という〈檻〉のあり方を、カフカの晩年の三つの〈動物物語〉、つまり先述した『ある犬の研究』、『巣穴』、『歌姫ヨゼフィーネ、あるいは二十日鼠族』から欺瞞、審級、不変性をキーワードとして明らかにすることが本章の目的である。

2 『ある犬の研究』

一九二二年の夏、カフカは妹のオットラと共に避暑地プラナで過ごした。『ある犬の研究』はこの時期に書き始められて、その年の一〇月の終わり頃まで書き綴られたと推測されている。[4] 生前には出版されず、現在知られているタイトルはブロートによって付けられたものである。複数のノートや日記帳にわたって記述された断片だが、内容的には完結しており、段落分けや誤字の訂正なども行われた形跡が残っている。カフカはいずれこの作品を発表したいという意図をひそかに抱いていたのかもしれないが、この二年後に死亡している。

主人公は老境に達した一匹の「犬」である。「わたし」と称するこの「犬」が、幼年時代に遭遇した、後に研究に身を捧げる一因となった衝撃的な出来事、およびその出来事についての独自の研究にまつわる様々なエピソード、また犬族の歴史や自省など、実に多岐にわたる事柄について語る回顧調の物語である。その衝撃的な出来事とは、まだ「わたし」が子犬だった頃、音楽に合わせて統率された動きを取る七匹の犬たち、テクストでいわゆる「音楽犬」と呼ばれる集団に出会ったことだった。

彼らは語らず、歌わず、大体においてほとんどある種の頑強さのうちに押し黙っていた。だが何もない空間から、彼らは音楽を高みへ響かせるという魔法をかけていた。すべてが音楽だった。彼らが脚を上げること、下げること、頭を決まった向きに変えること、走ること静止すること、互いの位置取りの配列、互いに輪舞のように繋がって作り出す配列、たとえば一匹が他の犬の背の上に前脚を付き、七匹全員がそのように実行して、その結果最初の犬が他の全部の犬の重さを支えた。

(NSFII, 428)

さらに「音楽犬」は犬族にとってもっともいかがわしい行為とされる、後脚で立って裸を晒すポーズを取って踊り続ける。「わたし」は、なぜそんなことをするのか「音楽犬」たちに尋ねるが、彼らは答えずに去って行く。この出来事が「わたし」にショックを与えたが、同時にその「音楽」にも激しく魅了された「わたし」は、この「音楽犬」という謎の解明に取り掛かる。その後、くつろいだ姿勢で空中を漂い続ける子犬のように発育不全の「空中犬」の挿話や、断食をした時の思い出、「猟師」と名乗る犬との短い会話はあるものの、大きなストーリー転換や出来事は生じない。人間そのものや人間が生活を営む場面は一切登場せず、物語は「わたし」の視点から切り取られた事象と、それにまつわる反省のみに限定されている。

犬である「わたし」の語りの取りとめのなさと断定を避ける口調は本作品の特徴である。それは冒頭の一文に早くも表れている。「わたしの人生は、いかに変化したことか、そのくせ、根本的にはなんと変化していないことか！」(NSFII, 423) その変化とは、「わたし」があらゆることに疑問を感じるようになり、懐疑的になったせいで「世間から隔絶し、孤独に、ただわたしのちっぽけな、希望のない、だがわたしにはどうしても必要な研究に従事して、というように生きる」(NSFII, 424) ようになったという意味の変化である。その原因は「音楽犬」との出会いにあった。しかし「音楽犬」の謎は、本作品の内容である「わたし」の半生を掛けた研究によってもまったく解明されず、物語中の表現を借りれば「前脚を学問の最初の段階にさえ掛けること」(NSFII, 482) ができなかったという点において、「わたしの人生」は根本的には何も「変化していない」のである。

先に述べた言説を直後に打ち消すという語り方は、一九二四年に執筆された同じく一人称の物語『歌姫ヨゼフィーネ、あるいは二十日鼠族』にも共通する特徴である。両作品の語り手とも、打ち消した内容を補足することや結論を述べたりすることはなく、結局読者に何を伝えたいのかはっきりとさせないまま、ただひたすらに物語を引き延ばす。この引き延ばしや否定的主張に留まって止揚されることのない語りが、この二つの作品に共通する難解さを生み出し、同時に娯楽性といいうるようなストーリーの単純な面白さを削ぐ原因となっているといえる。

語りの引き延ばしは、『ある犬の研究』の他の箇所でも見つかる。「わたし」は犬族の性質について、「わたしたち全員は文字通り、たったひとつの群れとなって生きている、といってもおそらくいいだろう」(NSFII, 425)と語った直後、「さてしかし、これに加えて正反対のこともある」(ebd.)と、犬族ほどばらばらに生きているものはいないと真逆の性質を述べる。ここで語られる矛盾は、犬族そのものの矛盾に満ちた性格を表していると同時に、テクスト全体で見出されうるような「わたし」の語りの齟齬を表現している。

だが、この結論を引き延ばす語り方は、晩年の作者の入念な意図に基づくものだと推察される。しかも『ある犬の研究』の場合には、この語り口から語られる物語全体が、出来事をうまく語ることのできない「わたし」の犬としての本性を表すものとして機能している。「わたし」は犬族特有のこの語り方を、引用符付きで「長々としゃべる(„verreden")」(NSFII, 433)と表現する。これに再帰代名詞がつくと、verplappern と同義の、秘密をうっかりと漏らす、うっかり口を滑らせるという意味になる。このテクストの奇妙な語られ方と、犬の本性に関する考察は、『ある犬の研究』を解明する手掛かりとなる。これからそれをみていきたい。

〈沈黙〉のうちに語る

「わたし」によると、犬族には決定的な事柄に関しては「沈黙(Schweigen)」して語りたがらないという性質があるという。早くも「長々としゃべる(verreden)」という特徴と相反すると思われるのだが、作品を辿ればその食い違いも理解されるのでまずは先へと進める。その「沈黙」の性質が「わたし」にとっては不満であり、「音楽犬」やその他の疑問を誰に尋ねても、具体的なことが何ひとつわからない原因となっていると嘆く。だがその時、「わたし」は自らに問い掛ける。自分自身も「〈犬の知(Hunde-Wissen)〉」(NSFII, 442)を持っているのだから、問うのではなく、自らが犬族を代表して答えればいいのではないか。「そうすればお前は真実、明晰さ、告白を、望むだけ手にするのだ。」(ebd.)

しかし「わたし」が自ら語ることができないのも、やはり犬の「沈黙」の性質から抜け出せないからである。「わたしはおそらく黙っているし、沈黙に取り囲まれて穏やかに死ぬだろうし、それをほとんど冷静に待ち受けている。」(NSFII, 444) そして「わたし」は自分たち犬族を、「わたしたちはあらゆる問いに抵抗する、自分自身の問いでさえ。沈黙の防塁なのだ、わたしたちは」(ebd.) と表現する。

ここまでの内容では、作者による括弧つきで記された「〈犬の知〉」とは何か、犬の望む「真実」とは何か、そしてまた「沈黙の防塁」と称する犬族が守っているもの、もしくは語ることによって暴露されてしまうのを避けているものとは何なのかという疑問が放置されたままである。だが「わたし」はこれらを明らかにすることなく、話題は「大地はどこからわれわれのための食料を得るのか」(ebd.) という突拍子もない研究へと移り替わって、読者を謎の中に置き去りにする。これまでの話題とは何の脈絡もなさそうなこの唐突な問題設定こそが、「わたし」が「音楽犬」の謎を解明するために情熱を注いだ当の研究内容なのだが、結論からいえば、食料と大地の問題もまったく解明されない。

犬の語りは「長々と話し」つつも、結局は物語の核の周縁をなぞっているだけで、内容の核心へは至らないという点では「沈黙」しているも同然であり、「わたし」の語った「沈黙」と「長々と話す」という特徴は実のところそれほど食い違ってはいないことがわかる。「沈黙」してしまうという犬の本性と、この報告調の作品を成立させるはずの「わたし」の動機とが噛み合わないことが、この物語の読みにくさと語りの特徴とを作り出しているのだが、「長々と話しつつ／うっかり秘密を漏らす (verreden)」犬の「沈黙」の中へ、ともすれば沈み込もうとしてしまうこれらの問題を解決しなければならない。

エムリッヒは、この「音楽犬」とその音楽について、「その音の中にはいわば存在者の全体性が圧縮されていて、絶対的な、『まやかしではない』真実が達成されている(5)」と全面的に肯定しうるものとして捉えた後、さらには以

下のような解釈を行う。(6)

実際、この音楽は、以下の両方を包括している。つまりもっとも隔たった遠さと、もっとも身近な近さとである。その音楽は「至る所」にあり、そして同時に人間の「自己」である。〔……〕というのもまさに、もっとも身近なもの、つまり自己こそ人間にとってもっとも遠いもの、秘密に満ちたものだから、である。〔……〕自己法廷と世界法廷が、ここでは同一のものとなるかのようにみえるが、また自己認識と世界認識もひとつとなるのである。この音楽の外見上の「破壊する」こととは同時に解放であり、「自由」の中への突破であって、全体の「概観」への突破なのである。(7)

このエムリッヒの見解の仔細な検討は一旦保留にしておいて、まず「音楽犬」の音楽が「破壊性」の要素を秘めているという指摘はうなずける。テクストをみると、「わたし」は音楽を「暴力（Gewalt）」（NSFII, 430）を秘めたものとして捉え、自らをその暴力の「犠牲者（Opfer）」（ebd.）だと表現している。他の箇所も確認すると「わたし」は「音楽犬」たちがその音楽に「意思を挫かれる／背骨を折られることなく（ohne daß es ihnen das Rückgrat brach）」（NSFII, 430）耐えられることに驚いている。また「わたし」はその音調に「もし屈服させられなかったら（wenn [sie] nicht [...] mich in die Knie gezwungen hätte）」（NSFII, 433）、全感覚が支配されるようなその音楽に抵抗できただろうと述べている。「背骨（Rückgrat）」や「膝（Knie）」という身体部位を示す語を比喩に用いることで、ここでは音楽が身体に直接的な暴力を振るうイメージと結びつく。

「音楽犬」の場面と、物語の終盤「猟師」が登場する場面に描かれる、「音楽」とわたしの関係は、常に「わたし」と音楽との戦いの構図、そして「わたし」が圧倒されて、感覚および身体的な一種の麻痺状態に陥ることによる「わたし」の敗北、という流れで示される。また以下の場面ではそのような音楽の破壊的な力が、苦痛を伴って「わたし」に感受されていることがわかる。

> 音楽が次第に蔓延っていき、わたしを文字通り鷲掴みにし、この実在する小さな犬たちからわたしを連れ去ってしまった。そして全力で抗いつつ、痛みを感じたかのように吠えつつ、まったく意志に反する形で、この音楽に専念するほかは許されないのだった。四方八方から、高みから、奥底から、至る所からやってくる音楽だけに。聴き手を引き込み、責め掛けて、押し潰し、聴き手を破壊してもなお、これほど近くにあってもすでに遠くにあり、ほとんど聞こえないながらもまだファンファーレを吹き続けているこの音楽だけに。
> (NSFII, 429)

すでに引用したエムリッヒは、この音楽の「破壊性」を、自己へと至り、まやかしの認識を突破する力として肯定的に捉えていた。だが、これほど暴力的な表象と結びついて感受されて、さらには苦痛の表現といいうるような描かれ方がされているのをみると、ひたすらポジティヴなものとして「音楽」を捉えることができるのか、という疑問が生じる。

音楽と「音楽犬」に出会って以来、「わたし」は周囲が「虚偽の世界(Welt der Lüge)」(NSFII, 475)であるという予感を抱くようになり、ついには冒頭で告白しているように自分と仲間との間に「破れ目(Bruchstelle)」(NSFII, 423)を感じるようになる。そして「気に入っている仲間の犬をただ見ることが、〔……〕わたしを当惑させ、驚愕させ、寄る辺のない気持ちにさせて、まさに絶望させた」(ebd.)という、周囲から隔絶された印象を抱くようになった。自分の見ている現実が何かおかしいと思う気持ち、周囲の認識と自分の認識との間に居心地の悪さを感じることは、たとえその違和感の結論を導き出すことが「わたし」にとって結果的には不可能だったとしても、これまでとは違う新たな世界認識を「わたし」が獲得する手掛かりではあったという意味では、たしかに「音楽犬」と「音楽」との出会いには肯定的な面もあるのかもしれない。

だが、これまでの音楽にまつわる引用中の表現からわかるように、音楽とはむしろエムリッヒのいうような「自由」とはまた別の表象として、つまり、聴き手の思考を痺れさせて、身体の主体性を奪い、対象を意のままに操る支配力を持つものとして捉えることもできる。その「音楽」の強力な拘束力は、「わたし」の以下の観察から強烈に浮かび上がってくる。「わたし」が「音楽犬」と呼ぶ犬たちが、音楽に合わせて不思議な動作をする場面である。

> もっとも今わたしは自分の隠れ穴から、よりじっくりと観察し、音楽犬がそれほど平静ではなく、むしろ極度に緊張して運動していることを見抜いた。見たところかなり安定して動かされる脚は、一歩ごとに絶え間なく不安げな痙攣に震え、互いに絶望したように竦んで見つめ合っていた。そして口から垂らすのを繰り返し抑えようとする舌は、すぐに再び口からだらりと垂れてくるのだった。彼らをそんなにも苛立たせているのは、成功に対する不安ではありえない。〔……〕では一体何に不安を抱いているのか？　誰が彼らにここでこんなことをするようにと強制したのだろうか？
>
> (NSFII, 430f.)

ここに挙がった「緊張」、「痙攣」、「不安」、「絶望」というキーワードは、エムリッヒが主張するような「自己認識と世界認識がひとつになる」という理想的で調和的な状態とは程遠い。しかも音楽の破壊性が与えてくれるという日常を突破した「自由」な自己のあり方を「音楽犬」たちは得ているどころか、観察している子犬の「わたし」以上に、音楽によって精神的にも運動的にも強く拘束されている。

「わたし」が最後の行の文章で、だが、おそらくは的を射た形で仄めかしているように、「音楽犬」たちは誰かに「強制」されてこのようなことを行っているのであって、それは以下の観察によってはっきりとわかる。

彼らはまさに、一切の羞恥心をかなぐり捨てていた。この惨めなやつらは、もっとも愚かしく、同時にもっとも卑猥なことを同時に行っていた。つまり、後脚で直立して歩いたのである。まっぴらだ！　彼らは露出し、これ見よがしに素っ裸を見せつけていた。彼らはそれを自慢していた。そして一瞬良い欲求に従って前脚を下ろしてしまった時には、文字通りそれが過ちであるかのようにぎょっとした。まるでその本性が過ちであるかのように。再び素早く脚を上げた。その眼差しは、まるで自らの罪深さに少し中断せねばならなかったことの赦しを請うかのようだった。

(NSFII, 432)

ここまでの引用で、「音楽犬」たちにこのようなことを強いているのは彼らの「主人」であるはずの人間であり、また「音楽犬」とはすなわち、人間の音楽に合わせて踊るサーカスの犬であることが推察される。したがって、物語を正確に語ることができないのは、語る「わたし」の世界と事物の捉え方に原因がある。このように読めば、「音楽犬」や「空中犬」、また空から降ってきたり、空中を漂って「わたし」の後を付いてきたりする食べ物などの、「わたし」の語りを言葉通りに捉えると理解することが困難になる物語内の事象の裏側に、犬族の「主人」である人間の存在がはっきりと表象されるようになる。くつろいで空中を漂う超小型犬の「空中犬」は人間に抱かれた犬、空から降ってくる食べ物は、人間が与えたもの、「猟師」と名乗る犬はすなわち「猟犬」であり、それと共に聴こえてくる音楽は狩猟の際の人間の角笛というように、である。「わたし」の認識からは、人間そのものの姿や人間が生活を営む世界のシステムそのものが完全に抜け落ちてしまっている。(8)

世界の「破れ目」

引用したように「わたし」は他の犬族との間に抱いていた一種の疎外感を「破れ目」と表現した。「破れ目」と表現される疎外感の原因は、「わたし」と「他の犬族」という他者との関係性における次元に存在していたのではなく、「わたし」の認識という内的な次元にある。つまり、そこから錯誤的な認識が生成されているという意味において、「わたし」の世界観の歪みを生み出す認識の誤謬という「破れ目」なのである。

この物語は、「〈犬の知〉」によって語られる犬の視点と読者があまりに同一化してしまうと、そもそも「わたし」に人間が見えていないだけで、非日常的な生き物や出来事について語っているのではないという見解を持つことができなくなる仕組みになっている。世界の〈破れ目〉が、「わたし」の語るディスクールの中に巧妙に隠されているのだといえる。

『ある犬の研究』でカフカが意図したのは、犬という動物が、いわゆる〈環境世界〉を「人間」と同様には感受することができないということを描くことではない。先にこの作品の語りがカフカの入念な意図に基づくと指摘したように、カフカはこの物語を「わたし」の〈犬の知〉という特殊な認識フィルターを通して語る／もしくは語らせることで、「認識すること」がどのように主観に左右されるかを、「わたし」とともに読者に疑似的に体験させることを目的に描いたのではないだろうか。カフカ自身が故意に、〈犬の知〉という言葉を取り囲んだ括弧は、「わたし」に代表される生き物の認識能力のリミットを、暗に可視化した表現だといえる。

〈犬の知〉から語られるディスクール

「音楽」とは「音楽犬」や「猟師」たちを支配する「主人」側のツールであり、本書に引用した箇所に出てきた表現では「音楽犬」たちにまるで自分たちの「本性（Natur）」が「過ち（Fehler）」であるかのように思い込ませるほど、「主人」は犬たちを従属させている。「わたし」の〈犬の知〉の特徴は、その犬たちの「主人」の存在をことごとく無視して、自らの認識世界から外してしまうことにある。その「わたし」にとって不可視な「主人」には、「音楽」や「食べ物」という手段を通じて、「わたし」には視えない支配する力を行使する。それは視覚的には不在の「主人」から聞こえてくる「音楽」が、精神と運動に対して「破壊的」な作用を及ぼしつつも、「わたし」にとっては同時に魅力的なものとして感じられることからわかる。

「わたし」はこのようにいう。「ああ、それにしてもこれらの犬たちはなんて幻惑的な音楽をやっていたのだろう。」（NSFII, 433）「主人」の側のツールに魅了されることは、主人公の「わたし」が、物語内で何度も使われる hündisch という形容詞を文字通りに体現した犬という生き物であることに関係している。「わたし」が hündisch と語る時、それは文脈上では「犬の」と理解するのが相応しいのと同時に、その言葉の背後には「卑屈な／隷従的な」という比喩的ではあるが通常の意味も読み取ることができる。

物語では〈支配〉は、「音楽犬」の運動をコントロールする音楽のように、一挙手一投足を統轄されたうえに、「本性」をまるで「過ち」であるかのように感じることとして表現されている。ここでの支配とは、他者によって主体の行為や思考が規定されて、あり方を左右されることを指す。だが、本書の『変身』を論じたⅢ章でグレーゴルの父親とグレーゴルとの支配関係にまつわる考察で確認したように、「主人」とそれに隷従するものとの関係とは、必ずしも「主人」の側のみが得をするような一方的なものではなく、「主人」に頼ることによって、「食べ物」や安全などの一定の保証を手にすることもできるという点では、従う者にとっても「幻惑的な」ものともなりうるのである。[9]『ある犬の研究』では、「わたし」の hündisch な性向に元来相応しい「主人」の存在と「支配されること」への誘いは、「音楽」という、暴力的であると同時に魅惑的なモティーフの中に示されている。

物語の「わたし」は、食べ物が天から降ってくるという。大地に排泄さえしておけば、食べ物は自ずと与えられて、時には鼻先にまであてがわれることもあるという。「わたし」は「主人」とその世界のシステムに養われつつも、それを認識から消してしまうということで、何かに隷従している自分を同時に否定している。「音楽犬」や「大地はどこからわれわれのための食料を得るのか」という研究に拘泥することで、「わたし」が目をそらしているのは支配されている自分自身なのだが、「わたし」にとってそれを認めることは、世界観の崩壊に繋がりうるため、事態の引き延ばしに似た、さらなる自己欺瞞的な研究に没頭せざるをえない。その限りにおいて、「わたし」の世界の〈破れ目〉が塞がることはない。

「沈黙の防塁」である「わたし」と犬族が、かたく何「沈黙する」ことで守っているもの、つまり公には口に出さないで隠し通しているものとは、そのように本来それらがそなえている「卑屈な／隷従的な（hündisch）」「本性」である。だが、この問題を避けて「沈黙する」ことで、「わたし」や犬族は「語る」よりも雄弁に、自分たちの本性の「秘密をうっかり漏らす」のだ。

カフカは「わたし」に世界のあり方を何ひとつ客観的に語らせないことによって、主観的な迷誤から抜け出すことのできない認識のあり方の真実を語る。真実への到達不可能性が問題となっているのではなく、真実を避けて文字通り「黙従する」という性向のあり方が、ネガティヴな意味での「卑屈な／隷従的な（hündisch）」性質と繋がりうるのである。

3　『巣穴』――脱領域の可能性という問い

一九二四年の六月三日、結核および、それが原因で発病した喉頭結核で死去したカフカは、その死の前年に未完の断片『巣穴』を執筆した。当時カフカはベルリンでドーラ・ディアマントという女性と同棲生活を送っていた。正統派ユダヤ教には金曜日に祝典を行う通例がある。知人の少女に誘われてカフカがはじめて参加した時、そこで子供たちの世話をしていた保育士のユダヤ人女性ドーラと知り合った。

彼女によれば、カフカは夜の早いうちから、翌朝にかけての一晩でこの作品を書き終えたとの証言を残しているが、これは彼女の誤解であり、実際には一九二三年の一一月から一二月にかけて執筆されたものだとされている。[10]『巣穴』は生前には出版されなかったため、タイトルはカフカの死後にブロートが付けた。

『巣穴』

『巣穴』の主人公は一匹の獣であり、その獣の語りから地中に巣穴を掘って単体で暮らす肉食性の哺乳類であることがわかる。だが、具体的にどういう生き物であるかは特定されておらず、ただ「獣（Tier）」とだけしか書かれていない。『巣穴』という作品は、主体としての獣の視点を通して展開される一人称小説であり、獣の主観的な内的独白のみで構成されている。そのため物語には獣以外の客観的な視点が設けられておらず、読者は物語の客観的な事実を知ることのできない構造となっている。テクストは大きく分けて、三つの部分に分けることができる。「獣」が自分の巣穴を作り上げた場面から物語は始まる。以下、主人公の「獣」は括弧なしの獣と称することとする。

物語の前半部で獣は、自分の巣穴の巧妙さを自画自賛すると同時に、いまだ完璧とはいえない巣穴の設備にまつわる試行錯誤に終始する。獣は巣穴の素晴らしさは「静けさ」にあるといい、静けさへの志向を綿々と語る。中間部で獣は、文字通り血と汗で作った巣穴を信頼しきれない自分自身を罰するために、しばらく地上の世界で生活する。しかし獣は隠れ場所を見つけて、そこから巣穴の出入り口を見張り続ける。見張りながら巣穴について思考することに疲れ果てた獣は、巣穴へと戻り深い眠りにつく。ここからが後半部である。シューシューという小さな音で目が覚めた獣は、その音の出所を探し始めたものの、まったく見つからない。四方八方を掘り探すうちに巣穴は徐々に崩壊していき、静けさを打ち破る音は、獣を精神的に追い詰めていく。「しかし全ては何も変わらないまま、この」（SFII, 632）という文章で、『巣穴』は未完のまま中断されている。[11]

「出口」の可能性から始まる物語

当時のカフカが書き記した手紙には、自らを獣に喩える表現が多く見つかる。たとえば、ドーラと知り合う以前に親しく文通をしていたミレナ・イェセンスカという女性に宛てた手紙では、カフカは彼女に出会う以前の自分を『巣穴』に登場する動物によく似た獣に喩えている。「森の獣である僕は、当時はほとんど森の中ではなく、どこかの不潔な穴に寝ていました〔……〕。」(BM, 223f.) また、一九二二年にブロートへ宛てた手紙の中でも、「最愛のマックス、僕はこせこせとあちこち歩き回るか、もしくは硬直して座っている。あたかも絶望した動物が、自分の巣の中で至るところを敵に囲まれているかのように」(B, 390)、とカフカは自分を獣になぞらえる。以上のカフカの記述からは、彼が自分自身と動物との間に親和的なイメージを持っていたことがわかるが、なぜカフカは本作品で主人公を人間ではなく、獣に設定したのだろうか。まずはこの点からはじめていく。ドゥルーズ/ガタリによる『カフカ　マイナー文学のために』の文章を引用する。

> 一方、エディプスの滑稽な肥大が、〔……〕これらすべての他の抑圧的な三角形を明らかにするにつれて、ひとつの出口の可能性、ひとつの逃走の線の可能性が現れる。そのような《悪しき力》の非人間性には、人間ではないものが対抗する。すなわち甲虫になること、犬になること〔……〕である。〔……〕そして生成変化としての動物は、父の代理者と、また元型ともなんら関わりを持たない。〔……〕動物になることとは、まさに〔元型とは〕正反対である。少なくともそれは原則的に、完全なる脱領域化であり、カフカが構想した荒涼とした世界に直接飛び込むことである。[12]
>
> (傍点:引用者)

フロイトの見出したエディプス・コンプレックスの構造は、ドゥルーズ/ガタリの『アンチ・エディプス』以前まで、家庭内の枠にのみ留まるものとみなされていた。彼らはフロイトについて、「彼〔フロイト〕の偉大さは、人間存在の本質と願望の本性をその対象や、目的〔……〕に関連させることなく、リビドーや性欲といった抽象的な主観的本質として規定したことにある。ただし、彼はこの本質を、私的人間の最後の領域としての家庭に関係づけている」[13]と指摘した後、父―母―子の抑圧的な三角形はむしろ資本主義社会や官僚体制、その他様々な場面や物事の細部に至るまで肥大して見出されうるのだと主張する。

あるいはこの三角形全体は形を変え、あらゆる人物へと変化する。そしてこの三角形とは司法的で、経済的、官僚的そして政治的なものなどであることが明らかとなる。つまりは、父がもはや父そのものとして存在していない『審判』における裁判官―弁護士―被告人の三人組がその例である。[14]

またそのような三角形の構造が見出されうるようなエディプス的で、抑圧的な領域から脱出することを彼らは「脱領域化」と呼んだ。

ドゥルーズ／ガタリは、動物が動物そのものとしてはじめから登場する場合と、途中で変身がある場合とを区別しないと述べている。[15]さらに彼らは、「父の代理者」、いわゆる抑圧的であり、罰を下そうとするあらゆる審級からの脱出のひとつの可能性を、カフカは『巣穴』の獣に託して執筆したのだと主張する。この場合における脱出、つまり「出口」とは、抑圧的な三角形に括られうるような領域から自分を切り離すための、「父の代理者」がいまだ見つけだすことのできなかった空所へと続く「出口」を指す。

たとえばドゥルーズ／ガタリは、『変身』の主人公グレーゴル・ザムザを、虫へと変身することで彼の生活圏、つまり家庭や勤めている会社からの「出口」を手に入れて、父親が見つけることのできなかった空所へと「脱領域化」することに成功したと解釈している。しかしそのような状況の中でグレーゴルが取った行動が、物語内の父中心の原理を回復させるきっかけになり、それによって物語に抑圧的な三角形の構造が復活して、グレーゴルは再び領域化される。[16]このように一度「出口」から逃走して、「脱領域化」に成功したとしても、その逃走した先の領域で抑圧的な三角形に組み込まれてしまうことを、ドゥルーズ／ガタリは「再領域化」[17]と名付けた。

ここでの問題は、カフカが『巣穴』で実際の父子関係における支配や対立を描いているのかどうか、という点にはなく、あくまで「父の代理者」とそれを生み出す主体との対決を描いていることにある。『巣穴』の獣は、一応は安らげる自分の巣を持ち、まずは満足しているという書き出しから始まる。したがってこれまでの〈動物物語〉とは異なり、『巣穴』とは「出口」から始まる物語なのである。そのことからドゥルーズ／ガタリは、動物とは「父の代理者」とは無関係だという。だが、『巣穴』の獣は、「父の代理者」と最後まで無関係で居続けることに成功しているのだろうか。そもそもカフカは、「父の代理者」の存在をどのように捉え、それをどのようにこの断片の中に描出しているのだろうか。

3-1　世界観の崩壊

獣にとって一番身近にあるのは自分で掘った巣穴である。巣穴は地下に広く掘りめぐらされて、いくつもの広場と出入り口をそなえた構造となっている。その出入口が、獣と「外の世界（die Außenwelt）」（NSFII, 579）を繋いでいる。「外の世界」とは、巣穴の外にある地上の世界を呼ぶときに獣が使う言葉であり、そして「外の世界」から自分の住む地下の世界をみたとき、それはまったく「別の世界（eine andere Welt）」（NSFII, 598）だと獣はいう。

このように獣の世界観には、地上である「外の世界」と、外の世界とは「別の世界」である地下の巣穴の世界との二つの分裂した世界が見つかる。そもそも獣にとっての外部とは何か、自己と非自己という視点から考えると、獣にとっての外部とは、獣の皮膚より外にあるものがすべて外部であるということができる。この前提を踏まえれば、巣穴は獣の外部に存在している。それにもかかわらず、巣穴の外を「外の世界」と呼び、巣穴の内部を外とは「別の世界」だという獣には、巣穴の方により精神的に親和性を持っているかのような、「外」と「内」の区別におけるわずかな混乱のようなものが冒頭から垣間見られる。だが、巣穴に過剰ともいうべき愛着や思い入れを持っているとしても、それもまだこの時点では極めて不自然だというほどではない。
獣のいうところの「外の世界」、つまり地上とは顕在的な多様性を孕んだ世界である。巣穴の築造に行き詰った獣は、その地上の世界でしばらく生活することを決心する。しかし多様性に溢れているはずの地上に現れた後、獣は以下のように語る。「そしてわたしは、今ここでこの時を完全に満喫して、心配なく過ごすことができる。いやむしろ、そうすることができるはずなのだが、しかし実際にはそれができない。あまりにも巣穴のことが気に掛かるのだ。」(NSFII, 590) この言葉以降、獣は巣穴の外部である地上にいながら、巣穴を見つめることより他には一切のことに興味を向けなくなる。

わたしは具合のいい隠れ場所を見つけ出し、わたしの家の入口をひそかに観察する。——今度は外側から——昼も夜もである。〔……〕すると眠っているうちに、わたしは自分の家の前ではなく、あたかも自分自身の前にいるような、そして深く眠りながら、同時に自分自身を目ざとく見張ることができる幸運に恵まれているような気がしてくる。(NSFII, 590f.)

獣は、本来ならば巣穴の内部で過ごしているはずの空想の自分自身を、巣穴の「外側から」自分の目で見張る。それはもちろん矛盾した行為なのだが、いいかえれば獣は矛盾した手段を講じることでしか、自分が「安全である」ということをリアルに実感できなくなっている。この出入口を見つめる場面で獣は巣穴を視覚的に外側から見張っているわけだが、この「見る」という行為が巣穴の客体性の回復に繋がってはいかない[18]。そのため、この場面における獣の外部、すなわち「外の世界」は、獣の空想を照射するだけの場を提供しているに過ぎない。獣は身体的には巣穴の外部にあっても、巣穴を客観視して捉えることができず、白昼夢にも似た空想に浸り続けるという意味において、巣穴の〈内部〉に留まっている状態と何ら変わりはない。

巣穴と獣との結びつきは、地下に暮らす生き物であるという獣自身の生態も少なからず関与しているのかもしれない。動物を単なる客体的な物体とみなす、従来の生物学における機械論的な見方に対して、動物とは自ら知覚し、作用する主体であると主張した生物学者のユクスキュルは、『生き物から見た世界』の中で、あらゆる生き物が個々に主体として構築する世界観についてこのように定義している。「主体が知覚するものすべてがその知覚世界となり、主体が作用するものすべてがその作用世界となる〔……〕。そして知覚世界と作用世界は共同でひとつのまとまった統合体、つまり環境世界を形成するのである。[19]」

獣が巣穴内で行っている狩りや、巣穴の補修作業を続けることによって、獣の環境世界には巣穴そのものや他者から成る、獣独自の作用世界が構築されている。そして獣は暗闇の地下に住む生き物であることから、通常、巣穴の中では視覚によってではなく、触覚、嗅覚、もしくは聴覚によって獣の世界が統合されていることになる。暗闇の世界環境は巣穴という空間を視覚的に「見る」行為によって認識することを妨げていることから、その環境要因が獣と巣穴とを内面的に、より強固に結びつける作用をもたらしている。

地下に巣を作って生きる動物であり、獣にとっての日常的な世界観が、外在する事物を視覚的に客体化して捉えることによっては成立していないという設定が、母体回帰願望や、母子の融合を連想させるような巣穴と獣との関係を表現するにはふさわしい。また、視覚に頼らない生き物を主人公に選ぶことで、生き物の認識のあり方により深く焦点を当てることが可能となる。さらにはその物語設定を通じて主人公が内面に過剰に没入する場面を描き、外界の事物の客体性が喪失されるという、日常にも起こりうるような危うい場面を描き出す。これも〈動物物語〉の効果のひとつであり、また視覚的な認識に対するカフカの洞察の結果だといえよう。

さて、カネッティは、カフカと騒音の関係、またはカフカと彼の自室との関係について以下のように論じている。

彼の騒音に対する敏感さは、余計な、まだはっきりとしていない危険を伝える、一種の警報のようなものである。〔……〕彼の部屋は一種のシェルターである。それは外部の肉体となり、それは前‐肉体〔Vor-Leib〕と呼べるものである。[20]

カフカ自身と彼の部屋との関係は、獣と巣穴との関係と奇しくも一致している。巣穴の獣も作家自身と同じく騒音を嫌い、巣穴という個人的な空間を重んじるあまり、カネッティの言葉を借りれば、巣穴は獣の肉体の延長線上におくことができるかのような「前‐肉体」となる。その傾向は物語の冒頭では暗示に留まるものの、物語が進むにつれて獣と巣穴とは、あくまで獣の主観においてだが、しかし文字通り切り離しがたいものとなっていく。「巣穴の損傷は、まるでわが身のことのように痛む。」（NSFII, 625）

そもそも巣穴は獣の「肉体の究極の酷使の成果」（NSFII, 580）であり、獣の身体のみを道具に作り上げられた。「額でもってわたしは昼も夜も何千回も、土に向かって突進してぶつかった。額から血が滴り落ちた時は幸せだった。それは壁が固まり始めた証拠だったからだ。」（NSFII, 581）

まるで巣穴が分身であるかのような錯覚を覚えるようになったのは、この巣穴が自分の流した「血」や、そこで倒した敵の「血」という肉体の一部を注ぎこんで生み出されたものだという、獣と巣穴との呪術的ともいいうる深い繋がりが関係している。このようにして獣の「内部」は物語の進行とともに外へと肥大していき、そして本来獣の身体的な外部にあるはずの巣穴を徐々に取り込んで、獣にとっての自我と他我を分け隔てる境界線は次第に外側へと拡大する。そのプロセスは獣の精神的な世界観の崩壊と重なっていく。

3-2　伝説の獣と死の遅延

獣にとっての外の世界には単に餌として、つまり食べ物としての他者と、外敵としての、獣に危険をもたらす他者が存在している。その他に、獣自身が恣意的に思い描く他者像が『巣穴』には存在している。

獣は、仲間として協力し合える可能性を秘めた他者像を思い描こうとするのだが、しかしそのような他者像を具体的に想像することができない。そのような他者像は獣の想像力の及ばないところにあるのと同時に、獣と巣穴とのあまりにも強固な結びつきが、獣と巣穴以外の他者性の介入を阻んでいるといえる。それは以下の獣の言葉からわかる。「ひょっとすると、遠く離れていてさえも誰かを信用することはできるかもしれない。しかし巣穴の内部から、したがって一種の別の世界から外に向かって、外側にいる誰かを完全に信用することなど、わたしは不可能だと思う。」(NSFII, 598)

これらとはまったく別の次元の像として、超越的な力を秘めた伝説の獣の像がある。伝説の獣に遭遇して生き残った動物はいないため、伝説でさえ彼らの姿を正確に描写することができない。獣はその伝説について以下のように語っている。

> そしてわたしを脅かす敵は、外部の敵だけではなく、そのようなものどもは地中にもいる。わたしはいまだ彼らを見たことはないが、しかし伝説は彼らについて語っており、そしてわたしはその伝説を固く信じている。それは地中の生き物であり、かつて伝説が彼らを描写しえたことがない。彼らの犠牲になったものでさえ、彼らをほとんど目撃してはいない。彼らはやってくる。自分のすぐ下の〔……〕地面の中で、彼らの鉤爪の引っ掻く音がわずかに聞こえる。するともう死んでいるのである。
>
> (NSFII, 578)

遭遇した者の絶対的な死という出来事を通じて、この獣は伝説の獣としてあり続けている。遭遇したものが必ず死ぬ以上、その実在性については確かめようのない言説上においてのみ、この伝説の獣は存在しているといえ、またこのことが伝説の獣がまさに伝説である所以となっている。伝説の獣は、獣の内面と密接に結びついた巣穴への侵入を企む、脅威の他者像としてイメージされている。この伝説の獣が、「音」というキーワードをもって語られていることが、後に獣を脅かす不可解な「音」と結びついていく。視覚的な環境世界における「音」よりも、暗闇の環境世界では「音」という信号が、はるかに重要な意味を含んで作用する。

「音」への他者の代入

物語の後半部、地上の世界から巣穴に戻った獣は、深い眠りについた後、奇妙な物音によって目覚める。「眠りが今となってはもはや、かなり浅くなっていたに違いない。というのも、ほとんど聞き取れないようなシューシューという音〔Zischen〕がわたしを起こしたからである。」(NSFII, 606) この「シューシューという音」の発生源については明らかにされていないが、この正体不明の音こそが、獣を危機的な状況に追い詰める原因となる。

獣はこの「音」を、自分以外の他者が立てる音だと考える。しかしその考えは、「音」の奇妙な特性を説明するのに不十分である。「〔……〕音は至る所で聞こえ、常に一定の強さで、その上昼も夜も規則正しい。」(NSFII, 623) この「音」とは、おそらく獣自身の呼吸する音か、爪の擦れる音だと推察することができる。[21]

だが、獣は単なる雑音に過ぎなかったこの「音」を、外敵の忍び寄る音だと受けとる。「音」から演繹される他者の像は、獣の思考においてのみ存在しているといいうるのだが、獣はその他者の像を自分自身の外部に見つけ出そうと試みるのである。「音」に他者の像を代入したことが、獣の精神的な「死」のはじまりである。獣は内部と外部が奇妙に融合した複層的な認識領域の中で、音の出所を見極めることができなくなる。はじまりは単なる「音」に過ぎなかった。しかし〈他者〉の代入という行為によって、ただの雑音に過ぎなかった「音」から、静けさを打ち破って巣穴へと迫り来る、伝説の獣にも似た超越的かつ圧倒的な他者の像が獣の思考の中に生み出される。

「音」の影響する力について明らかにするために、一九一九年の「父への手紙」を再び参照したい。「父への手紙」の中には、息子であるカフカを非難したり、脅したりする父親の言葉、声そのものが、手紙全体を通して繰り返し描かれる。「父への手紙」の中で息子であるカフカは、そこにはいない父親の声をありありと聞き、それに対してあらゆる弁明や、解釈を行う。父親像や権力機構などの、あらゆる罰を下すシステムとしての審級とは、実際に外在しているかどうかは問題にはならないのだ。

獣が聞くこの音とは、自分自身の中で自動的に再生される、何者かからの、この「非難する」声なのではないだろうか。カフカにとっては、第一の法は父親だった。そのことは「父への手紙」での、「あの巨大な男、僕の父親であり、しかも最終審であるもの」(NSFII, 149) という言葉や、「それによって僕の世界とは、三つに分けられていました。ひとつ目は、ただ僕のためだけに考え出された、〔……〕その上なぜだかわかりませんが、一度たりとも僕が完全に従うことができなかった法によって規制された、僕が奴隷として生きる世界です」(NSFII, 156) という言葉から推察される。

小林康夫は『起源と根源』の中で以下のように述べている。「すべてが法なのであって、逆に、法そのものはどこにもない。法そのものは現前しはしないのである。法に対する関係は、現前の関係ではなく、その意味で決定的な関係ではない。それは、直接的な決定性を欠いた関係、ただ限りなく続く代理・表象の関係〔……〕なのである。[22]」

法に「代理・表象」される父親像と主人公との対決は、初期の作品の『変身』や『判決』では、ザムザ氏や、ベンデマン氏といった名前を持つ具体的な父親像を通して描かれた。その後、『審判』や『掟の前』では、父親像は権力的なシステムへと姿を変えて抽象化される。そして最晩年の作品である『巣穴』では、意味をなさない「シューシューという音」という、これ以上文節不可能なほど単純かつ聴覚的で、そして逃れようなく直接的に肉体へ影響を及ぼすものとして表れてくる。

審級の透明性

「シューシューという音」が直接的であることとはそれが擬音語であり、未分節な語であることによる。巣穴とはそもそも獣にとって、「父」の視線の届かない〈空所〉のはずだった。巣穴の内部に侵入してくる外敵や餌となる小動物はかつていたとしても、獣が思い描き、執着しつつ、さらには一体感まで抱いていたような理想としての巣穴像そのものまで破壊しうるような強烈な侵入者はこれまで獣は出会ったことがなかった。だが本来、客体であるはずの外部が内面と切り離しがたく結びついているというのは、獣の自我と他我を隔てる境界の脆さの表れであり、一体化した巣穴像は獣の精神的な弱点としての〈空所〉だともいいうる。身体を持った目に見える他者ではなく、意味不明な「音」という単純かつ不可視という、本来の敵の像からずらされた、さらには獣自身によって想像の中に生み出されたものであるからこそ、「音」を立てて忍び寄る敵の像は獣の精神に打撃を与える。物質的な巣穴を侵略されるということよりも、精神的な〈空所〉をつかれたことで、獣の危機はその深刻さや、逃げ場所のなさを増していく。

審級が非現前の状態においても圧力を発揮できるものだということは、フロイトの『マゾヒズムの経済的問題』でも指摘されている。「超自我とは、無意識の性愛的な欲動の最初の対象である両親が自我の中に取り入れられて生まれる。〔……〕そして超自我は、自我に取り入れられた人物たち〔両親〕の人格の本質的な諸特性、その権力、厳格さ、監視して、処罰を下したがる傾向を保有することになる。」[23]

このフロイトの論に従えば、「音」に代入された他者の像は、獣自身の超自我だということが可能になる。超自我という審級が自我に作用する力は、『ある犬の研究』の「主人」の「音楽」のように一種魅惑的な支配する力とは完全に異なる。先の引用にもあるように、ただ獣を「罰する」ことのみを目的としている、自我にとっては汲みつくせない脅威となる。

獣は自分自身の超自我を超越的な他者像に投影しているのであって、超自我の投影された他者像は、ここにおいて父親の機能と重ねることができる。この時点で獣は、母体としての巣穴、獣、音に象徴される父親＝外敵というエディプスの三角形へと組み込まれている。しかしこの「音」とは、単なる雑音を、獣自身が他者の立てる音だとみなすことによって「父の代理者」として機能を発揮するものであり、獣はその機能を自分自身で作動させたという点で、エディプス的な三角形の構成に自ら加担したといえる。

エディプスの三角形

エディプスとは結局のところ、母の獲得のために父殺しを望むことであり、それは場合によって母殺し、子殺しといったように、三角形を形成する三項から二項への縮小的な移項を欲望するものである(24)。静けさと安らぎに満ちた巣穴を建設し、より強固に巣穴と一体化することを欲する獣は、危険のない生活を望んでいた。危険のない生活とは、いいかえれば外敵の及ぼす脅威のない生活であって、それを望むことで、獣は間接的であるにせよ、父親殺しに象徴される外敵殺しを望んでいた。外敵の立てる物音や外敵の侵入を完全に遮断してこそ、平安はもたらされるのだと獣は信じていた。しかし、巣穴は外敵に対処するために建設されたものであり、外敵の存在という前提がなければ、巣穴もまた同時にその存在理由を喪失するのは自明のことだ。

「音」の出所を探り、なんとか外敵の姿を見つけ出そうと巣穴の中を駆け回る獣の姿がテクストの終盤では描かれる。そこでは不可視な敵を探せば探すほど、巣穴が崩壊していく。外敵－巣穴－獣という三項は相互に成り立つ関係であるにもかかわらず、三角形の一項のみを排除して、残った巣穴という一項を獲得しようと望んだ獣は、結果として巣穴と、かつてそれなりの安全によって〈守られていた自分自身〉という二項とも失ってしまう。

獣は巣穴との一体化を望んでいた。もし獣がこの外敵という一項を根絶することに成功した場合、獣は巣穴との一体化をさらに進めて、これらの二項は最終的に獣という一項へと収束されてしまうだろう。そうして一項となった獣は、運動の方向性を失ったことによる「生の停滞」へと陥り、やがてその停滞は死と重なっていく。『巣穴』の中で、獣自身の肉体的な死は描かれていないが、物語の終盤や、獣自身の願望からは、このような認識という〈檻〉の中での「生の停滞」による緩慢な精神的な死を読み取ることができる。獣の望んだ巣穴との同一化は、自ずと死へと行き着く行程だったといえよう。

物語の冒頭から、獣は完全なる「静けさ」を巣穴でいかに実現させるべきかについてこだわり続けていた。しかし獣の望むような安息が、完全なる静けさのうちに、しかも地下の暗闇の中で保たれる状態というのは、まさに死でしかありえない。それを望むこととは、自分自身の死を望むことと等しい。静けさへの強い憧れの中に見い出されうる死への願望が、伝説の獣に似た他者像を生み出したきっかけだったのではないか。

なぜなら伝説の獣という他者像は、獣自身の死によってもたらされる完全なる静けさという、獣の究極的な願望を実現させる可能性を秘めているからだ。しかしそれはあくまで意識されることのない願望であるため、その願望と意識との差異のひずみに、「音」という主体にとっては不可解な恐怖が生まれている。

獣が自分の音を他者の接近する音だと解釈し、その到来に恐怖を感じつつ、また同時に一種の期待を込めて待ち受けたとしても、『巣穴』の最後の一文が示すとおり、「すべては何も変わることなく」、伝説の獣が到来することもない。獣の聞いている音が、世界観の〈破れ目〉から聞こえてくる自分自身の音である以上、伝説は伝説のままとして残される。最後にドゥルーズとガタリの指摘を補うならば、カフカの超自我としての「最終審」との対決の試みは、獣自身がエディプスの共犯者になってしまったという結末によって頓挫する。実在する審級から距離的に疎隔された所に築き上げた場でも結局「出口」は見つからず、獣は認識の〈檻〉そのものを具現している「巣穴」の中に取り残される。

4　『歌姫ヨゼフィーネ、あるいは二十日鼠族』

『歌姫ヨゼフィーネ、あるいは二十日鼠族』はカフカの人生の中で最後に執筆された小説である。一九二三年の冬以来、カフカの結核の病状は重くなる一方だった。彼を心配した家族とブロート、恋人のドーラは彼をプラハに連れ戻すことにした。それから最後の場所となったキーアリングのサナトリウムに移るまで、カフカは三月一八日から四月五日にわたってこの小説を執筆したと推測されている。[25] この頃には病巣は喉頭にまで広がって、カフカは激痛のあまり食事を取ることができず、痛み止めのアルコール注射を常用しなければならなかった。

それでもブロートの助けを借りて、カフカはこの作品を一九二四年四月二〇日に『プラハ新聞』に掲載した。その後、この作品よりも以前に執筆された『最初の悩み（*Erstes Leid*）』、『小さな女（*Eine kleine Frau*）』、『断食芸人（*Ein Hungerkünstler*）』と本作品を合わせた四作品を、『断食芸人（*Hungerkünstler*）』というタイトルの下、シュミーデ社から短編集として出版する計画を進める。出版の遅れがカフカを苛立たせたが、それは「彼が自分の近づきつつある死を感じていた[26]」からだとヤールアウスたちは推察しており、それはおそらくその通りだったのだろう。「やっと校正刷りを受け取ったのは死の直前で、もはや校正を終えることは不可能だった。著作集は一九二四年八月一五日に出版された。カフカが息を引き取った一九二四年六月三日より二カ月半後のことだった。[27]」

タイトルの中の「天秤」

『歌姫ヨゼフィーネ、あるいは二十日鼠族』は人間が登場しない〈動物物語〉である。カフカによって付けられたこの長いタイトルは、物語の中心的な存在が二十日鼠の歌姫ヨゼフィーネであると同時に、また二十日鼠族全体でもあることを示しているのだろう。そのタイトルについてはカフカ自身がこのように会話帳[28]の中で補足している。「この物語は新しいタイトルを獲得した。『歌姫ヨゼフィーネ、あるいは二十日鼠族』。このような、あるいは、のついたタイトルは、確かにあまり見た目の良いものではないが、しかしここにはきっと特別な意味があるのかもしれない。何か天秤のような所がある。[29]」引用の中の「天秤」という表現は、「あるいは（oder）」というタイトルに差し入れた語が、「ヨゼフィーネ」と「二十日鼠族」の両方に等しく物語の比重を置いているという作家の意図を表していると考えられる。

物語の語り手である「わたし」と名乗る一匹の二十日鼠が、自らの「チュウチュウ鳴き（Pfeifen）」を芸術だと断固主張して譲らないヨゼフィーネと、それに対する二十日鼠族の反応と態度について語る、という回想調の一人称の物語である。ちなみに「チュウチュウ鳴き」とは特別な鳴き方ではなく、テクストではすべての二十日鼠が一日中同じようにチュウチュウ鳴いているといわれている。

ヨゼフィーネが「歌（Gesang）」だと称するその鳴き方には、他の鼠たちの鳴き方と明確に区別できるような非凡さはなく、二十日鼠たちの中には彼女の支持者もいれば、また反対者もいる。結局それが「芸術」であるのかどうかの問いに二十日鼠全体でも、また「わたし」自身も明確な判断を下すことができないまま、歌姫のヨゼフィーネは一族の中に特別な立場を獲得しているのであり、その保護の中で生きてきた。しかし物語が進むにつれて、ヨゼフィーネの一族に対する要求はエスカレートしていく。だが、二十日鼠たちは、その要求のすべてを叶えてくれようとはしない。そんなある日、予定されていた集会で歌うはずだったヨゼフィーネは会場に現れることなく、それ以来姿をくらましたという物語である。

「わたし」による報告調の物語という形式は『ある犬の研究』の語りと同じだが、本作品の「わたし」は個人的な出来事および事柄については一切語らないという点で異なっている。語りの対象は、ヨゼフィーネと二十日鼠一族にまつわることだけに限定されている。「わたし」自身も二十日鼠であることから、自分たちの一族について語る時には「わたしたち」という表現を使い分けて、彼ら鼠一族全体の総意を代表して述べる、といった印象の語りをすることもある。「わたし」がヨゼフィーネと二十日鼠族の両方にとって公平に、等しく控えめな愛情をもって語ろうと意図していることは語りから察せられるが、「わたし」の主観に物語が限定されている以上、客観性のほどは確かめられない構造になっている。

ネズミという表象

ドイツ語の表現には「ユダヤ訛りで話す（mauscheln）」という動詞がある。これはネズミがチュウチュウと鳴き続けること、またこの動物の忙しない口の動きを、イディッシュ訛りで不明瞭に話すことに重ねた言葉だ。このような比喩的に類推できる繋がりや、害獣として捉えた際に、忌まわしいものとして思い浮かぶネズミという動物のイメージ、そしてヨーロッパにあったユダヤ人に対する差別的な意識、また物語が「民族（Volk）」について語るものであるということなどの諸要素が、二十日鼠一族はユダヤ民族を暗示しているとみなす多くの研究の背景にある。

代表的なものではロベールが、「犬」という言葉と同様、「ネズミ」という言葉もまた、ユダヤ人を侮蔑的に見た際に用いられる比喩であることを指摘した後、プラハに住むユダヤ人としてのカフカ自身と結びつけて、伝記的な側面から次のような解釈を行った。

周知のように「犬」とは、いつの時代もまたどこであっても、反ユダヤ主義者の紋切り型の侮辱の言葉である。カフカはその言葉を言葉に即して受け取り、また言葉通りに用いることによってのみ、その言葉を論理的な状況の中で作動させる。するとその状況とは、その〔言葉の〕途方もない愚かさと、また侮辱された者にとっての酷い結果を暴きだす。〔……〕あるいは、歌姫ヨゼフィーネ、というまた別の寓話では、彼ら〔ユダヤ人〕はネズミに変えられている。この忌み嫌われ、追い回されて、根絶へと無慈悲に運命づけられたネズミという動物の非常な多産性という類似において疑いようがない(30)。

ロベールの研究は全体を通して読むと緻密で妥当性を感じる一方で、そのようにユダヤ民族との関係性においてのみ本作品を捉えてしまうと、作品の内容を個別的な一民族だけに制限してしまうことにはなるのではないかという懸念も抱かせる。テクストの冒頭部分で「わたし」が語る二十日鼠族の特徴によると、まず「わたしたちの生活は困難である」(DL, 350)という表現があり、そのような「日々の心配事」(ebd.)から、「音楽」を楽しむことができないとある。そのような彼らの長所は「抜け目のなさ」(ebd.)であって、一族は古い歴史を有しており、また一族の繋がりに重きを置いている。「わたしたちの生活はとても不安なものであり、毎日が驚きと不安と希望と恐怖とをもたらすものであるから、もし昼も夜も四六時中仲間の支えがなかったとしたら、各々はこれらのすべてに耐えることができないだろう。」(DL, 356)

これらの特徴はユダヤ民族を念頭に置いて読んだ場合、一見その特徴にまさしく符合しうるかのように映るが、ヨゼフィーネと二十日鼠族との争いの一因ともなっている、「音楽」を楽しめないばかりではなくそもそも理解できないという特徴はそれとは一致していない。

このような不一致から、あらためてユダヤ民族のことを一旦忘れて、二十日鼠族の特徴を確認していくと、ネズミという生き物本来が持つ群居性と集団で移動する性質から知られているように、多数に流される傾向、またテクストにある「抜け目のなさ」や右に挙げた特徴とは、多かれ少なかれ大抵の民族の特徴に当てはまりうるものだともいうことができるのではないか。少なくともカフカ自身はこの作品の中で、二十日鼠という生き物に寄せて物語を描くことで、ひとつの民族を直接的に特定することを避けているのである。

以上の点から本書は、ネズミがユダヤ人という一民族を限定的に表しているという解釈を行わず、ヨゼフィーネというネズミの芸術家像の分析に焦点を当てる。死を予感していたカフカの絶筆となったこの作品は、奇しくも一匹の芸術家が中心となっている。その点を踏まえて、カフカが晩年に描こうとした芸術家像がどのようなものなのか、また、それを描くことで何を表現しようと試みたのかについて読んでいく。

「チュウチュウ鳴き」というパフォーマンス

「わたし」がテクストで一貫して提起しているのは、ヨゼフィーネの「チュウチュウ鳴き（Pfeifen）」は「そもそも歌なのか？」（DL, 351）という問いである。二十日鼠にとってチュウチュウ鳴くのは、「芸術家（Künstler）」を自称するヨゼフィーネに対置される「普通の土木作業員ネズミ」（DL, 352）にとってさえ、日常的な行為にほかならない。「わたしたち」は「ヨゼフィーネの歌は歌として、特別なことを何も表現していないのだということ」（DL, 351）を仲間内で噂をする一方で、主人公の「わたし」は、「だが彼女が生み出すものとは、それでもやはり単なるチュウチュウ鳴きではない」（DL, 352）との直観を抱いている。

本作品と同じく作家の晩年に執筆された『ある犬の研究』での語り方と同様に、この問いに対する「わたし」の決定的な判断や主張は提示されない。あえて主人公の決定的な判断や、物語内の客観的な事実の提示を避けることで、「認識」という行為そのもののあやふやさを描こうとする、晩年のカフカによる実験的な語りの意図がここにも見つかる。

さて、それでも「わたし」はヨゼフィーネの特権的な地位が、まぎれもなく芸術活動の賜物であると判断できる一種の手掛かりのようなものをつかんでいる。「わたし」は、ただその鳴き声を聴いただけでは、他のネズミが鳴いているのと聞き分けられないだろうという。「彼女の芸術を理解するには、ただ聴くだけではなく、同時に彼女を見ることも必要不可欠なのである。」（ebd.）そして「わたし」は、クルミを割るということが芸術となりうるかという例を挙げて検証しつつ、芸術に関する自分の考えを述べていく。

クルミを割るという行為は、余りにも日常的な行為に過ぎないために、観客を集めてわざわざその前で割ってみせるということは誰もしないと「わたし」はいう。それにもかかわらず、誰かがそれをやってみせて、その意図を実現させたとするならば、それはもはやただの「クルミを割る」という行為に本来そなわっていた以上の意味が付加されると主張する。「もしくはそれはクルミ割りなのだが、だがわたしたちはそれをスムーズに行うために、その芸術を問題にしていなかったこと、そしてこの新たなクルミ割り師がはじめて、その芸術の真の本質をわたしたちに示してくれたということが明らかとなる。」(DL, 353)

この「わたし」の芸術に関する見解が、ヨゼフィーネの歌にもまさしく当てはまる。ヨゼフィーネが歌だと主張する「チュウチュウ鳴き」とは本来、二十日鼠たちにとっては情報伝達のための行為であって、「わたしたちの頭上にある脅威」(DLM, 361) を回避するための言語的な手段に過ぎなかった。

その行為を日常的なコンテクストから切り離し、まったく何にも意味づけされえない場において行うというヨゼフィーネの行為は、情報伝達のための「鳴く」という行為を一旦、意味のない単なる「チュウチュウ鳴き」へと貶める。しかし、それを行う自分の姿を舞台という場で聴衆の前で視覚的に提示して、彼女が事前に意図していた効果を挙げることに成功するならば、その行為は無意味な「チュウチュウ鳴き」から、「歌う」という芸術性を含んだパフォーマンスへと高められる。

危険を知らせるという日常的なコンテクストの伝達ツールとしての「鳴く」を、意味づけ不可能な「音」へと解体するというヨゼフィーネの芸術的な意図は、二十日鼠たちに脅威に対する不安とは正反対の、「待ち焦がれた平安にあずかったかのような」(DL, 354) 感情を呼び起こし、その呼び起こされた聴衆の感情が、「チュウチュウ鳴き」の無意味さを補完することで、ヨゼフィーネの〈芸術〉が完成する。ヨゼフィーネの「チュウチュウ鳴き」は本来芸術的には無意味であるはずの行動なので、それを芸術的なパフォーマンスとして成立させるためには、観客の感情が必要不可欠なのである。

聴衆と芸術家との間にある相互の必要不可欠性のようなものが、『断食芸人』と同じく、本作品でもテーマになっている。いずれにせよ、芸術的効果を挙げる以外、何ひとつ日常的な文脈では目的化されないヨゼフィーネのパフォーマンスの全体が、日々の目的性に縛られた二十日鼠たちを日常の重荷から解放することを可能にしている。

「あるいは(oder)」の意味

そもそもヨゼフィーネ自身も二十日鼠であることから、二十日鼠という一族「民族(Volk)」に所属していることになる。しかし二十日鼠の中での唯一の芸術家であるということを通じて、「ヨゼフィーネ」と「二十日鼠族」という言葉の間に組み込まれたタイトルの中の「あるいは(oder)」が視覚的に示しているとおり、両者は分断される。つまりヨゼフィーネは舞台の上に立つことで「歌姫(Sängerin)」へ、ヨゼフィーネ以外の二十日鼠たちは「聴衆(Publikum)」(DL, 353)という括りで、「個」と「多数」へと分けられる。芸術のために舞台に立つのはヨゼフィーネ一匹だけなので、ヨゼフィーネが「聴衆」の側に入ることはなく、両者は舞台以外の場所でも常に対置された状態に置かれている。

当初は芸術活動の場を求めるヨゼフィーネと、それによって平和なひと時を味わいたいという二十日鼠族の両者の希望のバランスは保たれていた。パフォーマンスの対価を二十日鼠族はヨゼフィーネを養うという形で補い、それはまさしくカフカが「あるいは(oder)」という言葉には「天秤」のようなところがあるといったような、もちつもたれつの対等な関係だったといえるだろう。だが物語の進行に伴って、ヨゼフィーネの見解と一族の考えとの間には、ある食い違いが生じてくる。「ヨゼフィーネはすなわち反対の意見を持っている。自分こそが一族を守っているのだと信じ込んでいるのだ。」(DL, 359)

もし語り手のいうとおりにヨゼフィーネがこのような思い込みをしていたのなら、彼女の意見は間違っている。なぜなら「わたし」も含めた二十日鼠たちは、ヨゼフィーネが歌だと主張するものが本当に芸術であるのかどうか依然として判断しかねているのであって、それにもかかわらず、彼女を受け入れて温かく見守っているのは、「わたし」がテクストで述べているとおり、歌の力だけではなく、一族のひたすらの寛容さにも由来しているからである。しかし現在でさえ特権的な立場を得ているヨゼフィーネは、一族の中での自分とその芸術の地位をさらに高めることを望んで譲ろうとしない

もう長い間、〔……〕ヨゼフィーネは自分の歌を顧慮してあらゆる労働を免除するように求めて戦い続けている。つまりヨゼフィーネから日々のパンの心配や、それ以外にわたしたちの生きんがための戦いと結びついているあらゆる心配を取り除くべきであって、そして――おそらくは――ひとまとまりとしてのこの一族に、その心配を押しつけるべきなのだと望んでいるのである。(DL, 368f.)

ヨゼフィーネの芸術の価値を判断する権利を有するのは、聴衆としての二十日鼠族だけだ。彼らはこの主張に対しては冷ややかな態度を崩さず、受け入れない。この芸術家としてのヨゼフィーネと、それに対置される不特定多数の評価者としての二十日鼠との間にある緊張状態は、近代以降の芸術家とそのパトロンとしての大衆との関係に敷衍できるような問題性を含んでいる。肉体的な「労働」を免れる代わりに芸術家は自らの芸術という「活動」を評価者である大衆に提示して、それに見合った報酬を受け取る。ここで描かれているヨゼフィーネと一族の対立は、芸術家自らが認める自分の芸術の価値と、大衆の判断が異なる場合の相克である。

労働の免除を巡って一族と意見が食い違う中、ヨゼフィーネは次のことを究極の目標として掲げている。「彼女が到達しようと努めているのは、公然として、明確に、時代を生き残るほど、これまで周知のあらゆる事柄をはるかに超越するほどの、自分の芸術への承認のみだ。」(DL, 370) つまり自分の労働の分担をすべて二十日鼠族に肩代わりしてもらって芸術だけに全身全霊を打ち込むことが許されること、またそれほどの価値があるものだ

と承認されること自体を通じて、二十日鼠族の歴史の中で、自分の芸術を不変、あるいはまさしく「不壊なるもの」に昇華させることを望んでいるのだといえよう。

ヨゼフィーネの最後

芸術家の、自らの芸術を介した大衆の評価との戦いが、ヨゼフィーネと大衆との間でも純粋に貫かれたのならば、ヨゼフィーネがどのような最後を迎えようとも、その芸術家としての価値は貶められない。だがヨゼフィーネの芸術は、芸術そのものの完成度の追求以外を目的としたパフォーマンスの変更や追加により、その芸術性を瓦解させていく。そのパフォーマンスとはつまり、二十日鼠たちの評価を左右しようとする目的で、脅迫的な意図をもって故意に歌を短くしたり、衰弱した身振りを取り入れたりすることである。「わたし」が「もっとも下品な手段」(DL, 372)だと冷静に判断を下したその手段の具体例を挙げると、ソプラノの見せ場である「コロラトゥーラ」(DL, 373)という技巧を縮めて歌ったり、肉体労働で脚を痛めたと嘘をつき、わざと脚を引き摺って登場したりしたことなど[31]が挙げられる。

そのような手段を用いても二十日鼠族のヨゼフィーネに対する穏やかな好意は変わらなかったが、同時に彼女への評価そのものも覆すことができない。そうこうするうちにヨゼフィーネの様子が変わってくる。ヨゼフィーネが取り巻きたちの懇願に応じて、しぶしぶ歌おうとする場面である。

はっきりさせることのできない涙と共に、ついに彼女は譲歩して聞き入れた。だが彼女が明らかに最後の意志で歌い始めようとした時、疲れきって、腕をいつものように広げるのではなく、体の脇に生気なくぶらりと下げたままだった。その時その両腕が、ひょっとしたら少し短すぎるのではないかという印象を抱かせた。そんなふうにして彼女が歌い始めようとする。すると、またもやうまくいかない。不機嫌に頭をがくっとさせる動きがその証拠で、彼女はわたしたちの目の前でくず折れる。

(DL, 375)

ヨゼフィーネの身振りを通じて、彼女の芸術が本来そなえていたはずの価値の瓦解していく様子が「わたしたち」に可視化される。ヨゼフィーネが二十日鼠族に対して強硬な手段を取り始めた原因は、「老い」にあるのではないかとの一同の推測を「わたし」は否定しているが、この引用の描写にはやはり気を引くための演出以上のものがある。それは芸術性を求める以外の演出を取り入れた結果の修繕不可能になったヨゼフィーネのパフォーマンスであり、それによって崩壊するその芸術家としての自己同一性である。この舞台を最後にして、「ヨゼフィーネはいなくなってしまった」。(DL, 376)

4-1 「不壊なる」芸術

ヨゼフィーネと二十日鼠族の間に生じた、彼女の芸術に対する評価と認識の齟齬がヨゼフィーネを、自分の芸術だけを手段として評価者である大衆と戦う芸術家ではなく、過剰演出にはまり込んだ不完全な芸術家という泥沼のカリカチュアへと変えた。ヨゼフィーネがその後どうなったのかは消息不明だが、「わたし」はこのような予感を抱いている。「だがヨゼフィーネは衰えるほかない。彼女の最後のチュウが鳴り響き、それから黙り込む、という時がまもなく訪れるだろう。」(ebd.)

いかなる芸術家であろうとその活動の範囲と成果は、寿命という身体的な制約によって区切られ、限界づけられている。その際に生身の身体とは、芸術家にとっては〈檻〉となる。身体的な衰えの徴候とともにヨゼフィーネは姿を消すが、当然のことながら生きている間の活動によってしか芸術家も含むあらゆる人間の「活動」は判断されえない。「わたし」はヨゼフィーネがいなくなった一族の今後を思いながら、物語の最後の段落でこのように語っている。

したがって、わたしたちはおそらく何かが無くて不自由するということには少しもならないだろう。だがヨゼフィーネは、地上の労苦から救済されて、〔……〕わたしたちの一族の数えられないほど多くの英雄たちの中へと嬉しそうに消えていくだろう。そんなふうにしてじきに、わたしたちは歴史学に従事しないので、高められた救済の中で、彼女のあらゆる同胞たちと同じように忘れられてしまっていることだろう。（DL, 377）

「忘れられる」ということを通じて、ヨゼフィーネはかつて聴衆だった「あらゆる同胞たち」と一体化する。死んではじめて、両者の間にあった芸術家とそれ以外、という「あるいは（oder）」という区分が取り払われる。ヨゼフィーネは「チュウチュウ鳴き」を聴衆が楽しめるレベルまで高める程度には芸術家だったが、結局は歴史の中に埋没する芸術家のひとりであり、不変の高みにまで自らの芸術を高めることはできなかった。テクストの中では、「多産性（Fruchtbarkeit）」（DL, 364）という言葉に続き、二十日鼠たちについて以下のように語られる。「ひとつの世代が、――そしてどの世代も多数から成る――他の世代を押しのけて、子供たちは子供たちである時間がない。」（ebd.）ここで強調されているのは二十日鼠たちの短命さである。生物として生まれてから死ぬまでの生体サイクルが短く、次から次に新しい世代へと交換される二十日鼠族の中で不変の芸術を完成させて、しかもその価値を存続させようというヨゼフィーネの望みとは、そもそも実現することの困難な望みとして、歴史の中に消えていかざるをえない定めでもあったといえよう。

その多産さと寿命の短さを即座に連想しうる二十日鼠たちと比べると、人間は遥かに長命だが、しかしいずれは死を迎えるという点では共通している。生物的に不可避な人間の可死性の中で、歴史の一部になりたいという望みを抱くことは、ヨゼフィーネの願いと同様に一種の危うさがつきまとう。その危うさとは、人類の歴史もまたいつかは跡形もなく消え去るのではないかという不安であり、それを突き詰めると人間の人生も一匹のネズミの人生と根本においては何ら変わることなく、「わたし」の最後の言葉のとおり「忘れられて」しまうことからは逃れようがない。

二十日鼠族全体は特定の民族ではなく、そのような「うつろいやすさ」そのものを体現しているのではないか。つまりはこのような読み方からすれば、この物語とは、芸術も、歴史も、命も含めた、あらゆる「不壊なるもの」への否定が描かれていると読み取られる。カフカ自身、当時としても短命だったことから、世界のうつろいを感じる気持ちはこの作品の執筆された最晩年頃には特に強くあったと推察できる。不壊なる芸術を望む芸術家像が、短命な二十日鼠という動物を通して描かれたという設定からは、このような作家のイロニーを読むことができるのだが、カフカ自身はどのように自らの芸術とその価値を考えていたのか最後に少し触れてみたい。

すでに記したようにカフカは、この原稿を死の床の上で校正した。カフカは生涯を通じて職業として作家を選んだことは一度もないが、自分の認識した世界を文字を手段として表現するという「執筆すること」自体にまさに命を削った一生だった。それを考えると、彼の最後の主人公がヨゼフィーネという人間ではない二十日鼠の芸術家だったことは偶然だとは考えがたい。その文学に掛ける気持ちは、一九一三年八月二一日の日記に記された、父親ヘルマンへ宛てた手紙の下書きの中で克明に記されている。勤め先だった労働者傷害保険局の役職に対する不満を述べつつ、カフカはこのように書く。

「自分の勤めが耐えがたいのです。なぜならそれは僕の唯一の欲求であり、僕にとっての唯一の天命である文学と相いれないからです。僕は文学以外の何ものでもなく、文学以外の何ものでもありえず、またそうあろうとも望まないので、僕は自分の職に決して引き寄せられることはありません」(T, 579)。

文学に対して強い信念を持つと同時に、一方で常に抱いていた職業作家となることへのためらいは、右の引用箇所の数行後にこう記される。「あなたはお尋ねになるでしょう、なぜ僕が〔……〕文学的な仕事で生計を立てようとしないのかと。それに対しては僕にはそうする力もないし、自分の状況を見渡す限り、この職で破滅するだ

ろうという、さらには即座に破滅するだろうという情けない答えしか返すことができません。」(T, 580)

カフカ自身、決して多いとはいえない自分の出版物が、存命中に着実に評価されていたことから、己の作家としての確かな力量を知っていたはずである。『カフカの生涯』によれば、一九二一年のドイツの文壇ではフランツ・カフカの名前がしきりに登場したとある。当時ドイツ語圏で人気のあった朗読家が五夜にわたるプラハ公演に際して、ゲーテやヘーベルと同時にカフカのいくつかの短編を取り上げた。その都度新聞はゲーテと並べてカフカについて言及したという。また一一月には『ノイエ・ルントシャウ』誌にブロートによるカフカ論が掲載された。それにより、カフカはいくつもの文芸誌から寄稿の依頼を受けることになる。そしてついには「辞書専門の出版社ブロックハウスが、経歴と作品の一覧を求めてきた。『一九・二〇世紀ドイツ語圏文学辞典』が、はじめてフランツ・カフカを採録した。」[32]

当時はまだ、現在扱われているような二〇世紀の世界文学を代表するような作家ではなかったが、だが決して無名の作家という訳ではなかったのだ。しかし、カフカにとって「事実」とは、即座に真実の「確信」へと変貌することはない。事実は事実そのものとしていつまでも留まり続けて、真実そのものになることは、彼の作品の中で描かれているとおりにない。認識が常に疑われ続けるということが、カフカの文学の特徴であり、また同時にカフカ自身の生き方を方向付けた要素だったのかもしれない。

自分の原稿をすべて処分することをブロートに託したのはなぜだったのか。自らの生み出す「文学」とその芸術的な価値を信じることなしには、これまでみてきたように「執筆すること」へ命懸けで取り組むことは不可能だっただろう。

だが本章の冒頭で挙げた文章が示すように、彼がもっとも避けたものは「欺瞞」である。それと同時に、「父への手紙」を直接父親に渡したり、自分で原稿を処分したりはしなかったことからわかるように、「決定」を下すことだ。

根本的にカフカは、他者と「個人的なもの」を共有し合うことを避ける傾向があるのではないか。たとえば三度の婚約破棄や、生涯を通じた独身者としての生き方、極端な「清潔狂」的な生き方などを鑑みると、作品を他者によって読まれることへの抵抗感や恐れは少なからずあったのかもしれない。そのような抵抗感は、先に引用した、「状況を見渡す限りこの職で破滅するだろうという、さらには即座に破滅するだろう」という言葉にも表れている。作家として破滅するといえば、経済的な破滅を即座に思い浮かべるが、作品を読まれることで個人的な「領域」を見ず知らずの他者によって脅かされる不安による「破滅」に結びつけることもできるだろう。程度の問題はあれ、作品というものが作家自身の個人的な問題と結びついているとすれば、その不安はなおさらだ。

読み手は作家にとって不可欠だが、個人的には「執筆」という私的な領域を他者性によって侵犯されることを避けたい。この願望は、ヨゼフィーネと二十日鼠一族が個人と他者という二極に別れて、最終的には相いれることのなかったジレンマと重ねられるのかもしれない。また、『歌姫ヨゼフィーネ、あるいは二十日鼠一族』や、『断食芸人』という晩年の作品が仄めかしているように、どこまでが日常の文脈における「活動」で、どこからが芸術という「活動」となるのかについての、「書く」という行為に対する根本的な解けない疑問が作家の中にあったのかもしれない。

しかし、幸いなことにカフカの原稿はブロートの手によって残り、現在でも広く読まれている。そしてまたわれわれはすべてを忘れ去ってしまう二十日鼠族とも違い、ほかでもない人間であって、歴史の限りカフカの芸術も不朽の作品として扱われ続けるだろうということは、これまで取り上げてきた〈動物物語〉が内包する価値を振り返れば疑いえない。

最終章　動物という表象とこれからの〈動物物語〉

これまでに、社会的な〈檻〉から始まって、他者との関係性において生まれる〈檻〉、身体という〈檻〉、さらに認識という〈檻〉へと、主体を制約する諸因子を分類して、それぞれの問題意識に対応するカフカの〈動物物語〉を取り上げて論じてきた。

社会といういわば主体の身体を取り巻く外部の形式から始まり、その社会に住まう自分以外の生き物という他者、その他者との関係性へと置かれる身体、そしてそれらとの連関によって生じる認識というように、主体の内部へと徐々に迫るという順序でこれらの問題を扱った。

カフカの描く動物たちは人間ではないにもかかわらず、いわば人間の生を人間的なものとして特徴づけているこれらの〈檻〉に囚われたものとして描出されている。それはカフカが描く動物像が、極めて人間的な諸制約に悩み、苦しんでいる〈弱者〉としての人間像を比喩的に描出しているからであり、またそれはカフカの〈動物物語〉が、人間を動物の超越的な立場に据えて動物の次元を描こうと意図するものではないということを示している。

では、なぜそのような人間像を直接的には描かずに動物像を通して描き出したのかという理由については、個々の〈動物物語〉の中でテーマ化されている問題に対応している。『あるアカデミーへの報告』では、一匹の動物が「平均的なヨーロッパ人の教養」を獲得し、最終的には人間同様に振舞えるまでになる過程を描くことによって、啓蒙的な理性が築き上げた「人間」像を破壊しようという意図の下、人間の近縁種である猿が選ばれた結果、近代以降の人間像を効果的に戯画化することに成功している。しかもその猿が捕獲されてから教養へと至るまでの文明化の過程には、生き物の内部にある「自然」に対して、社会的な規範や暗黙的な慣習といったものが、いかに抑圧的に作用しうるかも同時に描き出されている。

『変身』では、家族内という舞台において、他者との関わり方には「寄生虫的」に依存し合うような、愛情による関係とはまた別の搾取的関係の仕方があるということを直接的に表現する目的で、「害虫」という動物像が選ばれているといえよう。『ジャッカルとアラビア人』や『ある犬の研究』でも、他者との依存的な関わり方を表す場合のネガティヴな比喩としてのいわゆる「卑屈な／隷従的な（hündisch）」性向を持つものとしての「犬」の像が選ばれている。

グレーゴルの家族は、グレーゴルの外見が人間とかけ離れていること、言葉が話せないこと、理性があるようにはまるで映らないこと、自分たちにとっての利益の還元不可能性、という四つの点からグレーゴルを「人間ではない」と判断したが、所属するコミュニティーとの共通項を基準として他者や事物を判断するという思考の流れが、グレーゴルがいまだ変身以前の人格を保っていたにもかかわらず、彼を周囲から孤立させる事態を招き、それが死という結果に繋がった。

『変身』の三章の終盤近くの場面で、妹のそばに這い寄ろうとするグレーゴルについて、彼は「動物なのだろうか？」という問いかけが作品にでてくる。グレーゴルに本来の人格が残っていたことを理由に読者が彼を人間であると判断する時、グレーゴルの家族たちは家庭内で殺人を犯したことになる。このことから、害虫の視覚的な不快さと、その害虫の身体に閉じ込められたグレーゴルの精神という設定は、他者と自分自身との共通項や差異を根拠に何かしらの判断を下すことの危うさを表現するのに適している。またグレーゴルの虫という身体はその身振りを通じて、身体の意識に対する器質的なコントロールの不可能性や、無意識的な表象が身体的な表現へと無自覚のうちに至る際の、身体に潜む原初的な側面を暴きだした。「寄生虫」的である、という表象は、ザムザ一家の全員を表す表象であり、グレーゴルの変身は、愛情という「糧」の欠乏によって抵抗力を失った結果の表象によるウィルス的な侵食であり、身体による表象の可視化である。

『ジレーネの沈黙』のジレーネは、相手を誘惑し、意のままにしようとする愛情の呪縛的な側面を神話との関連を通じて体現する。『ブルームフェルト、ある中年の独り者』では、他者が他者であるところの自分自身との差異を不潔とみなして、遠ざけるというひとつの性向が、動物の「老い」や「病気」によって自分の清潔が侵害されるように感じるという主人公を通じて描出される。「老い」も「病気」もなく、ただ無機質な上下運動を繰り返して彼の後を付いてくるボールとは、そのような性向を持つ主人公の思考の誤りを暴露するために登場する記号化された他者像である。

『家長の気がかり』の中では、自分以外の他者との関係性や、老化や疾病による身体的な限界という生の諸制約を超越した存在として、不死の無機物オドラデクが提示される。しかしその自己完結性が逆に、制約的な条件下でこそ生き物が獲得しうる幸福の可能性からオドラデクを遠ざけることになる。このようにオドラデクという架空の像は、身体と他者との関係という〈檻〉が、生き物にとって必ずしも否定的にばかり作用するものではないことも明らかにしている。

『雑種』では猫と羊の両方の血を受け継ぐ想像上の「動物」が登場する。これは、この両種の性質を遺伝した「動物」が抱える内面的な矛盾と、それによって感じられる苦痛を描く物語である。すでに「第Ⅲ章　他者との関係・身体という〈檻〉」で述べたとおりミュラーはこの動物について、従順で羊のように犠牲的な性格の母親と、狩猟動物のように活発だった父親の性格を遺伝的に受け継いだカフカ自身の内面性の分裂を表していると指摘したが、まさにそのようにカフカの〈動物物語〉においては、作家自身の比喩的な思考イメージや表現の意図が主人公たちの外見に直接的に表されている。この「動物」は「動物」としての外見の中に、「人間の分別」を秘めていた。またこの「動物」は、相互の共感や思いやりが、他者との生産的な関係を築くことを伝える。『歌姫ヨゼフィーネ、あるいは二十日鼠族』では、他の生き物より早い生命サイクルを持つ二十日鼠という動物像を通して、自らの芸術の不滅性を願う芸術家の感情とその危うさが、つまりは「不壊なるもの」への否定が鼠一族の移ろいやすさのうちに描き出されている。

『巣穴』の獣は、「第Ⅳ章　認識という〈檻〉」で引用したミレナやブロートへ宛てた手紙からもわかるように、当時カフカが抱いていた「森の獣」という自己像と結びつけて解釈されうるし、暗い地下に一匹で暮らすという生き物が選ばれているという点では、「認識」するという行為そのものに焦点を当てて描かれているといえる。

カフカが自分を喩えるのは、これまでの引用にあるように、「どこかの不潔な穴にいる」「森の獣」や、「絶望した動物」、「剥製にされた動物」[1]であって、野原を自由に駆け巡るようなポジティヴなイメージの動物とは無縁である。このことは彼が、動物とは、その異質性によって社会から排斥されるか、もしくは家畜や競走馬のように社会の中で生きていくために生そのものを権力によって統轄されることを免れえない、抑圧された生き物だと捉えていたこと、そして自分自身という存在もそのような圧迫の下に置かれているという意識を抱いていたということへと繋がっていく。生き物を等しく弱者として自分と同等に眺める気持ちが、〈動物物語〉が執筆されたひとつの動機だろう。

また、他者に対して権力的に振舞い、ときには自らの主観を信じ込むという驕りを抱きうる人間自身と、そのような人間を形成しうる規範や社会通念への密かな反発を彼が抱いていたことも、動物と重なる自己像を生み出した理由のひとつとして挙げることができる。そのような彼の傾向は、社会的な成功を通じて、まるで彼自身の父親ヘルマンのように他者に対して権力的に振舞うことを回避し続けたことや、自閉的であり、なおかつ食欲も含めた欲望そのものに対して嫌悪心を抱いていたことなどの「清潔狂」的な生き方として貫かれている。

これまでみてきたように、カフカの友人や父親に宛てた手紙類、アフォリズム、そして数々の〈動物物語〉では、時に社会が「成功」という形で無批判に受け入れる、しかし実際には傲慢や自己欺瞞という「汚泥」にまみれた、社会的には「善い」とされる「人間」そのものへの疑いと拒絶の感情が繰り返し表現されている。「害虫」や、時には「犬」という罵り言葉を通じて、父親という実在の審級に代表される社会的な権力システムから非難されようとも、そのような人間となるよりはむしろ、「害虫」として扱われることを選ぶ気持ち、それが社会において「成功」した人間よりも、森へと「追放」された動物像との親和を生み出しているのだろう。

カフカのイメージにおける動物との繋がりが、〈動物物語〉の中で、動物そのものを好意的に描くことに直結しないことは、『巣穴』に登場する獣の否定的な性格描写などから明らかだ。その理由は、本書「第Ⅰ章〈動物物語〉とは」の1節で引用して指摘したように、カフカが自分の作家としての使命を、「時代のネガティヴなもの」を描き出すことにあると信じていたからであり、それを表現するためには、動物たちは時として加害的に振舞うこともある。

たとえばアカデミーで報告をしたロートペーターは、文明社会という権力システムとの接触を通じて人間を模造した生き物へと変わった直後から、「成功」した「人間」と同類として扱われた結果、雌チンパンジーに残る野生性を異質なものとして忌むようになる。これは被抑圧者であったものが、権力を獲得した途端に抑圧者となりうるという人間のひとつの性質を描いたものである。だが、『巣穴』の獣も、『あるアカデミーへの報告』のロートペーターも、それぞれにとって物語の中で抑圧的に作用する、前者にとっては認識という〈檻〉、後者は社会的な〈檻〉の犠牲者であるという見方も可能なのであって、カフカの〈動物物語〉の動物たちはおしなべて、根本的には被抑圧的な存在を体現しているのだといえる。

また〈動物物語〉の特徴は、描かれるものたちの匿名性と動物分類学的な種類の同定不可能性にある。社会に所属する固有の名前を持った人間として描くのではなく、種類の同定されない生き物を通して描くことで、ある特定の人間にのみ起こった、個別的な出来事として限定されることのない物語を描くことが可能となる。性別、職業、年齢などの設定が明らかな人間が主人公となるよりも、むしろそれらがはっきりと設定されていない動物を主人公に設定する方が、あらゆる読者に敷衍できる状況を描ける可能性が広がる。ただ、『あるアカデミーへの報告』の雌チンパンジーのみが例外的に種族が固定されてはいるが、そのように物語の中で種類を特定された動物も本来の姿を失って、社会から疎隔される狂気という、動物分類学的な枠組みよりもさらに大きな枠組みの中に埋もれている。

そもそもカフカは「分類する」、という人間の側からによる一方的な指針を自分の物語に持ち込むようなことはしなかった。「人間」という生き物を判断する基準さえも社会の基準によって作り上げられたものであり、また本書で扱ったカフカの『流刑地にて』や『審判』のテクストにまつわる解釈や、場合によっては人類の歴史そのものも示しているように、「人間」という生き物は、政治体制如何によっては「犬のように」も扱われうる不確定な存在である。また人間という生き物の器質的、本能的な部分を鑑みれば、人間以外の生き物との共通性は自明であって、またそのような本能的な部分をいかに統轄するかによって、社会的な「善」が完遂しうるように社会システムそのものが作られているといいうることは、『あるアカデミーへの報告』や『流刑地にて』という作品のこれまでの分析から明らかだ。

〈動物物語〉の中で固有の名前をもって描かれているものたちに関しては、まったく逆のことがいえる。代表的なものたちの名前を挙げれば、ロートペーター、ヨゼフィーネ、オドラデクなどである。これらの場合は、名前を与えられたものたち以外の生き物が一切名前を持っていないことにより、「特殊なもの」としての自らを物語の中から浮かび上がらせる。固有の名前を持たない集団の画一性との対比によって、名前を持つことは、それらが集団から疎隔された例外者であることを裏付ける(2)。「時代のネガティヴなもの」を描こうというカフカの意識は、〈動物物語〉以外の作品にも表れている。『流刑地にて』を出版する際にカフカは出版社から、この小説のあまりにも悲惨な内容が「やりきれない(peinlich)」ものであるとの指摘を受けた。それに対する返事として、カフカはこのように返している。

この最新の物語に少しだけ解説をつけ加えておくと、この物語だけがやりきれないのではなく、むしろわたしたちの普遍的な時代も、わたしの個別的な時代と同様に非常にやりきれないものであったし、また現在もそうなのです。その上わたしの個別的な時代の方が、普遍的な時代よりもはるかにやりきれないものなのです。(B3, 253)

生き物が生きていくことそれ自体が、時代を通じて共有している「やりきれなさ」を描くこと、それが「時代のネガティヴなもの」の内容だといえるのではないか。その「やりきれなさ」が〈動物物語〉においては『変身』のグレーゴルが息を引き取る前に回想する家族への「愛情」であり、『雑種』の「動物」が安楽死を望む「肉屋の包丁」であって、そしてヨゼフィーネが上げる「最後の鳴き声」として描き込まれている。それらの「やりきれなさ」をそれぞれ生じさせているものを、社会的、他者との関係性、身体、認識という〈檻〉へと本書は分類して取り上げて論じてきた。このように主体を何重にも拘束している〈檻〉の中心に見出せるものこそ、カフカが動物像を通じて描き出した、剥き出しの「わたし」自身である。

だが、動物をその異質性によって権力の統轄を免れえない存在として捉えて、また自分自身も同じ圧迫下に置かれたものだとみなす意識は、突き詰めると、人間も動物も根本的には「不幸」であるという括りの下にはひとつだという考え方へと行きつく。そして、カフカはそのような考えの下に、動物と人間とを根本的には区別することなしに〈動物物語〉を描いたのではないか。

カフカは『あるアカデミーへの報告』で、猿のロートペーターが理性と言葉を獲得する様子を描くことで、啓蒙理性が信じてきた人間の他の動物に対する優越性を破壊しつつ、また、文明社会によってシステム化された規律と訓練を受け入れて規格化の行程さえ潜り抜ければ、人間だろうと猿だろうと、ひとりの善い「人間」、つまり社会に還元できる利益の源泉となりうるという意味において、社会的に善い「人間」になることができることを描いた。これはつまり、社会に組み込まれ、活用されうるか否かによって「人間」として扱われうるか否かが決定されることの極端化されたものだ。

一九一七年にカフカが見出したこのような彼の時代のネガティヴ性は、彼自身が視察のために頻繁に足を運んでいた、当時爆発的にヨーロッパで拡大した巨大工場における労働者の様子から切り取られたものでもあるだろう。一九一二年の日記では、工場で働く女工たちの様子がこのように描写されている。

> 昨日工場で。工場の娘たちは、それ自体耐えがたいほど汚れて緩くなった服装で、起きたてのように乱れた髪型をして、トランスミッションの絶え間ない騒音と、オートマティックではあるが、しかし気まぐれに止まってしまう機械によってしっかりと固定されてしまった顔の表情をし、それは人間ではない。人は彼女たちに挨拶をせず、彼女たちにぶつかっても謝らない。些細な仕事のために彼女たちを呼んだ時には、それを済ませてしまうと彼女たちはすぐに機械のところに戻る。どこに取り掛かるべきか、人は彼女たちに顎で示す。彼女たちはスリップ下着でそこに立つ。もっとも小さな権力に自らをゆだね、眼差しやお辞儀でこの権力を認めたり、自分に対して好意的にさせたりするための十分に冷静な分別さえ持たない。(T, 373, 374)

この文章の中には、女工たちが言葉を掛けられたことを示す描写がひとつもない。挨拶もされず、ぶつかられても謝りもされず、仕事の指示も顎でなされる彼女たちは、虫に変身したグレーゴルが、「人間に相応しい言葉を直接話しかけられることがない」(DL, 162) と言い表した状況と共通する。[3] 彼女たちの身に起こっているのは、人から顧みられなくなるという状況であって、そして使役されるという扱いを通じて、周囲によって存在が動物化されるという事態である。

したがってカフカの作品の中にあるいくつかの、動物が人間へと転身する物語、代表的なものでは『あるアカデミーへの報告』、類話として『新しい弁護士 (*Der neue Advokat*)』(一九一七)、また馬が貴婦人に成り済ますというストーリーの断片[4]といった物語が示しているのは、動物が人間になりうるというテクストの表層で起こる日常を超えた出来事を読者に伝えたいのではない。それとは逆に、その裏側から浮上する問題、つまり人間という存在そのものが動物化されうるという、カフカの時代以降深刻化し続けている、ひとつの可能性の問題を示唆しているのである。

自動機械の部品の〈ひとつ〉であるかのようにないがしろにされる工場の娘たちの人間性を、カフカは見逃すことなく救いあげ、それを悲惨な状況に置かれた動物という比喩を通して描き出すことが、「時代のネガティヴなもの」を描出しようという彼の動機の一部だったのではないか。だが、この二〇世紀初頭にカフカが見出して、〈動物物語〉の中に描いた時代の否定的なうねりは、現代においても無関係ではない。

現在では「人的資源」という言葉の中に仄めかされているように、社会に組み込まれて、活用されうる資源としての「わたし」に重きが置かれる。カフカの生きていた時代とは比較にならないほど多くの人々が、豊かで発展した生活を送ることが可能になった世界では、社会的に還元されない「わたし」を疎隔しているのは、女工たちの主人としてそこに存在していたはずの「工場長」だけではなく、より大きな経済的な権力機関に所属すること、そしてそこでより「善い」人間となることを望む「わたし」自身にほかならない。いいかえれば、「工場長」のような目に見える形での権力者よりも、現在のような経済形式の中で他人の羨む「成功」、すなわち他者への権力を手に入れることを望む気持ちが、自らにとって権力的に作用する可能性があるということであり、支配する者の内在化という点において一層逃れ難い状況にあるということは、『巣穴』で内面化された審級が「獣」を容赦なく罰する様子にも描かれている。

またその内在している支配者を意識化することを避けて、日々の生活をなんとかしのぐという生き方は、カフカが『ある犬の研究』で「わたし」と名乗る犬を通して描いた問題とも重なっていく。このようにカフカが〈動物物語〉の中で予見し、本書が〈檻〉というキーワードに基づいて抽出した人間の生にまつわる様々な問題点とは、二〇世紀の人間の生き方の本質的な部分に関わるものであり、またそれは現在においては一層悪質化していることが指摘できる。以上のことから、カフカの〈動物物語〉は今後も現代的な問題を敷衍しつつ、検討されなければならないような強度にアクチュアルな問題性を孕んでいるのである。

おわりに

生きとし生けるものすべての内に存在し、太陽を見るすべての目から、計り知れない意義深さをもって輝きでてくる永遠なる本質を見誤る〔……〕道徳など、呪うべきものである！　この道徳が知り、顧慮するのは、自身のやんごとなき種のことのみである。この種の標識は、理性であって、この道徳にとって理性は、ある存在が道徳的顧慮の対象となりうるかどうかの条件なのである。[1]

カフカが愛読していた哲学者ショーペンハウアーの論文『道徳の基礎について』からの一節である。カントが動物には理性がないという理由で、人間の道徳的同情の対象から外したことに対する啓蒙理性への批判の言葉である。ショーペンハウアーは、この論文を通じて理性が道徳的な行動の源へと必ずしも結びつくものではなく、時には極めて理性的な判断によって悪事が計画されることもあり、真の道徳的衝動の源泉とは、理性ではなく、「同情（Mitleid）」だと説いた。

一九一七年一〇月、カフカは自分の求める理想的なあり方について、「最高法廷」という言葉でいいかえられる、理性的かつ社会的な審級の意に適う「善い」人間になることではないということを、このように表明している。

自分の最終目的を自省してみると、本来僕はひとりの善い人間になること、もしくは最高法廷の意にかなうことを目指して努力しているのではなく、そうではなく、まったく反対に、人間と動物の全共同体を見渡すこと、その根本的な偏愛、願望、道徳的な理想を判断すること〔……〕を目指して努力しているということが判明する。

(B3, 342f.)

この文章は、もともと九月三〇日にフェリーツェへ宛てた手紙に記されたものだったが、カフカはそれを日記へと控えておいた。その際、はじめは「人間の全共同体を見渡すこと」という表現が、「人間と動物の全共同体を見渡すこと」に書き直されて、その訂正したものをブロートにも宛てて送った。

ここにあるカフカの態度表明は、ショーペンハウアーが「同情」の念を道徳の基礎と説く言葉とも重ねうるような、あらゆる生き物へと敷衍しうる、調和的なあり方への希求を表すものである。しかしショーペンハウアーの考えとカフカの理想とがわずかに異なっていることが、右の文章に続く次の言葉から判明する。カフカはこのように続ける。「要約すれば、したがって僕にはただ人間と動物の裁きのみが重要なのであり、その上、僕はこれを欺くつもりだ、無論、欺瞞なしに。」(B3, 343)

「最高法廷」という響きが表す超越的な審級の裁きよりも、自らの周囲にいる同胞としての「人間と動物」が、どのように感じるかが重要だとカフカは述べている。だが同時に、すべての生き物に調和的な行動を取るという理想的な状態へは個人の力では到達不可能であると彼がみなしていることも結末部分で仄めかされている。もし到達したと感じたとすれば、それは自己欺瞞に陥っているに過ぎないために、結果的には理想的な状態を追いつつも、「人間と動物の裁き」を常に欺き続けなければならないことになる。しかしそのように欺きながらでも「欺瞞」に陥ってしまうことなく、「人間と動物の全共同体を見渡す」という言葉にいいかえられた同情の可能性を信じること、そして、いつまでも理想的な状態へは辿りつけない悲惨な現実をありのままに描出すること、それが既存の「善い」人間像とはまた別の、カフカ自身が見出した、理性を超えたひとつの「善い」あり方であるのだといえるのではないか。

〈動物物語〉についても、これまで解釈した結果浮かび上がることとは、人間も動物も含めた「他者」としての生き物に対する同情は、どこへいってしまったのかを問うことが、その真の意図なのではないかということである。動物とはショーペンハウアーの指摘するように、啓蒙的な理性によって作り上げられた社会に適応するよう市民化された人間にとっては絶対的な「他者」であり、『変身』の言葉を借りれば「人の輪」(DL, 132)というコミュニティーから法的に外に置かれたものとして永らく扱われてきたし、多様な言論はあれど現在でも実際のところはそうだろう。

それに対して人間はどのような扱いを受けていたかというと、刑罰を介した社会の権力構造を分析したフーコーは以下のようにいう。「いかにして個人の時間を資本として活用すべきか、その時間を、それぞれの個人の中で、その身体や力や能力の中で、しかも利用と取り締まりが可能なやり方で重ね合わせるべきか。いかにして利益の上がる時間の流れを組み立てるべきか。(2)」

人間の時間、身体および能力を資本化する装置としての社会は、個人を利益として最大限に回収するために、個人の中の資本化できない部分を規律と訓練による規格化の対象とすることでそれ自体、存続してきた。それが先に述べたような、「人的資源」としての「わたし」によって疎隔される「わたし」自身と本書が表現したものであって、これは啓蒙的な理性によってコミュニティーから疎隔された動物たちの存在と、「排斥されている」という点では共通性を持ちうるような人間の中の動物的な生の部分である。

カフカと排斥された動物像との繋がりの源を求めてテクストを探すと、一九〇四年というごく初期に、ブロートに宛てた手紙に印象深いカフカの実体験が描かれている。

ある散歩の際、僕の犬が一匹の、通りを急いで横切ろうとしていたモグラを不意打ちした。犬は何度もモグラに飛び掛かり、そして再びそれを離した〔……〕。最初、僕はそれを面白がった。まさしく絶望して、そしていたずらに、道路の固い地面の上に穴を探していたモグラの狼狽振りが、特に気分が良かった。だが突然、伸ばした前脚で犬が再びモグラを打った時、モグラが叫び声を挙げた。クス、クスス、とそれは叫んだのだ。その時思い浮かんだのだ、――いや何も思い浮かばなかった。僕はその日、頭を深く垂れ下げていたので、晩には顎が自分の胸へと入り込んでしまったことに不思議さを感じて気づくといった、ただそんな思い違いをしただけだ。(3)

(B1, 40)

当初モグラの狼狽する姿と、それを玩具代わりにする飼い犬を見て、純粋に面白がっていたカフカには、モグラが痛みを感受しうる存在だということは念頭にないか、もしくはあったとしても、自分と飼い犬との面白い遊びの前では気にするほどのものではないと感じている。その彼の耳に突然、モグラの「叫び声」が聞こえた瞬間から、状況は一変する。

モグラの「叫び声」は、なすすべもない突然の暴力へと晒された小さな動物の痛みと命乞いの表現であり、この信号を受信した瞬間、カフカの中でモグラとは、自分と飼い犬というコミュニティーから排斥された「他者」から、「わたし」と同じく痛みを感じうる他者へと変貌する。モグラの姿かたちは「叫び声」以前となんら変わらなくとも、カフカの中ではもはや、叫び声を上げる以前のモグラではなくなっている。痛みや恐怖を感じた時に上げる叫び声や混乱した身振りは、痛みに反応して、それを身体表現へともたらすことの可能なあらゆる生き物がとる原初的な防御の反応であって、その反応の共通性が、断絶されていた両者の存在を一気に引き寄せることとなった。それによって救いのない、追いつめられた状況の中でのモグラの「叫び声」が、同じく避けがたい状況へと陥った際の自分自身の「叫び声」であるかのようにカフカには聞こえ、彼は一瞬にして、モグラの中に自分自身を見てとったのである。両者の断絶が、自己の投影と共感を通じて一気に重なり合った瞬間だ。

取るに足らない小さな生き物と自分自身を重ねたこの経験について、カフカは「その時思い浮かんだのだ」と書いた後、「いや何も思い浮かばなかった」のだという。しかしこの言葉とは反対に、「叫び声」を通じてカフカとモグラの存在がリンクしたことは、この日の晩、「顎が自分の胸へと入り込んでしまった」という、モグラと同じように首のない姿へと動物化された、彼の自己像についての告白が率直に表現している。

人間としての自分もモグラと同じく、自らの力では覆しようのない困窮した事態に陥ることがあるということ、そうすればより高い視点からその自分を誰かが眺めた時、自分はモグラと同じように振舞っているに違いないという、自分以外の存在へと自らの視点を代入して思考すること、それが共感であり、共感は道徳的衝動を生む「同情」を呼び起こす。これを裏付けるようにカフカはモグラと出会ったこの日、手紙の他の箇所でこのように自分と動物の姿を重ね合わせて記している。「僕たちはモグラが土を掘りぬいて進むように突き進み、そして僕たちの埋まった砂の穴ぐらから、真っ黒になって、ビロードのような毛をして出てくる。僕たちの哀れな赤い足を、やさしい同情をひくために上へと高く上げて。」（ebd.）

この共感を他者へと向ける際、『変身』の家族がしたように、外見、言葉、理性、社会への還元性という四点から対象を判断すると、かならずそこから零れ落ちてしまう存在が生じてしまう。さらにいえば人種、国籍、宗教などの違いによって、国家間規模の共感の不可能性へと陥った場合にどのようなことが生じうるかは、カフカの死後から現在に至るまでの歴史が明らかにしている。

また、カフカの〈動物物語〉から明らかとなる社会、他者との関係、身体、認識という〈檻〉の存在は、それが主体の生の周囲を幾重にも取り巻いているとすれば、まったく違う境遇にある他者へ真の共感を向けることは困難であるということを示すものにほかならない。しかし、その困難そのものをカフカは描き出し、われわれはそれを読むことによって、共感の欠如がいかに多くの排斥されたものたちを生み出すかを知ることができる。〈動物物語〉を人間の比喩として読めば、様々な制約によって抑圧を受けているのも人間であり、またその制約を生み出しているのも人間であるというように、結局のところ人間が人間を、もしくは自分が自分自身を〈檻〉へと繋ぐという悲劇的な世界システムが浮かび上がってくる。そのようにカフカの見抜いた世界システムは、他者性を不潔として排除するブルームフェルトに具現化されているように、またカフカと「叫び声」を挙げる以前のモグラとの関係に敷衍しうるように、人間同士で、他者を自分と同じもの、つまり「人間」として見ないことが引き金として生み出されることを暗示している。またこの世界システムには、「資源」としての「わたし」の利益にならない「わたし」を蔑ろにするような心のあり方も加担している。

そのような排斥されたものという動物像の中へと重ねられる、人間たちの不幸を読み取ること、そして『雑種』の中で描かれた、何にも分類されない、同類もいない「獣」が沈黙の中に流す涙を見ることが、カフカの死後託された読者の使命なのである。またそうすることで、自分自身の内部には世界システムという〈檻〉によって囚われた、排斥された動物たちと重なり合う部分があるということを知ること、それが『ある犬の研究』の中で、被支配者たる存在を免れることのできない犬である「わたし」が語りたかった「真実」であって、そのように理解することによってのみ、カフカの〈動物物語〉の動物たちは、あらゆる人間を代表する権利を持つ。

人間の根本にはあるはずの、共感、同情、慈しみ、という感情を向ける対象から、何かあるものが零れ落ちてしまうという不幸を減らすため、カフカの〈動物物語〉の根底に、現在もあまねく響き渡っているモグラの叫び声を聞かなくてはならない。

註

序章

（1） Wilhelm, Emrich: *Franz Kafka*. Frankfurt am Main (Athenäum) 1960, S. 151.

（2） Ebd.

（3） Ortlieb, Cornelia: „Kafkas Tiere“, in: *Zeitschrift für deutsche Philologie* 126 , Berlin (Erich Schmidt) 2007, S. 339-366, hier S. 340.

（4） Sokel, Walter H. : *Franz Kafka. Tragik und Ironie. Zur Struktur seiner Kunst*. Frankfurt am Main (Fischer Taschenbuch) 1983.

（5） Kaus, Rainer: *Kafka und Freud. Schuld in den Augen des Dichters und des Analytikers*. Heidelberg (Universitätverlag C. WINTER) 2000.

（6） その箇所を引用する。「書いている最中に元となった多くの感情。たとえば、僕がマックスの『アルカディア』に対し、何かお世辞が言えるだろうという喜びや、もちろんフロイトへの思考、一方『アルノルト・ベール』のある箇所についての考えや、他方、ヴァッサーマンへの考え、またヴェルフェルの（打ち砕く）『女の巨人』への、無論、僕の『都会風の世界』への考えも。」
„Viele während des Schreibens mitgeführte Gefühle: z. B. die Freude daß ich etwas Schönes für Maxens *Arcadia* haben werde, Gedanken an Freud natürlich, an einer Stelle an *Arnold Beer*, an einer andern an Wassermann, an einer (zerschmettern) an *Werfels Riesin*, natürlich auch an meine *Die städtische Welt*.“ (T, 461).

（7） „Zum letztenmal Psychologie! “ (NSFII, 134).

（８）　Adorno, Theodor W. : „Aufzeichnungen zu Kafka“, in: *Gesammelte Schriften in 20 Bänden. Kulturkritik und Gesellschaft I Prismen/Ohne Leitbild*. Hrsg. von Rolf Tiedemann. 1. Aufl. Frankfurt am Main (Suhrkamp) 1977, 10/1. Band, S. 260.

（９）　Vgl., Robert, Marthe: *Einsam wie Franz Kafka*. Übers. von Eva Michel-Moldenhauer. Frankfurt am Main (S. Fischer) 1985, S. 176.

（10）　Neumann, Gerhard / Vinken, Barbara: „Kulturelle Mimikry. Zur Affenfigur bei Flaubert und Kafka“, in: *Zeitschrift für deutsche Philologie* 126, Berlin (Erich Schmidt) 2007, S. 126-142.

（11）　Vgl., Neumann / Vinken, S. 126-127.

（12）　Binder, Hartmut: *Kafka-Kommentar, zu den Romanen, Rezensionen. Aphorismen und zum Brief an den Vater*. München (Winkler) 1976. Binder, Hartmut: *Kafka-Kommentar, zu sämtlichen Erzählungen*. München (Winkler) 1975.

（13）　Canetti, Elias: *Der andere Prozeß. Kafkas Briefe an Felice*. München (Carl Hanser) 1969.

（14）　Emrich, S. 117.

（15）　Emrich, S. 118.

（16）　Stach, Reiner: *Kafkas erotischer Mythos. Eine ästhetische Konstruktion des Weiblichen*. Frankfurt am Main (Fischer Wissenschaft) 1987.

（17）　Hrsg. Liebrand, von Claudia / Schößler, Franziska. *Textverkehr. Kafka und die Tradition*. Würzburg (Königshausen & Neumann) 2004.

（18）　Kilcher, Andreas / Kremer, Detlef: „Die Genealogie der Schrift. Eine transtextuelle Lektüre von Kafkas Bericht für eine Akademie“, in: *Textverkehr. Kafka und die Tradition*. Hrsg. von Claudia Liebrand und Franziska Schößler. Würzburg (Königshausen & Neumann) 2004, S. 45-72.

（19）　名前を挙げると、ラーベ（Paul Raabe）、ペイスリー（Malcolm Pasley）、ヴァーゲンバッハ（Klaus Wagenbach）とボルン（Jürgen Born）である。

（20）　Dierks, Sonja: *Es gibt Gespenster. Betrachtungen zu Kafkas Erzählung*. Würzburg (Königshausen & Neumann) 2003.

（21）　フランツ・カフカ（浅井健二郎訳）『カフカ・セレクション　Ⅲ』ちくま文庫、二〇〇八年、三一七頁。

（22）　Fingerhut, Karl-Heinz: *Die Funktion der Tierfiguren im Werke Franz Kafkas. Offene Erzählgerüste und Figurenspiele*. Bonn (H. Bouvier u. Co.) 1969.

（23）　Fingerhut, S. 26.

（24）　Hiebel, Hans H.: *Franz Kafka: Form und Bedeutung: Formanalysen und Interpretationen von Vor dem Gesetz, Das Urteil, Bericht für eine Akademie, Ein Landarzt, Der Bau, Der Steuermann, Prometheus, Der Verschollene, Der Proceß und ausgewählten Aphorismen*. Würzburg (Königshausen & Neumann) 1999

（25） Hiebel, a. a. O., S. 21.
（26） Hiebel, a. a. O., S. 16.

第一章

（1） Bezzel, Chris: *Kafka Chronik*. München-Wien (Cahl Hlanser) 1975, S. 17.
（2） Nietzsche, Friedrich: *Zur Genealogie der Moral*, in: *Nietzsche Werke*. Kritische Gesamtausgabe in 40. Bänden in 9 Abteilungen. Hrsg. von Giorgio Colli / Mazzino Montinari. 1. Aufl. Berlin (Walter de Gruyter) 1968, 2. Band, S. 318.
（3） Nietze, a. a. O., S. 385.
（4） Giorgio Agamben: *Das Offene. Der Mensch und Das Tier*. Frankfurt am Main (Suhrkamp) 2003, S. 31.
（5） Benjamin, Walter: *Benjamin über Kafka: Texte, Briefzeugnisse, Aufzeichnungen*. Hrsg. von Hermann Schweppenhäuser. Frankfurt am Main (Suhrkamp) 1981, S. 15.
（6） 「むろん、動物たちはカフカの場合にだけ、忘れられたものの器であったわけではない。」„Übrigens sind die Tiere nicht allein bei Kafka Behältnisse des Vergessenen.“ Benjamin, S. 30.
（7） Ebd.
（8） 「開くための鍵」が盗まれた寓話とは、グリムのメルヒェンの初版（第二巻）以来、最後の話として配置されているKHM200の『黄金の鍵（*Der goldene Schlüssel*）』を踏まえた表現だと察する。（ただし『子供のための聖者伝（*Kinderlegenden*）』は除外する。）Adorno, S. 255.
（9） Emrich, S. 151.
（10） Sokel, S. 20.
（11） Emrich, S. 151.
（12） Sokel, S. 20.
（13） *DUDEN. Das große Wörterbuch der deutschen Sprache in 10 Bänden*. Hrsg. vom Wissenschaftlichen Rat und der Mitarbeitern der Dudenredaktion. 3., völlig neu bearbeitete und erweiterte Auflage. Mannheim-Leipzig-Wien-Zürich (Bibliographisches Institut) 1999, Bd. 4. Gele-Impr., S. 1534.
（14） 『アーデルング』とは、一八世紀を代表するドイツの言語学者・文法学者であるヨーハン・クリストフ・アーデルング（Johann

Christopf Adelung）による独独辞典を指す。『ドイツ語史小辞典』によればアーデルングは、「上部ザクセン方言を話す上流階級のドイツ語を標準ドイツ語の規範にすべきであるとし、『標準ドイツ語とは何か』の議論に一応の終止符を打った。」とある。荻野蔵平／齊藤治之編著『ドイツ語史小辞典』同学社、二〇〇五年、四頁。

（15） 1) Ein Bild, welches eine Person oder Sache darstellen oder doch eine Ähnlichkeit mit ihr haben soll. [...] 2) Eine Rede, durch welche man eine Sache unter einem Bilde, mit welchem sie verglichen wird, deutlich zu machen sucht; eine Gleichnißrede (Parabel). Eine Sache in ein Gleichniß einkleiden. Einem ein Gleichniß geben. Ein sinnreiches Gleichniß. Das Gleichniß hinkt, paßt nicht in allen Theilen. In Gleichnissen oder duch Gleichnisse reden, feine Reden in Gleichnisse einkleiden (Parabolisieren). Das Gleichniß ist von der Vergleichung so unterschieden, daß es vollständiger ausgeführt ist, als diese. Nach Ad. [Adelung] wird auch schon ein Wort, welches eine uneigentliche oder bildliche Vorstellung einer andern Sache enthält, ein Gleichniß genannt, welcher Gebrauch jedoch ungewöhnlich ist. -Im O. D. [Oberdeutschen] lautet dies Wort häufig die Gleichniß. In weiterer Bedeutung, von einem unkörperlichen Bilde. [...]Campe, Joachim Heinrich: *Wörterbuch der Deutschen Sprache in 5 Bänden*. Nachdruck Hildesheim (Olms) Braunschweig 1807-1811. Hrsg. von Helmut Henn. 1. Aufl. Hildesheim 1969, 2. Band. F-K, S. 399.

（16） 田中秀央編『羅和辞典』研究社、一九六六年、四二七頁。

（17） Gleichnis N., [...] eigentl. „was sich mit etwas anderem vergleichen läßt“, in diesem allgemeinen Sinne bei Schi. die Jagd ist ein G. der Schlachten; daher früher „Vorbild“ (nach dem G. Gottes Lu. Gen. 5, 1), „Nachbild“ (du sollst dir kein Bildnis noch irgend ein G. machen Lu. Ex. 20, 4, daß das Menschengebild ... das G. der Gottheit an sich trägt Goe. Wv. 20, 293, 10; Alles Vergängliche ist nur ein G. Goe. F. 12104), jetzt nur „Parabel“ (so auch schon in der Bibelübersetzung vor Lu , von der er es Mt. 13, 3 übernimmt: und er redet zu jnen mancherley durch Gleichnisse). Paul, Hermann: *Deutsches Wörterbuch*. Völlig neu bearbeitet und erweitert von Werner Betz. 5. Aufl. Tübingen (Max Niemeyer) 1981 [1. Aufl. :1897], S. 267.

（18） Vgl., Lessing, Gotthold Ephraim: *Über die Fabel*, in: *Gesammelte Werke in 10 Bänden*. Hrsg. von Paul Rilla. 1. Aufl. Berlin und Weimar (Aufbau) 1968, 4 Band, S. 55-57, 61-63.

（19） Ich fasse daher alles zusammen und sage: Wenn wir einen allgemeinen moralischen Satz auf einen besondern Fall zurückführen, diesem besondern Falle Wirklichkeit erteilen, und eine Geschichte daraus dichten, in welcher man den allgemeinen Satz anschauend erkennt: so heißt diese Erdichtung eine Fabel. Lessing, S. 45.

（20） Pasley, Malcolm / Wagenbach, Klaus: *Datierung sämtlicher Texte Franz Kafkas*. in: *Kafka-Symposion*. Berlin (Klaus Wagenbach) 1965, S. 69f.

(21) Vgl., Lessing, S. 50-52.

(22) Vgl., Lessing, S. 50.

(23) Hiebel, Hans H. : *Franz Kafka: Form und Bedeutung: Formanalysen und Interpretationen von Vor dem Gesetz, Das Urteil, Bericht für eine Akademie, Ein Landarzt, Der Bau, Der Steuermann, Prometheus, Der Verschollene, Der Proceß und ausgewählten Aphorismen*. Würzburg (Königshausen & Neumann) 1999, S. 25. またヒーベルは、具体的な作品のモティーフを挙げて、カフカの物語の寓話性を以下のように説明している。「カフカのメタファーには、アレゴリーや、寓話〔Parabel〕の傾向がある。『巣穴』（文化としての巣穴、芸術の創作活動としての巣穴、避難所）や、『流刑地にて』（罰の審級としての社会、罰の惑星としての世界）、『城』（閉ざされたものの領域、官僚支配の勢力圏）等といったテクストは、抽象的なこと、概念的であること、そして擬人化の諸要素がその中に入り込んでいるという意味において寓意的な特徴をそなえている。」„Kafkas Metaphern haben eine Tendenz zur Allegorie und zur Parabel. Texte wie *Der Bau* (Der Bau der Kultur, Der Bau als Kunstschaffen, Das Refugium), *In der Strafkolonie* (Die Gesellschaft als Strafinstanz, Die Welt als Strafplanet), *Das Schloß* (Der Bereich des Verschlossenen, Die Sphäre der Bürokratie) usw. tragen allegorische Züge in dem Sinn, daß Momente der Abstraktheit, Begrifflichkeit und der Personifikation in sie eingehen. Im Besonderen spiegeln diese Bilder Allgemeines.“ (ebd.)

(24) Die Parabel, die auf einem ausgedehnten Gleichnis bzw. einer „ausgeführten Metapher“ aufbaut, zeichnet sich durch Pointierung und Lehrhaftigkeit aus; sie verweist auf unerwartete, schwer faßbare Wahrheiten. Bei Kafka verwandelt sich die Lehrparabel in die 'Leerparabel', d. h. in die „leere“ oder „negative Parabel.[...]“ ヒーベルは別の論文で、カフカの物語の寓話性について以下のように述べており、引用しておく。「カフカの形式は、ほとんど例外なくジャンルの伝統を横断している。したがって彼の寓話的であることは、なめらかな比喩的表現、暗示的な寓話的解釈、心理学の循環と結びついているのである。」„Kafkas Formen liegen fast ausnahmlos quer zur Gattungstradition. So ist es selbstverständlich, daß sein Parabolisches sich verbindet mit der gleitenden Metaphorik, der andeutenden Allegorese, dem psychologischen Zirkel.“ Hiebel, Hans H. : *Die Zeichen des Gesetzes. Recht und Macht bei Franz Kafka*. München (Wilhelm Fink) 1989, S. 53.

(25) Pasley, Malcolm / Wagenbach, Klaus, S. 74.

(26) Benjamin, S. 20.

第Ⅱ章

(1) Robert, S. 32.

（2）　Brod, Max: *Franz Kafka*. Berlin und Frankfurt am Main (S. Fischer) 1954, S. 34.

（3）　Deleuze, Gilles / Guattari, Félix: *Kafka. Für eine kleine Literatur*. Übers. von Burkhart Kroeber. Frankfurt am Main. (S. Fischer) 1976, S. 11.

（4）　Deleuze / Guattari, a. a. O., S. 49.

（5）　Vgl., Neumann / Vinken, S. 138.

（6）　Vgl., Aristoteles: *Über die Seele*. Übers. von Paul Gohlke. Paderborn (F. Schoningh) 1961, S. 58-69.

（7）　Adorno, Theodor W. / Horkheimer, Max: *Dialektik der Aufklärung*, in: *Gesammelte Schriften in 20 Bänden*. Hrsg. von Rolf Tiedemann. 1. Aufl. Frankfurt am Main (Suhrkamp) 1981, 3. Band, S. 283.

（8）　Ries, Wiebrecht: *Franz Kafka*. München und Zürich (Artemis) 1987, S. 76.

（9）　ハーゲンベックとは、ドイツに実在した動物商人カール・ハーゲンベック（Karl Hagenbeck）がモデルとなっている。実際のハーゲンベックは一八四四年に生まれ、一九一三年に死亡した。サーカス団長でもあった彼は、自ら動物の調教も行った。一九〇七年にはハンブルクに動物園を創設した。キルヒャー（Andreas Kilcher）とクレマー（Detlef Kremer）の論文によると、一九〇八年九月一七日付のプラハ新聞に、ハーゲンベックによる猿回しの上演の様子が報じられた。そこでは、「ペーター執政官」という名前の調教されたチンパンジーが、煙草を吸い、自分で瓶からグラスへと注いだ飲み物を飲む等の芸を見せたとされている。またキルヒャーとクレマーは『あるアカデミーへの報告』のロートペーターが、自分は死んでしまった猿ペーターの代用として捕獲されたと語っているのは、この実在した猿「ペーター執政官」を当てこするものであると論じている。カフカが『あるアカデミーへの報告』を執筆した際に、このエピソードを下敷きにしたことはほぼ間違いない。Vgl., Kilcher, Andreas / Kremer, Detlef: *Die Genealogie der Schrift. Eine transtextuelle Lektüre von Kafkas Bericht für eine Akademie*, in: *Textverkehr*. Kafka und die Tradition. Hrsg. von Claudia Liebrand und Franziska Schößler. Würzburg (Königshausen & Neumann) 2004, S. 61-62.

（10）　Agamben, Giorgio: *Das Offene. Der Mensch und Das Tier*. Frankfurt am Main (Suhrkamp) 2003, S. 21f.

（11）　Ries, S. 76.

（12）　この文明の構造については、フロイトの『ある幻想の未来』（一九二七年発表）と『文化への不満』（一九三〇年発表）の中で詳細に説明されている。この二つの論文はいずれもフロイトの文化的ペシミズムの見地から展開されたもので、文化及び文明の否定的で病的ともいえる側面が取り上げられている。『ある幻想の未来』の中でフロイトは、文化と文明を区別する必要を認めないと断言している。その理由とは、どちらも人間の生活を動物の生活から区別する一切のものが含まれているからだと述べている。Vgl., Freud, Sigmund: *Die Zukunft einer Illusion*, in: *Gesammelte Werke in 17 Bänden*. Hrsg. von Anna Freud. 2. Aufl. Frankfurt am Main (Fischer) 1955, 14. Band. [1. Aufl. : 1948], S. 326.

（13） Nietzsche, Friedrich: *Jenseits von Gut und Böse*, in: *Nietzsche Werke*. Kritische Gesamtausgabe in 40 Bänden in 9 Abteilungen. Hrsg. von Giorgio Colli u. Mazzino Montinari. 1. Aufl. Berlin (Walter de Gruyter) 1968, 2. Band, S. 88.

（14） Schärf, Cristian: *Franz Kafka. Poetischer Text und heilige Schrift*. Göttingen (Vandenhoeck und Ruprecht) 2000, S. 71.

（15） Ebd.

（16） V, 140.

（17） Hiebel, Hans H.: *Franz Kafka: Form und Bedeutung: Formanalysen und Interpretationen von Vor dem Gesetz, Das Urteil, Bericht für eine Akademie, Ein Landarzt, Der Bau, Der Steuermann, Prometheus, Der Verschollene, Der Proceß und ausgewählten Aphorismen*, Würzbourg(Königshausen & Neumann)1999, S. 34.

（18） ここで描かれている代用のための均質化という弊害については、アドルノとホルクハイマーも以下のように論じている。「存在は、加工と管理という相の下で眺められる。一切は反復と代替の可能なプロセスに、体系の概念的モデルのためのたんなる事例になる。動物はいうまでもなく、個々の人間もまたその例外ではない。」„Das Sein wird unter dem Aspekt der Verarbeitung und Verwaltung angeschaut. Alles wird zum wiederholbaren, ersetzbaren Prozeß, zum bloßen Beispiel für die begrifflichen Modelle des Systems, auch der einzelne Mensch, vom Tier zu schweigen.“ Adorno / Horkheimer: *Dialektik der Aufklärung*, S. 91.

（19） Baudrillard, Jean: *Transparenz des Bösen. Ein Essay über extreme Phänomene*. Berlin (Merve) 1992, S. 196.

（20） ミシェル・フーコー（中山元訳）『精神疾患とパーソナリティ』ちくま学芸文庫、一九九九年、五〇頁。

（21） Emrich, S. 98.

（22） Hiebel, a. a. O., S. 33.

（23） Hiebel, a. a. O., S. 32.

（24） Nietzsche, Friedrich: *Zur Genealogie der Moral*, S. 339.

第Ⅲ章

（1） Benjamin, S. 30.

（2） B1, 154.

（3） Adorno, S. 267.

（4） Pasley, Malcolm / Wagenbach, Klaus: „Datierung sämtlicher Texte Franz Kafkas“, in: *Kafka-Symposion*. Berlin (Klaus Wagenbach) 1965, S. 64.

（5） Bezzel, S. 68-69.

（6） Bezzel, S. 69. Vgl., B1, 265.

（7） Sudau, Ralf: *Franz Kafka Kurze Prosa / Erzählungen. 16 Interpretationen*. Stuttgart (Ernst Klett) 2007, S. 163.

（8） Beicken, Peter U.: *Franz Kafka. Eine kritische Einführung in die Forschung*. Frankfurt am Main (Athenation) 1974, S. 261.

（9） Reis, S. 49.

（10） Pfeiffer, Joachim: „Die fremde Frau. Exotik und Weiblichkeit in Kafkas Die Verwandlung“, in: *Odradeks Lachen. Fremdheit bei Kafka*. Hrsg. von Hansjörg Bay und Christof Hamann. Freiburg im Breisgau (Rombach Litterae) 2006, S. 285-304, hier S. 291.

（11） Vgl., Freud, Sigmund: *Fetischismus*, in: *Gesammelte Werke in 17 Bänden*. Hrsg. von Anna Freud. 2. Aufl. Frankfurt am Main (Fischer) 1955, 14. Band. [1. Auft. : 1948], S. 314-315.

（12） Vgl., DL, 152.

（13） DL, 154.

（14） Benjamin, S. 11f.

（15） 『変身』でグレーゴルの虫の身体を修飾した形容詞と同じく、ungeheuer という形容詞が使われている。

（16） Fingerhut, S. 257.

（17） DL, 152.

（18） Falk, Walter: *Franz Kafka und die Expressionisten im Ende der Neuzeit*. Frankfurt am Main (Peter Lang) 1990, S. 277.

（19） Robert, S. 136-137.

（20） 中澤英雄氏によると、ジャッカルは食べ残しを盗んで死肉をあさる不潔な動物として、ユダヤ人を表す比喩となり、ドイツ語圏作家ではグリルパルツァーやシュティフター、ハイネらが作品でこの比喩を用いているとのことである。以下はその引用である。「ドイツ文学の中では、猛獣の食べ残した死肉をエサとするジャッカルやハイエナは、時々ユダヤ人を指す比喩として用いられてきた。つまり、ジャッカルの臆病さ、貪欲さ、暗闇の中での汚らわしい活動、寄生的な餌の取得方法など（上記の『ブレーム』のジャッカルの記述を参照せよ）が、ユダヤ人の属性とされたのである。」中澤英雄「カフカの「二つの動物物語」（一）――『ジヤッカルとアラビア人』」、『Language, Information, Text』（東京大学大学院総合文化研究科言語情報科学専攻紀要）、第一四号、二〇〇七年、一三頁。

(21) Schärf, S. 87.

(22) Wagenbach, Klaus: *Franz Kafka. Eine Biographie seiner Jugend 1883-1912*. Bern (Francke) 1958, S. 172.

(23) Vgl., DL, 173f.

(24) Anderson, Mark M. : *Kafka's Clothes: ornament and aestheticism in the habsburg fin de siècle*. New York (Oxford) 1992, S. 133.

(25) Pfeiffer, S. 289.

(26) Binder: *Kafka Kommentar zu sämtlichen Erzählungen*, S. 238.

(27) NSFII, 37.

(28) Vgl., Bezzel, S. 95-135.

(29) また一九一三年の日記で、カフカは自分が結婚をすることによって生じる肯定的な面と否定的な側面を列挙し、最後には「結婚するなんてそんなことは決してありえないだろう。」(T, 570) と結論している。またフェリーツェ自身に対するものと、彼女との結婚することに対する嫌悪感は、ブロートに宛てた手紙の中に表れている。「婚約のキスを受けるため、彼女が大きな部屋の中で僕に歩み寄ってきた時、戦慄が身体に走った。両親をともなった婚約の遠征は、僕にとっては一歩一歩が拷問だった。結婚を前にしてF〔フェリーツェ〕と水入らずでいることほど不安を抱いたことはかつてなかった。」(B3, 173)

(30) Kafka, Franz: *Nachgelassene Schriften und Fragmente I*. Apparatband. Hrsg. von Malcolm Pasley. Frankfurt am Main (Fischer), S. 76.

(31) 『ブルームフェルト、ある中年の独り者』と同じく、一九一一年に執筆された『独身者の不幸（*Das Unglück des Junggesellen*）』（一九一一）でも独身者の孤独というモティーフが描かれている。『観察』集の中に収められている。

(32) 『田舎医者』集については以下の研究が詳しい。「『田舎医者』集は一四の短編小説を収録しており、一九二〇年五月にクルト・ヴォルフ社から出版された。むろんこれらの短編小説はすでに一九一六年と一九一七年には成立していた。『観察』集の後にカフカが引き渡した二つ目の作品集である。」„*Der Landarzt-Band* enthält 14 Erzählungen und wurde im Mai 1920 vom Kurt Wolff Verlag ausgeliefert. Allerdings sind die Erzählungen bereits in den Jahren 1916 und 1917 entstanden. Es ist der zweite Sammelbend, den Kafka, nach dem *Band Berrachtung* freigibt.“ Jagow, Bettina von: „Der Landarzt-Band“, in: *Kafka-Handbuch. Leben - Werk - Wirkung*. Göttingen (Vandenhoeck & Ruprecht) 2008, S. 504-517, hier S. 504.

(33) Vgl., Müller, Michael: „Kafka und sein Vater: Der Brief an den Vater“, in: *Kafka-Handbuch. Leben - Werk - Wirkung*. Göttingen

(Vandenhoeck & Ruprecht) 2008, S. 37-44, hier S. 37.

（34） Vgl., Müller, Michael, S. 37-38.

（35） Kafka, Franz: *Nachgelassene Schriften und Fragmente I*. Apparatband, S. 311.

（36） Ebd.

（37） Kafka, Franz: *Nachgelassene Schriften und Fragmente I*. Apparatband, S. 312.

（38） Ebd. これらは「別冊校注」の中の文章であるため、本来のテクストからは削除されている（文中の不当記号や括弧はテクストの表記法による。「別冊校注」では作家によって削除された箇所をこのように記す）。その理由は現在では読み手が解釈するほかないのだが、ここで考えられる理由のひとつに、作家があまりにも自分の意図を書き過ぎたと感じたことにあるのではないだろうか。「わたし」と「動物」との信頼関係がこの断片の中ではとりわけ重要である。そのために、あえて解釈に幅を持たせるために、カフカはこれらの部分を削ったのだと考えることもできる。ちなみにブロートの版ではこれらの箇所はテクストへと再び収められている。削除したからといって、その部分が作品にそぐわないから、というひとつの理由に必ずしも帰されるものではない。作品解釈の核に成りうる部分だからこそ、そこを隠すという方法もありうるのではないだろうか。

第Ⅳ章

（1） Canetti, S. 54f.

（2） これから本章で作品分析の対象として取り上げる『巣穴』という物語の中に登場する言葉である。（NSFII, 601）

（3） Canetti, S. 55.

（4） Vgl., Kafka, Franz: *Nachgelassene Schriften und Fragment II*. Apparatband. Hrsg. von Jost Schillemeit Frankfurt am Main (Fischer) 2002, S. 106-114. Binder: *Kafka Kommentar zu sämtlichen Erzählungen*, S. 261-262.

（5） Emrich, S. 155.

（6） またフィンガーフートは「音楽犬」や「空中犬」のモティーフは、研究者や苦行者の生き方を体現しているとして、カフカの芸術に取り組む際の禁欲的な姿勢と直接的に結びつけて捉えるという、エムリッヒと同様の肯定的な解釈を行っている。Vgl., Fingerhut, S. 186, 187, 281.

（7） Emrich, ebd.

（8） 人間の姿が描かれないとの指摘は、すでに以下の論文でも指摘されている。Vgl., Winkelman, John: „Kafka's *Forschungen eines*

Hundes", in: *Monatshefte*. Vol. 59, No. 3 University of Wisconsin Press, 1967, S. 204-216, S. 204.

（9）『変身』と『ある犬の研究』の中のモティーフ上のつながりは、支配関係の他に「音楽」や「食料（Nahrung）」といった細部にも及ぶ。だが、グレーゴルにとっての「音楽」とは、妹の存在に集約される家族愛を象徴する肯定的なものへと至るツールであり、また同時にそこへ至ろうとするのを拒まれて死ぬという筋書き上否定的に機能するという点で本作品での描かれ方とは異なっている。

（10）Binder: *Kafka Kommentar zu sämtlichen Erzählungen*, S. 301f.

（11）一般的にこの作品は未完であるといわれているが、はたして断言できるのかどうか不明に思う。なぜなら、獣はこの物音を見えない敵の近づいてくる音だと信じ込んでいるが、獣の思ったとおり、本当にこの音が見えない敵の近づいてくる音であり、その敵に突如襲われて死んだとすれば、一人称の内的独白形式である本作品はこのような終わり方をせざるをえない。『変身』が同じく一人称の語り手の視点に沿って語られる物語であり、主人公の死後の語りの視点の転換に満足していなかったカフカが、ここでこのような唐突な物語の中断という形で主人公の死を意図的に描いた可能性も、なくはないのではないか。未完の作品と言い切ってしまうには、コンマの直後の „das" で終了する開かれた終わり方（aber alles blieb unverändert, das）があまりにもこの物語にしっくりと当てはまり、かえって完成度を高めているような印象も受ける。

（12）Deleuze / Guattari: *Kafka-Für eine kleine Literatur*, S. 19.

（13）Deleuze, Gilles / Guattari, Félix: *Anti-Ödipus. Kapitalismus und Schizophrenie I*. Übers. von Bernd Schwibs. Frankfurt am Main (Suhrkamp) 1977, S. 349.

（14）Deleuze / Guattari: *Kafka-Für eine kleine Literatur*, S. 18.

（15）ドゥルーズ／ガタリは、動物を主人公としたカフカの作品を動物物語と呼び、その動物物語に関する考察の中で以下のように述べている。「動物が動物として考えられている場合と、なんらかの変身が〔物語内に〕ある場合とは区別できない。動物の中にあるすべてのことは変身である。そしてこの変身とは、動物が一人の人間に変化することと、人間が一匹の獣に変化することを兼ねている。」 „Man kann nicht unterscheiden zwischen Fällen, in denen das Tier an sich betrachtet wird, und Fällen, in denen eine Verwandlung vorliegt; alles im Tier ist Verwandlung; die Verwandlung ist gleichzeitig ein Mensch-Werden des Tiers und ein Tier-Werden des Menschen." Deleuze / Guattari: *Kafka-Für eine kleine Literatur*, S. 50.

（16）『変身』において、どのようにザムザが「再領域化」されるかについては、以下の部分で詳しく論じられている。Vgl., Deleuze / Guattari: *Kafka-Für eine kleine Literatur*, S. 22f. なお「再領域化」という言葉は、再エディプス化という言葉へと繋がる。「またわれわれは、いかにしてグレーゴルの変身が、死へと辿り着き、そして動物への変身から死への変身となるような再エディプス化の物語であるかをみてきた。犬だけではなく、カフカにおけるすべての他の動物達もまた、分裂病的なエロスとエディプス的なタナトスとの間で揺れ動いているのである。」„Wir haben auch gesehen, wie Gregors Verwandlung die Geschichte einer Re-Ödipalisierung ist, die zum Tode führt und aus dem Tier-Werden ein Tot-Werden macht. Nicht nur der Hund, auch alle anderen Tiere bei Kafka oszillieren zwischen einem Schizo-Eros und einem ödipalen Thanatos." Deleuze / Guattari: *Kafka-Für eine kleine Literatur*, S. 51.

(17) Deleuze / Guattari: *Kafka-Für eine kleine Literatur*, S. 9.

(18) 獣と巣穴との結びつきについて、ゾーケルも「自己－拡大（Ich-Erweiterung）」という言葉を用いながら指摘している。獣の「自己は、非－自己、自らの所有物、自分自身の作品〔……〕を自分自身と同一視して、自我の一部とし、自らのうちに取り込んでしまう。〔……〕そしていまや、この自己－拡大、自己を非－自己と同一視することは、非常に不合理で、まさに常軌を逸した事象となる。」„Das Ich identifiziert das Nicht-Ich, seinen Besitz, sein Werk, [...] macht es zum Teil seines Ichs, verleibt es sich ein. [...] Nun ist aber diese Ich-Erweiterung, die Identifizierung des Ichs mit dem Nicht-Ich, ein zutiefst irrationaler, ja wahnsinngiger Vorgang." Sokel, S. 419.

(19) Jakob von Uexküll: *Streifzüge durch die Umwelten von Tieren und Menschen*. Frankfurt am Main (S. Fischer) 1970, S. 4.

(20) Canetti, S. 32f.

(21) 先行研究でもすでに、この「シューシューという音」は獣自身の立てている音であるという指摘がされている。「音の強さと響きは何もかわらない。それは少しの間をおいてリズミカルに生じる。それは獣自身の呼吸以外の何ものでもない。」„Es ändert nirgends Lautstärke und Ton. Es erfolgt rhythmisch in kurzen Pausen. Es ist nichts anderes als das eigene Atmen des Tieres." Emrich, S. 179.

(22) 小林康夫『起源と根源――カフカ・ベンヤミン・ハイデガー』未來社、一九九一年、一四一―一五頁。

(23) Freud, Sigmund: *Das ökonomische Problem des Masochismus,* in: *Gesammelte Werke in 17 Bänden*. Hrsg. von Anna Freud. 3. Aufl. Frankfurt am Main (Fischer) 1955, 13. Band. [1. Aufl. :1940], S. 380.

(24) これと同じ指摘が『アンチ・エディプス』の中にもある。「それゆえわれわれが〈エディプス－ナルシス〉機械について語るとなると、その機械の最後において、〈わたし〉〔das Ich〕は自分自身の死に突き当たってしまう。〔……〕このゼロ項はエディプス化された願望にはじめから巣食っていたものであり、いまや最終的にはタナトスと同定される。」„Deshalb sprachen wir von einer ödipalnarzißtischen Maschine, an deren Ende das Ich auf seinen eigenen Tod stößt, gleichsam der Nullterm [...], der von Beginn an den ödipalisierten Wunsch heimsuchte und nun am Ende als Thanatos identifiziert." Deleuze / Guattari: *Anti-Ödipus. Kapitalismus und Schizophrenie I, S. 465*.

(25)　Vgl., Jahraus, Oliver / Jagow, Bettina von: „Kafkas Tier- und Künstlergeschichten“, in: *Kafka-Handbuch. Leben - Werk - Wirkung*. Göttingen (Vandenhoeck & Ruprecht) 2008, S. 530-552, hier S. 531-532. Franz Kafka: *Drucke zu Lebzeiten*. Apparatband. Hrsg. von Wolf Kittler, Hans-Gerd Koch und Gerhard Neumann. Frankfurt am Main (Fischer) 2002, S. 388-399.

(26)　Jahraus / Jagow, S. 532.

(27)　Ebd.

(28)　病気の進行と共に、声を出して会話をすることが困難になったカフカは筆談をするために会話帳を使った。

(29)　Franz Kafka: *Drucke zu Lebzeiten*. Apparatband, S. 462f. ブロートによると文末の Wage は Waage の意である。

(30)　Robert, S. 20, 25.

(31)　Vgl., DL, 374.

(32)　池内紀『カフカの生涯』新書館、二〇〇四年、三四一頁参照。

最終章

(1)　ミレナへの手紙では「喉が渇いて死にそうな動物（ein verdurstendes Tier)」(BM, 56)、「分別のない動物（eun unvernünftiges Tier)」(BM, 209) など、他の箇所にも自らを動物に喩える表現が見つかる。

(2)　『変身』の場合は例外的に、グレーゴルと彼の妹であるグレーテもファーストネームを持ったものとして登場する。これは物語の中の妹の果たす役割が大きいことを示すと受け取られるのと同時に、先行研究の中には『ファウスト』のグレートヒェンへの作家の仄めかしと、それぞれの作品内における役割の対比を指摘するものもある。

(3)　カフカは彼女たちに対していつも非常に親切な態度で接し、心からの労いの言葉を毎回異なるフレーズで掛けていたことが、当時カフカと知り合った労働者たちの証言には残されている。

(4)　ある庭園で催された慈善会で、人間である主人公「わたし」は知っている馬イザベラを発見する。その馬は美しく着飾り貴婦人を装っていて、主人公以外の誰も馬とは気が付かないという未完のごく短い断片である。「断食芸人ノート」と呼ばれる八つ折りノートに執筆された。(NSFII, 419f.)

おわりに

(1)　Schopenhauer, Arthur: *Preisschrift über die Grundlage der Moral*. Hrsg. von Hans Ebeling. Hamburg (Felix Meiner) 1979, S. 60.

(2) Foucault, Michel: *Discipline and punish: the birth of the prison.* Translated by Alan Sheridan. New York (Vintage) 1995, S. 157.

(3) カネッティも『もうひとつの審判』の中で同様の箇所を引用している。そこでは、権力に対して自らを微々たるものにすることにより、その暴力に対抗するという手段が指摘されていて、本書とはまた異なる視点から論じられている。Vgl., Canetti, S. 96-98.

参考文献

＊外国語文献はアルファベット順、日本語文献は五十音順に配列する。

I　カフカに関する主要な先行研究

〔宗教的解釈〕

Brod, Max: *Franz Kafka*. Frankfurt am Main (Athenäum) 1957.

〔ユダヤ教的な解釈に反対する立場からの解釈〕

Benjamin, Walter: [Sammlung] *Benjamin über Kafka: Texte, Briefzeugnisse, Aufzeichnungen*. Hrsg. von Hermann Schweppenhäuser. Frankfurt am Main (Suhrkamp) 1981.

〔社会学的な観点からの解釈〕

Adorno, Theodor W.: „Aufzeichnungen zu Kafka“, in: *Gesammelte Schriften in 20 Bänden. Kulturkritik und Gesellschaft I Prismen/Ohne Leitbild*. Hrsg. von Rolf Tiedemann. 1. Aufl. Frankfurt am Main (Suhrkamp) 1977, 10/1 Band.

［精神分析的な解釈］

Anders, Günter: *Kafka, pro und Contra*. München (C. H. Beck) 1951.

Danzer, Gerhard: „Franz Kafka oder die Schwierigkeiten, ein Ich zu bauen“, in: *Österreichische Literatur und Psychoanalyse. Literaturpsycholigische Essays über Nestroy - Ebner - Eschenbach - Schnitzler - Kraus - Rilke - Musil - Zweig - Kafka - Horváth - Canetti. Mit Beiträgen von Irmgard Fuchs und Alfred Lévy*. Würzburg (Königshausen & Neumann) 1998.

Kaus, Rainer: *Kafka und Freud. Schuld in den Augen des Dichters und des Analytikers*. Heidelberg (Universitätverlag C. WINTER) 2000.

Neumann, Gerhard / Vinken, Barbara: „Kulturelle Mimikry. Zur Affenfigur bei Flaubert und Kafka“, in: *Zeitschrift für deutsche Philologie,* 126 Band, Berlin (Erich Schmidt) 2007, S. 126-142.

Sokel, Walter H. : *Franz Kafka. Tragik und Ironie. Zur Struktur seiner Kunst*. Frankfurt am Main (Fischer Taschenbuch) 1983.

［実証的な研究（または構造分析）］

Bezzel, Chris: *Kafka Chronik* München-Wien (Cahl Hanser) 1975.

Binder, Hartmut: *Kafka-Kommentar, zu den Romanen, Rezensionen. Aphorismen und zum Brief an den Vate*r. München. (Winkler) 1976.

Binder, Hartmut: *Kafka-Kommentar, zu sämtlichen Erzählungen*. München (Winkler) 1975.

Binder, Hartmut: *Kafka in neuer Sicht. Mimik, Gestik und Personengefüge als Darstellungsformen des Autobiographischen*. Stuttgard (J. B. Metzler) 1976.

Canetti, Elias: *Der andere Prozeß. Kafkas Briefe an Felice*. München (Carl Hanser) 1969.

Pasley, Malcolm: *»Die Schrift ist unveränderlich...« Essays zu Kafka*. Frankfurt am Main (Fischer) 1995.

Pasley, Malcolm: „Drei literarische Mystifikationen Kafkas“, in: *Kafka-Symposion*. Berlin (Klaus Wagenbach) 1965, S. 21-38.

Robert, Marthe: *Einsam wie Franz Kafka*. Übers. von Eva Michel-Moldenhauer. Frankfurt am Main (S. Fischer) 1985.

Wagenbach, Klaus: *Franz Kafka in Selbstzeugnissen und Bilddokumenten*. Reinbeck bei Hamburg (Rowohlt) 1964.

［実存論的解釈］

Emrich, Wilhelm: *Franz Kafka*. Frankfurt am Main (Athenäum) 1960.

［女性像からみた解釈］

Stach, Reiner: *Kafkas erotischer Mythos. Eine ästhetische Konstruktion des Weiblichen*. Frankfurt am Main (Fischer Wissenschaft) 1987.

［間テクスト性に基づく解釈］

Kilcher, Andreas / Kremer, Detlef: *Die Genealogie der Schrift. Eine transtextuelle Lektüre von Kafkas Bericht für eine Akademie*, in: *Textverkehr. Kafka und die Tradition*. Hrsg. von Claudia Liebrand und Franziska Schößler. Würzburg (Königshausen & Neumann) 2004, S. 45-72.

［文献学的研究］

Pasley, Malcolm / Wagenbach, Klaus: „Datierung sämtlicher Texte Franz Kafkas", *in: Kafka-Symposion*. Berlin (Klaus Wagenbach) 1965.

［Hiebel の主な研究］

Hiebel, Hans H. : *Die Zeichen des Gesetzes. Recht und Macht bei Franz Kafka*. München (Wilhelm Fink) 1989.

Hiebel, Hans H. : *Franz Kafka: Form und Bedeutung: Formanalysen und Interpretationen von Vor dem Gesetz, Das Urteil, Bericht für eine Akademie, Ein Landarzt, Der Bau, Der Steuermann, Prometheus, Der Verschollene, Der Proceß und ausgewählten Aphorismen*. Würzburg (Königshausen & Neumann) 1999.

［〈動物物語〉に焦点を当てた研究］

Fingerhut, Karl-Heinz: *Die Funktion der Tierfiguren im Werke Franz Kafkas. Offene Erzählgerüste und Figurenspiele*. Bonn (H. Bouvier u. Co.) 1969.

Honold, Alexander: „Berichte von der Menschenschau. Kafka und die Ausstellung des Fremden", in: *Odradeks Lachen. Fremdheit bei Kafka*, Hrsg. von Hansjörg Bay und Christof Hamann. Freiburg im Breisgau (Rombach Litterae) 2006, S. 305-324.

Jahraus, Oliver und Jagow, Bettina von: „Kafkas Tier- und Künstlergeschichten", in: *Kafka-Handbuch. Leben - Werk - Wirkung*. Göttingen (Vandenhoeck & Ruprecht) 2008, S. 530-552.

Rettinger, Michael L. : *Kafkas Berichterstatter. Anthropologische Reflexion zwischen Irritation und Reaktion, Wirklichkeit und Perspektive*. Frankfurt am Main (Peter Lang) 2003.

II　カフカおよびその作品に関する文献

［ドイツ語］

Adorno, Theodor W. : „Aufzeichnungen zu Kafka", in: *Gesammelte Schriften in 20 Bänden. Kulturkritik und Gesellschaft I Prismen/Ohne Leitbild*. Hrsg. von Rolf Tiedemann. 1. Aufl. Frankfurt am Main (Suhrkamp) 1977.

Allemann, Beda: *Kafka:* „›Kleine Fabel‹ (1975)", in: *Zeit und Geschichte im Werk Kafkas*. Hrsg. von Diethelm Kaiser und Nikolaus Lohse. Gottingen (Wallstain) 1998, S. 127-150.

Allemann, Beda:„ Kafka und Mythologie (1975)", in: *Zeit und Geschichte im Werk Kafkas*. Hrsg. von Diethelm Kaiser und Nikolaus Lohse. Gottingen (Wallstain) 1998, S. 151-168.

Allemann, Beda: *Kafka:* „› Von den Gleichnissen‹ (1964/1985)", in: *Zeit und Geschichte im Werk Kafkas*. Hrsg. von Diethelm Kaiser und Nikolaus Lohse. Gottingen (Wallstain) 1998, S. 115-126.

Amann, Jürg Johannes: *Das Symbol Kafka. Eine Studie über den Künstler*. Bern (Francke) 1974.

Anders, Günter: *Kafka, pro und Contra*. München (C. H. Beck) 1951.

Andringa, Els: *Wandel der Interpretation. Kafkas „Vor dem Gesetz" im Spiegel der Literaturwissenschaft*. Wiesbaden (Westdeutscher) 1994.

Bataille, Georges: *Die Literatur und das Böse: Emily Brontë, Baudelaire-Michelet, Blake-Sae-Proust, Kafka-Genet*. Übers. von Daniel Lwuwers. Hrsg. von Gerd Bergfleth. München (Matthes & Seitz) 1987.

Beicken, Peter U. : *Franz Kafka. Eine kritische Einführung in die Forschung*. Frankfurt am Main (Athenation) 1974

Beissner, Friedrich: *Kafka, der Dichter*. Stuttgart (W. Kohlhammer) 1958.

Benjamin, Walter: [Sammlung] *Benjamin über Kafka: Texte, Briefzeugnisse, Aufzeichnungen*. Hrsg. von Hermann Schweppenhäuser. Frankfurt am Main (Suhrkamp) 1981.

Beutner, Barbara: *Die Bildsprache Franz Kafkas*. München (Wilhelm Fink) 1973.

Bezzel, Chris: *Kafka Chronik* München-Wien (Cahl Hanser) 1975.

Binder, Hartmut: *Kafka in neuer Sicht. Mimik, Gestik und Personengefüge als Darstellungsformen des Autobiographischen*. Stuttgart (J. B. Metzler) 1976.

Binder, Hartmut: *Kafka-Kommentar, zu den Romanen, Rezensionen. Aphorismen und zum Brief an den Vater*. München. (Winkler) 1976.

Binder, Hartmut: *Kafka-Kommentar, zu sämtlichen Erzählungen*. München (Winkler) 1975.

Binder, Hartmut: *„Vor dem Gesetz" : Einführungin Kafkas Welt*. Stuttgart (J. B. Metzler) 1993.

Born, Jürgen: „Franz Kafka und seine Kritiker", in: *Kafka-Symposion*. Berlin (Klaus Wagenbach) 1965, S. 127-160.

Brecht, Christopf: „Ein Fall für sich. Kafkas befremdliche Modernität", in: *Textverkehr. Kafka und die Tradition*. Hrsg. von Claudia Liebrand und Franziska Schößler. Würzburg (Königshausen & Neumann) 2004, S. 17-44.

Brod, Max: *Franz Kafka*. Frankfurt am Main (Athenäum) 1957.

Bühler, Benjamin: „Sprechende Tiere, politische Katzen. Vom *Gestiefelten Kater* und seinen Nachkommen", in: *Zeitschrift für deutsche Philologie* 126, Berlin (Erich Schmidt) 2007, S. 143-166.

Camus, Albert: *Der Mythos von Sisyphos: ein Versuch über das Absurde*. Übers. von Hans Georg Brenner. Hamburg (Rowohlt) 1959.

Canetti, Elias: *Der andere Prozeß. Kafkas Briefe an Felice*. München (Carl Hanser) 1969.

Danzer, Gerhard: „Franz Kafka oder die Schwierigkeiten, ein Ich zu bauen", in: *Österreichische Literatur und Psychoanalyse. Literaturpsycholigische Essays über Nestroy - Ebner - Eschenbach - Schnitzler - Kraus - Rilke - Musil - Zweig - Kafka - Horváth - Canetti. Mit Beiträgen von Irmgard Fuchs und Alfred Lévy*. Würzburg (Königshausen & Neumann) 1998.

Deleuze, Gilles / Guattari, Félix: *Anti-Ödipus. Kapitalismus und Schizophrenie I*. Übers. von Bernd Schwibs. Frankfurt am Main. (Suhrkamp Taschenbuch) 1977.

Deleuze, Gilles / Guattari, Félix: *Kafka. Für eine kleine Literatur*. Übers. von Burkhart Kroeber. Frankfurt am Main. (S. Fischer) 1976.

Deleuze, Gilles / Guattari, Félix: T*ausend Plateaus. Kapitalismus und Schizophrenie II*. Übers. von Gabriele Ricke und Roland Voullié. Berlin (Merve) 1992.

Dierks, Sonja: *Es gibt Gespenster. Betrachtungen zu Kafkas Erzählung*. Würzburg (Königshausen & Neumann) 2003.

Dietz, Ludwig: „Drucke Franz Kafkas bis 1924", in: *Kafka-Symposion*. Berlin (Klaus Wagenbach) 1965, S. 85-126.

Emrich, Wilhelm: *Franz Kaf*ka. Frankfurt am Main (Athenäum) 1960.

Eschweiler, Christian: *Kafkas Wahrheit als Kunst Lichtblicke im Dunkel*. Bonn (Bouvier) 1996.

Falk, Walter: *Franz Kafka und die Expressionisten im Ende der Neuzeit*. Frankfurt am Main (Peter Lang) 1990.

Fingerhut, Karl-Heinz: *Die Funktion der Tierfiguren im Werke Franz Kafkas. Offene Erzählgerüste und Figurenspiele*. Bonn (H. Bouvier u. Co.) 1969.

Fromm, Waldemar: *Artistisches Schreiben. Franz Kafkas Poetik zwischen Proceß und Schloß*. München (Wilhelm Fink) 1998.

Füger, Wilhelm: *Der Brief als Bau-Element des Erzählens. Zum Funktionswandel des Einlagebriefes im neueren Roman, dargelegt am Beispiel von Dostojewski, Thomas Mann, Kafka und Joyce*. Berlin (ProQuest Information and Leaning Company) 1977.

Gerhard, Ute: „Entstelle Grenzen. Kafkas Textverfahren und der historische Diskurs über Wanderungsbewegungen", in: *Odradeks Lachen. Fremdheit bei Kafka*. Hrsg. von Hansjörg Bay und Christof Hamann. Freiburg im Breisgau (Rombach) 2006, S. 69-87.

Glišović, Dušan: *Politik im Werk Kafka*s. Tübingen (A. Francke) 1996.

Gray, Richard T. : „Fremden-Verkehr. Kafkas Der Nachbar und die Soziologie des Fremden", in: *Odradeks Lachen. Fremdheit bei Kafka*, Hrsg. von Hansjörg Bay und Christof Hamann. Freiburg im Breisgau (Rombach Litterae) 2006, S. 167-192.

Günter, Manuela: „Going Borderline. Zu Zwei Erzählungen Dostojewskis und Kafkas", in: *Odradeks Lachen. Fremdheit bei Kafka*, Hrsg. von Hansjörg Bay und Christof Hamann. Freiburg im Breisgau (Rombach Litterae) 2006, S. 145-166.

Hamann, Christof: „Roßmanns Zerstreuung", in: *Odradeks Lachen. Fremdheit bei Kafka*. Hrsg. von Hansjörg Bay und Christof Hamann. Freiburg im Breisgau (Rombach Litterae) 2006, S. 115-144.

Hebell, Claus: „Rechtstheoretische und geistesgeschichtliche Voraussetzungen für das Werk Franz Kafkas: analysiert an seinem Roman *Der Prozeß*", in: *Historisch-kiritische Arbeiten zur deutschen Literatur*, Bd. 11, Hrsg. von Herbert Kraft. Frankfurt am Main (Peter Lang) 1993.

Heller, Erich: *Enterbter Geist. Essays über modernes Dichten und Denken*. Wiesbaden (Suhrkamp) 1954.

Hiebel, Hans H. : *Die Zeichen des Gesetzes. Recht und Macht bei Franz Kafka*. München (Wilhelm Fink) 1989.

Hiebel, Hans H. : *Franz Kafka: Form und Bedeutung: Formanalysen und Interpretationen von Vor dem Gesetz, Das Urteil, Bericht für eine Akademie, Ein Landarzt, Der Bau, Der Steuermann, Prometheus, Der Verschollene, Der Proceß und ausgewählten Aphorismen*. Würzburg (Königshausen & Neumann) 1999.

Hiebel, Hans H.: „*Später*! - Poststrukturalistische Lektüre der *Legende* Vor dem Gesetz", in: *Neue Literaturtheorien in der Praxis. Textanalysen von Kafkas »Vor dem Gesetz«*. Hrsg. von Klaus-Michael Bogdal. Göttingen (Vandenhoeck & Ruprecht) 2005.

Hoffmann, Berner: *Kafkas Aphorismen*. Bern und München (Francke) 1975.

Höfle, Peter: *Von der Unfähigkeit, historisch zu werden : die Form der Erzählung und Kafkas Erzählform*. München (Wilhelm Fink) 1998.

Hofmann, Vera: „Philosophische Tierblicke. Zoographische Spurensuche bei Derrida", in: *Zeitschrift für deutsche Philologie*, 126 Band, Berlin (Erich Schmidt) 2007, S. 367-381.

Honegger, Jürg Beat: „Das Phänomen der Angst bei Franz Kafka“, in: *Philologische Studien und Quellen,* Heft 81, Hrsg. von Wolfgang Binder und Hugo Moser. Berlin (Erich Schmidt) 1975.

Honold, Alexander: „Berichte von der Menschenschau. Kafka und die Ausstellung des Fremden“, in: *Odradeks Lachen. Fremdheit bei Kafka*. Hrsg. von Hansjörg Bay und Christof Hamann. Freiburg im Breisgau (Rombach Litterae) 2006, S. 305-324.

Jahraus, Oliver / Jagow, Bettina von: „Kafkas Tier- und Künstlergeschichten“, in: *Kafka-Handbuch. Leben - Werk - Wirkung*. Göttingen (Vandenhoeck & Ruprecht) 2008, S. 530-552.

Janouch, Gustav: *Gespräche mit Kafka*. Frankfurt am Main (Fischer) 1951.

Kaus, Rainer: *Kafka und Freud. Schuld in den Augen des Dichters und des Analytikers*. Heidelberg (Universitätverlag C. WINTER) 2000.

Kilcher, Andreas / Kremer, Detlef: „Die Genealogie der Schrift. Eine transtextuelle Lektüre von Kafkas Bericht für eine Akademie“, in: *Textverkehr. Kafka und die Tradition*. Hrsg. von Claudia Liebrand und Franziska Schößler. Würzburg (Königshausen & Neumann) 2004, S. 45-72.

Kim, Hyun Kang: *Ästhetik der Paradoxie. Kafka im Kontext der Philisophie der Moderne*. Würzburg (Königshausen & Neumann) 2004.

Koch, Hans-Gerd: *»Als Kafka mir entgegenkam...« Erinnerungen an Franz Kafka*. Hrsg. von Hans-Gerd Koch. Berlin (Klaus Wagenbach) 1995.

Mense, Josef Hermann: „Die Bedeutung des Todes im Werk Franz Kafkas“, in: *Kasseler Arbeiten zur Sprache und Literatur. Anglistik - Germanistik - Romanistik*, Bd./Vol. 4, Hrsg. von Johannes Anderegg, Manfred Raupach, Martin Schulze. Frankfurt am Main und Bern (Peter Lang) 1978.

Möbus, Frank: *Sünden-Falle. Die Geschlechtlichkeit in Erzählungen Franz Kafka*. Göttingen (Wallstein) 1994.

Neumann, Gerhard: „Fetisch und Narrativität. Kafkas Bildungsroman Der Verschollene“, in: *Sigmund Freud und das Wissen der Literatur*. Hrsg. von Peter-André Alt und Thomas Anz. Berlin (Walter de Gruyter) 2008, S. 121-136.

Neumann, Gerhard: „Kafka als Ethnologe“, in: *Odradeks Lachen. Fremdheit bei Kafka*. Hrsg. von Hansjörg Bay und Christof Hamann. Freiburg im Breisgau (Rombach Litterae) 2006, S. 325-346.

Neumann, Gerhard / Vinken, Barbara: „Kulturelle Mimikry. Zur Affenfigur bei Flaubert und Kafka“, in: *Zeitschrift für deutsche Philologie*, 126 Band, Berlin (Erich Schmidt) 2007, S. 126-142.

Nicolai, Ralf R.: *Kafkas Amerika-Roman „Der Verschollene“. Motive und Gestalten*. Würzburg (Königshausen & Neumann) 1986.

Ortlieb, Cornelia: „Kafkas Tiere“, in: *Zeitschrift für deutsche Philologie,* 126 Band, Berlin (Erich Schmidt) 2007, S. 339-366.

Pasley, Malcolm: *»Die Schrift ist unveränderlich...« Essays zu Kafka*. Frankfurt am Main (Fischer) 1995.

Pasley, Malcolm: „Drei literarische Mystifikationen Kafkas“, in: *Kafka-Symposion*. Berlin (Klaus Wagenbach) 1965, S. 21-38.

Pasley, Malcolm: „Zur äußeren Gestalt ›des Schloß‹- Romans“, in: *Kafka-Symposion*. Berlin (Klaus Wagenbach) 1965, S. 181-188.

Pasley, Malcolm / Wagenbach, Klaus: „Datierung sämtlicher Texte Franz Kafkas“, in: *Kafka-Symposion*. Berlin (Klaus Wagenbach) 1965, S. 55-80.

Pfeiffer, Joachim: „Die fremde Frau. Exotik und Weiblichkeit in Kafkas Die Verwandlung“, in: *Odradeks Lachen. Fremdheit bei Kafka*. Hrsg. von Hansjörg Bay und Christof Hamann. Freiburg im Breisgau (Rombach Litterae) 2006, S. 285-304.

Politzer, Heinz: *Franz Kafka, der Künstler*. Frankfurt am Main (Fischer) 1965.

Pusse, Tina-Karen: „Sägen, Peitschen, Mordmaschinen. Sacher-Masoch und de Sade in Kafkas Terrarium“, in: *Textverkehr. Kafka und die Tradition*. Hrsg. von Claudia Liebrand und Franziska Schößler. Würzburg (Königshausen & Neumann) 2004, S. 205-222.

Raabe, Paul: „Franz Kafka und Franz Blei“, in: *Kafka-Symposion*. Berlin (Klaus Wagenbach) 1965, S. 7-20.

Rettinger,Michael L.: *Kafkas Berichterstatter. Anthropologische Reflexion zwischen Irritation und Reaktion, Wirklichkeit und Perspektive*. Frankfurt am Main (Peter Lang) 2003.

Rieck, Gerhard: *Franz Kafka und die Literaturwissenschaft. Aufsätze zu einem kafkaesken Verhältnis. Anhang: Ordnung fiktionaler Texte Kafkas nach Texttiteln, Werkausgaben und Datierungen*. Würzburg (Königshausen & Neumann) 2002.

Ries, Wiebrecht: *Franz Kafka*. München und Zürich (Artemis) 1987.

Robert, Marthe: *Einsam wie Franz Kafka*. Übers. von Eva Michel-Moldenhauer. Frankfurt am Main (S. Fischer) 1985.

Rösch, Gertrut Maria: „Rotpeters Vorfahren. Zur Tradition und Funktion der Affendarstellung bei Johann Gottfried Schnabel, Alfred Kubin und Franz Kafka“, in: *Zeitschrift für deutsche Philologie* 126 Band, Berlin (Erich Schmidt) 2007, S. 98-109.

Satonski, Dmitrij W. : „Seelenverwandtschaft: Dostojewskij und die österreichische Literatur“, in: *New Yorker Beiträge zur Österreichischen Literaturgeschichte, 5, Bekanntes und Unbekanntes zur neueren österreichischen Literatur*. Hrsg. von Karlheinz F. Auckenthaler. Bern (Peter Lang) 1996.

Schärf, Christian: *Franz Kafka. Poetischer Text und heillige Schrift*. Göttingen (Vandenhoeck & Ruprecht) 2000.

Siefken, Hinrich: *Kafka. Ungeduld und Lässigkeit. Zu den Romanen „Der Prozeß“ und „Das Schloß“*. München (Wilhelm Fink) 1977.

Sokel, Walter H. : *Franz Kafka. Tragik und Ironie. Zur Struktur seiner Kunst*. Frankfurt am Main (Fischer Taschenbuch) 1983.

Stach, Reiner: *Kafkas erotischer Mythos. Eine ästhetische Konstruktion des Weiblichen*. Frankfurt am Main (Fischer Wissenschaft) 1987.

Sudau, Ralf: *Franz Kafka Kurze Prosa / Erzählungen. 16 Interpretationen*. Stuttgart (Ernst Klett) 2007.

Thermann, Jochen: *Kafkas Tiere. Fährten, Bahnen und Wege der Sprache*. Marburg (Tectum) 2010.

Tismar, Jens: „Kafkas »Schakale und Araber« im zionischtischen Kontext betrachtet", in: *Jahrbuch der deutschen Schillergesellschaft. 19. Jahrgang*. Hrsg. von Fritz Martini, Walter Müller-Seidel und Bernhard Zeller. Stuttgart (Alfred Körner) 1975, S. 306-323.

Unseld, Joachim: „Kafkas Publikationen zu Lebzeiten", in: *Kafka-Handbuch. Leben - Werk - Wirkung*. Göttingen (Vandenhoeck & Ruprecht) 2008, S. 123-136.

Wagenbach, Klaus: *Franz Kafka. Eine Biographie seiner Jugend 1883-1912*. Bern (Francke) 1958

Wagenbach, Klaus: *Franz Kafka in Selbstzeugnissen und Bilddokumenten*. Reinbeck bei Hamburg (Rowohlt) 1964.

Wagenbach, Klaus: „Julie Wohryzek, die zweite Verlobte Kafkas", in: *Kafka-Symposion*. Berlin (Klaus Wagenbach) 1965, S. 39-54.

Wagenbach, Klaus: „Wo liegt Kafkas Schloß?", in: *Kafka-Symposion*. Berlin (Klaus Wagenbach) 1965, S. 161-180.

Wagner, Benno: „»... in der Fremde, aus der Sie kommen ...« Die Geburt des Schreibens aus der Statistik des Selbstmords", in: *Odradeks Lachen. Fremdheit bei Kafka*. Hrsg. von Hansjörg Bay und Christof Hamann. Freiburg im Breisgau (Rombach Litterae) 2006, S. 193-228.

Walser, Martin: *Beschreibung einer Form, Versuch über Franz Kafka*. München (Karl Hanser) 1968.

［英語］

Anderson Mark M.: *Kafka's Clothes: ornament and aestheticism in the habsburg fin de siècle*. New York (Oxford) 1992.

Savage, Robert: „Menschen/Affen. On a Figure Goethe, Herder and Adorno", in: *Zeitschrift für deutsche Philologie*, 126 Band, Berlin (Erich Schmidt) 2007, S. 110-125.

［日本語］

池内紀『カフカの生涯』新書館、二〇〇四年。

小林康夫『起源と根源——カフカ・ベンヤミン・ハイデガー』未來社、一九九一年。

ジャック・デリダ（三浦信孝訳）「カフカ論『掟の門前』をめぐって」朝日出版社、一九八六年。

高木久雄『ドイツ文学散策——ゲーテ『親和力』論・カフカ論・その他』ナカニシヤ出版、二〇〇一年。

中澤英雄「カフカの「二つの動物物語」（一）——『ジャッカルとアラビア人』」、『Language, Information, Text』（東京大学大学院総合文化研究科言語情報科学専攻紀要）、第一四号、二〇〇七年、一—二三頁。

西川智之「カフカの『失踪者』——不在なる語り手の機能と読者の役割」、『独語独文学科研究年報』（北海道大学文学部独語独文学講座）、第二一号、一二三―一三四頁。

林晶「猿まね言葉――『兄弟殺し』と『ある学会への報告』にみるカフカ作品の表層性について」、『Seminarium』（大阪市立大学ドイツ文学会）、第二二号、四七―六九頁。

三瓶憲彦『カフカ　罪と罰』松籟社、二〇〇一年。

三瓶憲彦『カフカ　内なる法廷――『審判』論』松籟社、二〇〇六年。

道籏泰三「啓蒙理性を越えて――カフカ・ベンヤミン・アドルノ」、『文学表現と〈メディア〉――ドイツ文学の場合』（東京大学平成九年度文部省科学研究費補助金（基盤研究（A）（1））研究成果報告書）、一九九八年、一八五―二〇二頁。

三原弟平『カフカ・エッセイ　カフカをめぐる七つの試み』平凡社、一九九〇年。

III　カフカに関する研究以外の文献

［ドイツ語］

Adorno, Theodor W. / Horkheimer, Max: „Dialektik der Aufklärung“, in: *Gesammelte Schriften in 20 Bänden*. Hrsg. von Rolf Tiedemann. 1. Aufl. Frankfurt am Main (Suhrkamp) 1981, 3. Band.
Agamben, Giorgio: *Das Öffene. Der Mensch und das Tier*. Übers. von Davide Giuriato. Frankfurt am Main (Suhrkamp) 2003.
Aristoteles: *Über die Seele*. Übers. von Paul Gohlke. Paderborn (F. Schoningh) 1961.
Baudrillard, Jean: *Transparenz des Bösen. Ein Essaz über extreme Phänomene*. Ubers. von Michaela Ott. Berlin (Merve) 1992.
Freud, Sigmund: „Das ökonomische Problem des Masochismus“, in: *Gesammelte Werke in 17 Bänden*. Hrsg. von Anna Freud. 3. Aufl. Frankfurt am Main (Fischer) 1955, 13. Band. [1. Aufl. :1940]
Freud, Sigmund: „Die Zukunft einer Illusion“, in: *Gesammelte Werke in 17 Bänden*. Hrsg. von Anna Freud. 2. Aufl. Frankfurt am Main (Fischer) 1955, 14. Band. [1. Aufl. : 1948]
Freud, Sigmund: „Fetischismus“, in: *Gesammelte Werke in 17 Bänden*. Hrsg. von Anna Freud. 2. Aufl. Frankfurt am Main (Fischer) 1955, 14. Band. [1. Auft. : 1948]
Lessing, Gotthold Ephraim: *Über die Fabel*, in: *Gesammelte Werke in 10 Bänden*. Hrsg. von Paul Rilla. 1. Aufl. Berlin und Weimar (Aufbau) 1968, 4. Band.
Nietzsche, Friedrich: *Jenseits von Gut und Böse*, in: *Nietzsche Werke*. Kritische Gesamtausgabe in 40 Bänden in 9 Abteilungen. Hrsg. von Giorgio

Colli u. Mazzino Montinari. 1. Aufl. Berlin (Walter de Gruyter) 1968, 2. Band.
Nietzsche, Friedrich: *Zur Genealogie der Moral*, in: *Nietzsche Werke*. Kritische Gesamtausgabe in 40 Bänden in 9 Abteilungen. Hrsg. von Giorgio Colli u. Mazzino Montinari. 1. Aufl. Berlin (Walter de Gruyter) 1968, 2. Band.
Schopenhauer, Arthur: *Preisschrift über die Grundlage der Moral*. Hrsg. von Hans Ebeling. Hamburg (Felix Meiner) 1979.
Uexküll, Jakob von / Kriszat, Georg: *Streifzüge durch die Umwelten von Tieren und Menschen. Ein Bilderbuch unsichtbarer Welten. Bedeutungslehre*. Hamburg (Rowohlt) 1956.

［英語］

Agamben, Giorgio: *Homo Sacer. Sovereign Power and Bare Life*. Translated by Daniel Heller-Roazen. California (Stanford University) 1998.
Foucault, Michel: *Discipline and punish: the birth of the prison*. Translated by Alan Sheridan. New York (Vintage) 1995.

［日本語］

アルトゥール・ショーペンハウアー（茅野良男訳）「カント哲学の批判」、『ショーペンハウアー全集４　意志と表象としての世界　正編（Ⅲ）』（全一四巻別巻一）、白水社、一九七八年。

ジョルジョ・アガンベン（上村忠男／堤康徳訳）『瀆神』月曜社、二〇〇五年。

ミシェル・フーコー（中山元訳）『精神疾患とパーソナリティ』ちくま学芸文庫、一九九九年。

ミシェル・フーコー（渡邉守章訳）『性の歴史Ｉ　知への意志』新潮社、一九八六年。

ミハイル・バフチン（望月哲男／鈴木淳一訳）『ドストエフスキーの美学』ちくま学芸文庫、二〇〇三年。

武藤光朗『例外者の社会思想　ヤスパース哲学への同時代的共感』、創文社、一九八三年。

レフ・ヴィゴツキー（柴田義松／根津真幸訳）『芸術心理学』明治図書、一九七一年。

Ⅳ　辞書

Campe, Joachim Heinrich: *Wörterbuch der Deutschen Sprache in 5 Bänden*. Nachdruck Hildesheim (Olms) Braunschweig 1807-1811. Hrsg. von Helmut Henn. 1. Aufl. Hildesheim 1969, 2. Band. F-K
DUDEN. Das große Wörterbuch der deutschen Sprache in 10 Bänden. Hrsg. vom Wissenschaftlichen Rat und der Mitarbeitern der Dudenredaktion.

3., völlig neu bearbeitete und erweiterte Auflage. Mannheim-Leipzig-Wien-Zürich (Bibliographisches Institut) 1999, 4. Band. Gele-Impr.
Paul, Hermann: *Deutsches Wörterbuch*. Völlig neu bearbeitet und erweitert von Werner Betz. 5. Aufl. Tübingen (Max Niemeyer) 1981. [1. Aufl. :1897]
荻野蔵平／齊藤治之編著『ドイツ語史小辞典』同学社、二〇〇五年。
田中秀央編『羅和辞典』研究社、一九六六年。

事項索引

サ行

タ行

ナ行

ハ行

マ行

ヤ行

ラ行

人名索引

ア行

アガンベン、ジョルジョ（Agamben, Giorgio）　13, 29, 45, 75
アドルノ、テーオドール（Adorno, Theodor W.）　25, 26, 27, 28, 35, 53, 54, 74, 97
アリストテレス（Aristoteles）　45, 73
アンダーソン、マーク（Anderson, Mark M.）　139, 140
イェセンスカ、ミレナ（JesenskáPolak, Milena）　174, 206
イソップ（Äop）　54, 55, 59, 61, 63, 64, 66, 131
ヴァーゲンバッハ、クラウス（Wagenbach, Klaus）　30, 138
ヴァルザー、マルティン（Walser, Martin）　26
ヴォルフ、クルト（Wolff, Kurt）　110
エムリッヒ、ヴィルヘルム（Emrich, Wilhelm）　20, 21, 26, 30, 31, 32, 33, 51, 54, 55, 64, 92, 93, 99, 134, 165, 166, 167, 168
オルトリープ、コーネリア（Ortlieb, Cornelia）　22, 34, 150

カ行

カウス、ライナー（Kaus, Rainer J.）　26
ガタリ、フェリックス（Guattari, Félix）　26, 70, 72, 174, 175, 176, 185
カネッティ、エリアス（Canetti, Elias）　30, 160, 161, 178, 179
カフカ、ヘルマン（Kafka, Hermann）　19, 111, 122, 137, 138, 140, 145, 197, 207
カフカ、ユーリエ（Kafka, Julie）　19
カミュ、アルベール（Camus, Albert）　25, 26
カント、イマニュエル（Kant, Immanuel）　213
キットラー、フリードリヒ（Kittler, Friedrich A.）　33
キルヒャー、アンドレアス（Kilcher, Andreas）　33
クレマー、デートレフ（Kremer, Detlef）

33
小林康夫　182
ゴンブローヴィッチ、ヴィトルド（Gombrowicz, Witold Marian）　88

サ行
シェルフ、クリスティアン（Schäf, Christian）　83, 84, 132
シュタッハ、ライナー（Stach, Reiner）　33
ショーペンハウアー、アルトゥル（Schopenhauer, Arthur）　213, 214, 215
ズーダォ、ラルフ（Sudau, Ralf）　109
ゾーケル、ヴァルター（Sokel, Walter H.）　21, 26, 28, 54, 55, 64

タ行
ダーウィン、チャールズ（Darwin, Charles Robert）　33, 43
ディアマント、ドーラ（Diamant, Dora）　172, 173, 186
デリダ、ジャック（Derrida, Jacques）　26
ドゥルーズ、ジル（Deleuze, Gilles）　26, 70, 72, 174, 175, 176, 185

ナ行
ニーチェ、フリードリヒ（Nietzsche, Friedrich）　33, 43, 44, 76, 78, 99, 100, 101
ノイマン、ゲールハルト（Neumann, Gerhart）　28, 29, 34, 73, 81

ハ行
バイケン、ペーター（Beicken, Peter）　110
ハイデガー、マルティン（Heidegger, Martin）　31
バウアー、フェリーツェ（Bauer, Felice）　30, 108, 145, 148, 149, 214
バウム、オスカー（Baum, Oskar）　108
バタイユ、ジョルジュ（Bataille, Georges）　30
ヒーベル、ハンス（Hiebel, Hans H.）　14, 28, 35, 36, 37, 38, 54, 63, 64, 65, 85, 97
ビューラー、ベンヤミン（Büler, Benjamin）　34
ビンダー、ハルトムート（Binder, Hartmut）　29, 30
フィンガーフート、カール＝ハインツ（Fingerhut, Karl-Heinz）　20, 34, 35, 127
フィンケン、バルバラ（Vinken, Barbara）　29, 73, 81
フーコー、ミシェル（Foucault, Michel）　92, 215
ブーバー、マルティン（Buber, Martin）　20, 55, 56, 58
フロイト、ジークムント（Freud, Sigmund）　26, 27, 28, 29, 114, 146, 174, 183
ブロート、マックス（Brod, Max）　24, 25, 30, 53, 55, 56, 59, 61, 64, 70, 105, 108, 122, 141, 146, 147, 159, 162, 172, 174, 186, 198, 199, 206, 214, 216
ヘッケル、エルンスト（Häkel, Ernst Henrich Philipp August）　43
ベンヤミン、ヴァルター（Benjamin, Walter）　25, 51, 52, 53, 54, 65, 66, 105, 106, 123, 124
ボードリヤール、ジャン（Baudrillard, Jean）　88
ホーノルト、アレクサンダー（Honold, Alexander）　21

ホメーロス（Homer）　141
ホルクハイマー、マックス（Horkheimer, Max）　74, 97

マ行

マゾッホ、レーオポルト（Sacher-Masoch, Leopold von）　114
ミュラー、ミヒャエル（Müler, Michael）　154, 205

ヤ行

ヤールアウス、オーリヴァー（Jahraus, Oliver）　21 186
ユクスキュル、ヤーコプ・フォン（Uexkül, Jakob von）　178

ラ行

リース、ヴィープレヒト (Ries, Wiebrecht)　74, 76, 111
リープラント、クラウディア（Liebrand, Claudia）　33
レッシング、ゴットホルト（Lessing, Gotthold Ephraim）　54, 58, 59, 60, 63
レッティンガー、ミヒャエル（Rettinger, Michael L.）　21
ロベール、マルト（Robert, Marthe）　28, 30, 69, 70, 129, 188, 189

著者について——

山尾涼（やまおりょう）　一九七八年、名古屋市に生まれる。名古屋大学大学院文学研究科博士課程単位取得後退学。文学博士。専攻、ドイツ文学。現在、松山大学准教授。主な論文に、「世界の破れ目と回帰する〈身体〉——フロイトとカフカにまつわるアントロポロギー」（『フロイトの彼岸——精神分析、文学、思想』、日本独文学会研究叢書第一〇一号、二〇一四年）、「生／性が否定的表象と結びつく時——カフカの短編をめぐって」（『オーストリア文学』、第二八号、二〇一二年）などがある。

装幀——宗利淳一

カフカの動物物語

二〇一五年三月二〇日第一版第一刷印刷　二〇一五年三月三一日第一版第一刷発行

著者――山尾涼
発行者――鈴木宏
発行所――株式会社水声社
東京都文京区小石川二―一〇―一　郵便番号一一二―〇〇〇二
電話〇三―三八一八―六〇四〇　FAX〇三―三八一八―二四三七
郵便振替〇〇一八〇―四―六五四一〇〇
URL: http://www.suiseisha.net
印刷・製本――精興社

ISBN978-4-8010-0091-9